Susanne Sommerfeld

Das Bergmüller-Erbe

Roman

Bibliografische Information der Deutschen Nationalbibliothek:

Die Deutsche Nationalbibliothek verzeichnet diese Publikation in der Deutschen Nationalbibliografie; detaillierte bibliografische Daten sind im Internet über http://dnb.dnb.de abrufbar.

Herstellung und Verlag: BoD – Books on Demand, Norderstedt

ISBN: 978-3-7562-3004-4

Covergestaltung unter Verwendung des Fotos:

© On the way to the Zugspitze von Fabian - Adobe Stock

Kapitel 1

1999

Am liebsten hätte Julia sich auf den Boden geworfen wie ein bockiges Kind. Sie hörte weder das allgegenwärtige Scheppern der Kuhglocken noch das ferne Rauschen der durch den Kurort strömenden Autos. Eben noch hatte sie mit ihrem Teleobjektiv den wolkenlosen Himmel beobachtet, in der Hoffnung, einen Wanderfalken oder gar einen Steinadler vor die Linse zu bekommen. Stattdessen stolperte sie nun durch das unwegsame Gelände abseits des Wanderweges und rief nach Franzl. *Dieser blöde Hund!* Erneut war er ihr in seinem Jagdeifer entwischt. Anfangs war sie dem Gebell des Münsterländers gefolgt und hatte gehofft, er würde von der Jagd ablassen. Aber alles Rufen und Pfeifen nützten nichts. Der Hund blieb verschwunden. Ihre letzte Hoffnung war die Hütte ihres Großvaters. Franzl liebte den alten Joseph, der stets eine Scheibe Käse und eine Streicheleinheit für ihn übrig hatte.

So hatte sich Julia ihren freien Tag nicht vorgestellt. Ein entspannter Ausflug sollte es werden und keine Jagd durch die Wildnis. Sie packte ihre Kamera wieder in den Rucksack. Aus der Vogelbeobachtung würde wohl nichts mehr werden. Sie verfluchte ihre Gutmütigkeit. Hätte sie Franzl nur nicht von der Leine gelassen.

Julia verließ das Unterholz und kam an eine Weggabelung. Auf beiden Wegen gelangte man zu Josephs Alm. Doch der eine führte direkt über eine wackelige Hängebrücke. Sie stellte sich vor, wie diese unter ihren Schritten bebte und sie durch das Gitter in die Tiefe schaute. In der Ferne hörte sie Franzl aufgeregt bellen. Nein, sie schaffte das nicht, auch wenn der Weg der kürzere war. Aber was, wenn der Jäger Franzl vor ihr erwischte? Er hatte sie schon mehrfach ermahnt, ihn nicht frei laufen zu lassen. Beim letzten Mal hatte er ihr gar gedroht, den Hund zu erschießen. Jäger Moosbauer war nicht zum Scherzen aufgelegt, wenn es um die Hege seiner Rehe und Wildschweine ging.

Julia schaute nach links und rechts und wieder zurück. Mit kleinen Schritten näherte sie sich der Hängebrücke. Ihr Herz raste, der Schweiß rann ihr den Rücken hinunter und es fühlte sich an, als drücke ihr jemand die Kehle zu. Sie setzte einen Fuß so vorsichtig auf das Gitter, als könne sie sich daran verbrennen. Im nächsten Moment zog sie ihn zurück. Verdammte Angst! Sie war so ein Waschlappen! Wenn ihr Vater sie jetzt sehen würde. Sie hörte schon seine überheblichen Kommentare: »Unsere Julia, ein richtiges Häschen. In den Bergen geboren und hat Höhenangst. Reiß dich einfach mal zusammen!«

Sie dachte an Peter. Ihr Bruder war alles andere als ein Feigling gewesen und was hatte es ihm genützt? Sie kniff die Augen fest zusammen und berührte den Ring, den sie stets an einer Halskette mit sich trug. Jetzt bloß nicht heulen. Das zarte Schmuckstück war ein Andenken an Peter, ohne das sie nie das Haus verließ. Sie drehte sich um und eilte zur Weggabelung zurück. Dann würde sie jetzt eben rennen müssen.

Ihre Lungen schmerzten und die Beinmuskeln brannten, als hätte sie einen Marathon bewältigt. *Nur einen Moment ausruhen,* dachte sie und ließ sich auf einen Baumstumpf am Wegesrand sinken. Sie atmete tief ein und aus, um ihren Puls zu beruhigen. Ihre Gedanken begannen zu den Ereignissen am Vorabend zu wandern wie die Ameisen zu ihren Füßen. Sebastian und sie waren ausgegangen, um ihre gemeinsamen Freunde in der Kneipe zu treffen. Später stieß seine Exfreundin Saskia dazu. Am Anfang der Beziehung hatte Julia sich bemüht, mit ihr auszukommen, aber diese Person schaffte es immer wieder, dass sie sich wie eine graue Maus fühlte. Saskia war das komplette Gegenteil von ihr: groß, sportlich und risikofreudig. Julia sah ihr unverschämt freches Grinsen vor sich, als Saskia sie gefragt hatte, wann sie denn endlich einen Kletterkurs absolvieren wolle.

Bevor sie etwas erwidern konnte, kam ihr Sebastian zuvor: »Julia und klettern? Das werde ich wohl nicht mehr erleben.«

Sie war rot angelaufen und schwieg. Nie fiel ihr eine schlagfertige Antwort ein. Sebastian wusste doch, was sie seit der

Geschichte mit Peters tödlichem Absturz durchmachte. Warum war er so gefühlskalt? Selbst nachts im Schlafzimmer hatte sie noch immer nicht den Mut, ihm die Meinung zu sagen. Stattdessen drehte sie ihm wortlos den Rücken zu und stellte sich schlafend.

Seufzend erhob sie sich. Die Aussprache mit Sebastian würde bis heute Abend warten können. Jetzt musste sie Franzl einfangen. So bald würde sie ihn nicht mehr von der Leine lassen. Es war zu seinem eigenen Schutz. Nicht nur der Jäger war eine Gefahr für ihn, auch die überall am Berg frei weidenden Kühe konnten ihm gefährlich werden. Besonders, wenn sie Kälber hatten, fürchteten sie nichts und niemanden.

Sie erreichte den Hof ihres Großvaters und atmete den Geruch nach Heu und Tieren ein, der Kindheitserinnerungen weckte. Der Hof war schon immer ihre zweite Heimat gewesen. Wenn sie Streit mit den Eltern hatte oder traurig war, fand sie hier Zuflucht. Sie schaute sich um, doch weder Joseph noch Franzl waren zu sehen.

»Großvater, bist du da?«, rief sie.

Toni bog um die Ecke des Kuhstalls. Er war ein Jahr älter als sie und half seit einigen Sommern ihrem Großvater auf der Hütte. Unsanft zerrte er ihren Hund am Halsband hinter sich her. Franzl winselte und hatte die Rute zwischen seine Beine geklemmt.

»Kannst du vielleicht mal auf deinen blöden Köter aufpassen? Der macht hier sämtliche Kühe scheu«, fauchte Toni sie an. »Außerdem war der Moosbauer vorhin hier und hat mir die Hölle heiß gemacht. Am liebsten hätte er den Hund gleich abgeknallt.«

Dann ließ er Franzl los, drehte sich auf dem Absatz um und verschwand wieder im Stall. Verdutzt starrte Julia hinter ihm her. Sie war so perplex, sie vergaß sogar, mit dem Hund zu schimpfen.

»Hallo Julia, schön, dich zu sehen.«

Joseph trat aus der Tür des Gastraums und wischte sich die Hände an der Küchenschürze ab. Von Frühjahr bis Herbst öffnete er fast täglich bei Wind und Wetter seine Tür für hungrige Wanderer. Seine wohlschmeckenden Semmelknödel waren in der ganzen Umgebung berühmt. Dieses Einkommen half ihm, den Hof zu halten. Julia umarmte ihn.

»Was ist denn mit Toni los? Der hat mich gerade zusammengestaucht.«

***

Joseph seufzte. Früher hatten sich die beiden bestens verstanden, aber seit einigen Monaten herrschte eine gewisse Spannung zwischen ihnen. Dabei ähnelten sie sich in manchen Dingen. Vielleicht war gerade dies das Problem. *Ich sollte froh sein, dass sie sich nicht zu sehr mögen,* dachte er. *Die Vergangenheit soll ruhen. So ist es besser für alle.*

»Du weißt doch, wie er ist. Aber mit Franzl, da hat er schon recht. Du musst den Hund langsam mal in den Griff bekommen. Mit dem Moosbauer ist nicht gut Kirschen essen.«

Julia senkte den Kopf.

»Das ist aber noch lange kein Grund, so grob zu sein«, murmelte sie. »Ich frage mich sowieso, warum du gerade ihn eingestellt hast. Der vergrault noch deine Gäste.«

»Du erinnerst mich gerade sehr an deine Mutter«, sagte er und strich ihr über die Wange. »Du willst auch immer mit dem Kopf durch die Wand.«

»Ich vermisse sie so, Großvater.«

»Ich auch, mein Kind, ich auch.«

Joseph erinnerte sich an die Zeit, als er seine Gerda kennengelernt hatte. Zum Glück hielten ihn ihre Eltern für eine gute Partie. Sonst hätte er nie die Zustimmung zur Hochzeit bekommen. So war das damals. Hatte man nichts zu bieten, musste man befürchten, die große Liebe nicht heiraten zu dürfen. Gerda war die gute Seele des Hofes gewesen. Joseph begriff noch immer nicht, warum der Herr sie vor ihm zu sich gerufen hatte. Die Krankheit war über ihr friedliches Leben hereingebrochen. Binnen weniger Monate war aus der lebenslustigen und fleißigen Gerda ein Häuflein Elend geworden, das nicht mehr in der Lage war, sich aus dem Bett zu erheben. Warum passierte ihm das und dann gleich zwei Mal? Erst seine Tochter, später seine Frau. Beide waren demselben Feind zum Opfer gefallen, diesem Biest namens Krebs. Aber wenigstens hatte er noch Julia und Toni.

***

»Großvater, ist alles in Ordnung?«

Sie legte ihm eine Hand auf die Schulter. Joseph zuckte zusammen.

»Oh, entschuldige bitte, Julia.«

»Ist schon in Ordnung. Ich mache mir Sorgen um dich. Du siehst so blass aus. Isst du auch ordentlich? Die ganze Arbeit hier, das muss dir doch langsam zu viel werden.«

»Ach wo, ich habe doch Toni. Der hilft mir fleißig und ich gehöre noch lange nicht zum alten Eisen.«

Joseph nahm die Sense vom Haken an der Hauswand.

»Jetzt werde ich dir mal beweisen, was ich noch leisten kann.«

Julia lachte. So kannte sie ihren Großvater. Wenn er nicht stets hart gearbeitet hätte, gäbe es den Hof schon lange nicht mehr. Sie wusste, wie heftig ihn der Tod seiner Frau und seiner Tochter getroffen hatte, aber die Arbeit hielt ihn davon ab, in Depressionen zu versinken.

Während ihr Großvater dem Gras zu Leibe rückte, lief Julia zum Kuhstall. Wo steckte Toni? Seit ihrer Ankunft hatte sie ihn nicht mehr gesehen. Vorsichtshalber band sie Franzl vorm Stall an. Noch einmal würde er ihr heute nicht davonlaufen.

Durch die winzigen Fenster drang nur wenig Licht in das Gebäude. Es roch nach frischem Heu und den Ausdünstungen der Kühe, die noch bis zum Anbruch der Dunkelheit auf der Weide stehen durften. Am Ende des Ganges befand sich jeweils links und rechts eine abgetrennte Box für Kälber, die noch nicht robust genug für den Weidegang waren. Momentan gab es nur ein Kälbchen, das mit der Flasche großgezogen wurde, weil seine Mutter es nicht akzeptiert hatte. Julia würde sich den Neuankömmling einmal anschauen.

Plötzlich stieg ihr ein penetranter süßlicher Geruch in die Nase und sie nahm Rauchschwaden in der hinteren Ecke des Stalls wahr. *O Gott, es brennt*, dachte sie und sprintete den Gang entlang. Mit einem Ruck riss sie die Tür der Kälberbox auf und wäre beinahe über Tonis ausgestreckte Beine gestolpert. Dieser saß mit geschlossenen Augen an die Boxwand gelehnt auf dem mit einer dicken Strohschicht ausgelegten Boden und streichelte selbstvergessen das neben ihm liegende Kälbchen. In seiner rechten Hand hielt er eine Zigarette. *Nein, halt, das ist keine Zigarette. Das ist doch ein Joint!*

»Sag mal, spinnst du jetzt komplett? Mich hier so zu erschrecken! Die Kleine hat gerade so friedlich geschlafen«, wetterte Toni.

»Ich spinne? Ich? Du sitzt doch hier im Stroh und rauchst. Hast du vor, den ganzen Stall abzufackeln?«

»Beruhige dich mal, Jule. Ich passe schon auf. Hier, ich habe sogar einen Aschenbecher.«

Julia wusste nicht, ob sie lachen, weinen oder Toni den Hals umdrehen sollte. Da saß dieser Kerl seelenruhig mit einem Joint im Stroh und grinste sie breit an.

»Nenn mich nicht so! Du weißt, das darf nur Elisabeth. Weiß mein Großvater, was du hier so treibst?«

Sie stemmte die Hände in die Hüften und schaute Toni herausfordernd an.

»Nein, und das muss er auch nicht. Das ist meine Pause und da kann ich machen, was ich will. Ich schade doch keinem.«

»Außer dir selbst. Aber das kann mir ja egal sein. Lass dich hier lieber nicht von ihm erwischen. Ich glaube nicht, dass er begeistert von deiner Pausenbeschäftigung wäre.«

»Warst du in der Schule auch so ein Verräter? Dann hattest du sicher nicht viele Freunde.«

Julia schnaubte und rollte die Augen. Sie drehte sich um und knallte die Boxentür hinter sich zu. Mit ausgreifenden Schritten stapfte sie aus dem Stall und band Franzl los.

***

Das Kälbchen sprang erschrocken auf und schaute Toni mit fragendem Blick an. Dieser erhob sich von seinem behaglichen Strohlager und drückte den Joint im Aschenbecher aus. Ihm war die Lust darauf vergangen. Warum war Julia so eine Spielverderberin? Das nächste Mal würde er ihr anbieten, auch mal einen Zug zu nehmen. Vielleicht wäre sie dann entspannter. Er hoffte inständig, sie würde nicht zu Joseph laufen und ihm von dem Vorfall erzählen. Momentan konnte er es sich nicht leisten, seinen Job zu verlieren. Was sollte er denn sonst machen? Ungelernt war er, wie es auf dem Arbeitsamt so charmant hieß. Zwar hatte er einiges drauf, aber wenn man kein Zeugnis vorweisen konnte, war man ein Nichts. Er ärgerte sich, die Geige heute nicht mitgenommen zu haben. Wie gern hätte er jetzt ein wenig gespielt. Das half ihm, auf andere Gedanken zu kommen. Wenn er es sich recht überlegte, war das sogar besser als ein Joint. Das Kälbchen stupste ihn an.

»Na, noch eine Runde kraulen? In Ordnung. Vielleicht ist Julia dann auch verschwunden. Weißt du, warum sie so eine Kratzbürste ist?«

Statt einer Antwort legte sich die Kleine wieder an seine Seite und schloss die Augen.

***

Joseph stützte sich auf seine Sense und wischte sich den Schweiß von der Stirn. Julia hätte ihm gleich sagen sollen, dass es heute viel zu heiß für solche Arbeiten war. Aber er war ein Sturkopf und ließ sich nicht davon abhalten. Das schien in der Familie zu liegen.

»Na, hast du Toni gefunden?«, fragte er und zwinkerte ihr zu.

»Ja, der sitzt beim Kälbchen und macht Pause.«

Von dem Joint würde sie ihm nichts erzählen. Solange Toni seine Arbeit erledigte, sollte er sein Geheimnis haben. Sie hoffte nur, sie würde diese Entscheidung nie bereuen müssen.

»Pause klingt perfekt. Hast du Lust auf eine Brotzeit?«

»Großvater, es tut mir leid, aber ich bin noch mit Elisabeth verabredet. Beim nächsten Mal wieder, in Ordnung?«

Sie wollte heute nicht mit Toni an einem Tisch sitzen. Als sie ihn aus dem Stall kommen sah, verabschiedete sie sich eilig von ihrem Großvater.

Julia öffnete die Tür zu Elisabeths Laden. Ein Glöckchen kündigte ihren Besuch an, doch der Verkaufsraum war leer. Ihre Freundin hatte offenbar Kundschaft im hinteren Zimmer. Sie schaute sich um und war wie immer erstaunt, wie ordentlich es hier war. Jede Nadel, jeder Faden und jeder Knopf hatten ihren Platz und die Stoffballen waren akkurat nach Farben und Mustern in Regalen sortiert.

Sie trat ins Hinterzimmer. Elisabeth kniete vor einer jungen Frau, die ein champagnerfarbenes Brautkleid aus einem seidig schimmernden Stoff trug, und hatte mehrere Stecknadeln zwischen die Lippen geklemmt, mit denen sie sorgfältig den Saum absteckte. Die Stirn konzentriert in Falten gelegt, war ihre Freundin ganz in ihrem Element. *Wenn sie doch privat manchmal auch so aufgeräumt wäre*, dachte Julia. Aber wenn sie ehrlich war, hatte sie beide gern, die in ihre Arbeit versunkene und ordentliche Elisabeth hier im Laden und die quirlige und verrückte in ihrem Privatleben.

Julia setzte sich auf einen Stuhl neben der Tür und beobachtete ihre Freundin. Sie kannten sich seit dem ersten Schultag. Julia war verschüchtert in den Klassenraum mit den vielen neuen Mitschülern getreten und die über das ganze Gesicht strahlende Elisabeth stürzte sofort auf sie zu und nahm sie unter ihre Fittiche. Das hatte sich nie geändert. Selbst als Elisabeth nach den bestandenen Abiturprüfungen für einige Zeit nach Australien reiste und später in München Modedesign studierte, hatten sich die Freundinnen nie aus den Augen verloren. Dann kam der Moment, als Julias Mutter an Krebs erkrankte und Julia sich rund um die Uhr um sie kümmerte. Elisabeth war so oft in die Heimat gekommen, wie es ihr Studium erlaubte und hatte ihr den Rücken gestärkt. Nach dem Tod der Mutter fiel Julia in ein tiefes Loch, aus dem nur ihre Freundin sie herauszuholen vermochte.

»Na, du Träumerin? Hast du wieder mal an einen deiner Vögel gedacht? Dich wird noch mal der Bär im Wald erwischen. Ich habe gehört, hier in der Gegend stromert wieder einer herum.«

Elisabeth stand vor ihr, in einer Hand Nadel und Faden, mit der anderen wedelte sie mit der neuesten Ausgabe einer Frauenzeitschrift. Julia zuckte die Schultern.

»Ach was. Der ist doch sicher so scheu, der nimmt gleich Reißaus. Allein deshalb, weil Franzl ihn verbellen würde.«

»Na, wenn du meinst. Du solltest mal dein Horoskop lesen, Jule. Sieht gar nicht so übel für dich aus. Ich bin hier auch gleich fertig.«

Elisabeth drückte ihr die Zeitschrift in die Hand und schob sie zum Sofa in der Ecke des Raumes. Julia machte es sich bequem und blätterte sich durch die Klatschmeldungen der letzten Wochen, bis sie die Seite mit den Monatshoroskopen gefunden hatte. Seit Elisabeth als Teenager in einer Jugendzeitschrift ihr erstes Horoskop gelesen hatte, war sie fasziniert davon. Sie hatte es nicht dabei belassen, nur ihre Sterne zu betrachten. Nein, sie gab allen Freunden und Bekannten, aber auch ihren Kunden, ungefragt Ratschläge in Sachen Liebesglück, Gesundheit und Finanzen. Meistens fand Julia das witzig, es gab aber auch Situationen, in denen sie Elisabeth mitsamt ihrem Orakel zum Mond hätte schießen wollen.

Ihre Freundin hatte die zukünftige Braut verabschiedet und hängte das abgesteckte Kleid vorsichtig an einem Bügel auf.

»Das Brautkleid sieht fantastisch aus. Die Kundin kann sich glücklich schätzen«, sagte Julia.

»Und der Bräutigam erst. Das war übrigens mein erster Auftrag für ein Brautkleid. So, nun lies mal vor.«

Damit es keinen Streit gab, tat Julia ihrer Freundin den Gefallen.

»In Sachen Liebe läuft es für dich in diesem Monat nicht so besonders. Du solltest dir überlegen, ob du den richtigen Partner an deiner Seite hast. Deine Karriere könnte einen Anschub gebrauchen. Nimm die Sache gleich in die Hand. Dann steht auch einem Geldsegen nichts mehr im Wege.«

»Die kennen dich ganz gut, was?«

»Na ja, das klingt ja immer so allgemein. Das passt auf jeden.«

»Was du nicht sagst. Mit Sebastian haben sie auf alle Fälle recht. Ich sage dir, der ist nicht der Richtige für dich. Und dein Job, das kann es doch nicht für den Rest deines Lebens sein. Verkäuferin im Souvenirladen, wie lange willst du das noch machen? Was ist aus deinem großen Traum geworden, Fotografin zu werden?«

Julia schluckte. Warum musste Elisabeth immer alles laut aussprechen, was sie dachte?

Elisabeth zupfte an Julias Blusenärmel.

»Redest du jetzt nicht mehr mit mir?«

»Was willst du denn von mir hören? Soll ich dir sagen, dass du recht hast? Was soll ich deiner Meinung nach jetzt machen? Mit fast 30 bekomme ich doch keinen Ausbildungsplatz mehr. Mit Sebastian habe ich auch noch nicht darüber geredet.«

»Wenn er ein verständnisvoller Partner wäre, hätte er doch nichts dagegen, dass du deine Träume verwirklichst, oder?«, antwortete Elisabeth mit dem für sie typischen sarkastischen Unterton.

»Ich weiß, du kannst ihn nicht ausstehen, aber ich liebe ihn. In einer Beziehung muss man vorher erst mal über seine Pläne reden. Du hast ja keinen Freund, du weißt nicht, wie das ist.«

Elisabeth riss die Augen auf.

»Weil ich derzeit keinen Mann habe, weiß ich also nicht, wie eine Beziehung läuft?«

»Ach, Elisabeth, so habe ich das nicht gemeint. Entschuldige bitte. Können wir jetzt einfach in die Kneipe gehen und nicht über Zukunftspläne reden? Ich bin kaputt. Franzl ist mir heute schon wieder entwischt und ich habe ihn auf Großvaters Alm eingesammelt. Frage nicht, wie Toni drauf war.«

»Für heute werde ich dich damit in Ruhe lassen. Aber so einfach kommst du mir nicht davon. Ich lasse nicht zu, dass meine beste Freundin ihre Sterne so ignoriert. Was genau hat Toni denn nun wieder von sich gegeben? Er ist doch an sich ein ganz netter Kerl.«

Julia war erleichtert, dass Elisabeth das Thema Sebastian an diesem Abend nicht mehr anrührte. Ihr Sternenfimmel nervte, gerade weil Julia insgeheim zugeben musste, dass einige Details zutrafen.

»Was ziehst du denn für ein Gesicht?«, fragte Elisabeth und stellte einen giftgrünen Cocktail vor sie auf den Tisch. »Hier, für dich. Der heitert dich hoffentlich auf.«

Mit einem schiefen Grinsen zog Julia am Strohhalm.

»Na, wirkt wohl schon, oder?«

Julia nickte.

»Der Barkeeper hat es aber gut mit dem Wodka gemeint.«

»Klar, ich habe ihm ja auch gesagt, er solle meine Freundin ordentlich aufheitern.«

Elisabeth schien Recht zu behalten. Die unangenehmen Gedanken hatten sich verzogen. Julias Kopf fühlte sich an wie Zuckerwatte und sie kicherte völlig grundlos.

»Ich glaube, den dritten solltest du nicht austrinken.« Elisabeth nahm ihr das Glas aus der Hand. »Genug Spaß für heute. Du gehörst ins Bett. Dort kannst du deinen Rausch ausschlafen.«

»Ja, Mama«, sagte Julia und bekam einen erneuten Lachanfall.

»Hey, Julia, was machst du denn hier? Hast du deinen Mann etwa allein zu Hause gelassen?«

Julia blieb das Lachen im Halse stecken. Einen Moment hatte sie nicht daran gedacht, nun kam ausgerechnet Sebastians Exfreundin zur Tür herein. Sie war nicht allein unterwegs. Ihre männliche Begleitung steckte in hautengen Lederhosen und einem ebenso engen weißen Shirt. Julia atmete auf. Saskia hatte scheinbar einen neuen Freund. Dann würde sie hoffentlich die Finger von Sebastian lassen.

Noch bevor sie eine passende Antwort parat hatte, antwortete Elisabeth schon:»Klar, den kann man gut und gern allein lassen.« Julia zerrte ihre Freundin hinter sich aus der Tür.

»Musst du Saskia so einen Blödsinn erzählen? Die denkt doch, bei uns würde was nicht stimmen.«

Elisabeth zuckte mit den Schultern.

»Jule, mach dir keinen Kopf. Du hast doch gesehen, was für einen Typen die im Schlepptau hatte. Die will sicher nichts mehr von Sebastian.«

Hoffen wir es, dachte Julia.

***

Toni holte wie jeden Abend die Kühe von der Weide. Die Arbeit auf dem Hof war damit für heute erledigt, aber er verspürte nicht die geringste Lust, in seine winzige und karg eingerichtete Wohnung zurückzukehren. Niemand wartete dort auf ihn. Hier oben auf der Alm fühlte er sich zu Hause. Er packte die Geige aus dem Kasten, für ihn das Wertvollste, was er besaß. Es war ein schlichtes Modell von einem der unzähligen Geigenbauer aus der Gegend um Mittenwald, doch er liebte ihren Klang, weich wie die sanften Hänge der Alm und bodenständig wie seine Arbeit. Joseph hatte sie ihm geschenkt, nachdem er Tonis Geige begutachtet hatte. Keine Ahnung, wie der alte Mann an so ein Instrument kam, aber er war sämtlichen Fragen ausgewichen.»Du kannst sie sicher wieder zum Leben erwecken«, hatte er gesagt.

Wie gerne hätte er eine Ausbildung zum Instrumentenbauer gemacht. *Hätte, hätte,* dachte er. Er hatte sich lieber mit seinen sogenannten Freunden getroffen und mit ihnen gemeinsam die Schule geschwänzt und Alkohol getrunken. Hatten ihn seine Eltern nicht oft genug vor denen gewarnt? Aber welcher Fünfzehnjährige hörte schon auf die Alten? Mittlerweile gestand er sich ein, dass sie recht gehabt hatten. Doch eher würde er sich die Zunge abbeißen, als das zuzugeben. Das enttäuschte Gesicht seiner Mutter, wenn er sonntags zum Familienessen erschien, reichte ihm. Sein Vater erwähnte das Thema längst nicht mehr. Anfangs war Toni noch optimistisch, aber nach zwei erfolglosen Bewerbungen in der Musikinstrumentenbauschule gab er auf und arbeitete seither auf Josephs Alm. Man konnte nicht alles haben im Leben. Je eher er sich das aus dem Kopf schlug, umso besser.

Mit geübten Handgriffen stimmte er die Geige. Er war seiner Lehrerin bis heute dankbar, die ihm mit engelsgleicher Geduld dieses Instrument näher gebracht hatte. Viel Fleiß und Schweiß hatte er seither in das Üben gesteckt und mittlerweile konnte er die Töne, die er der Geige entlockte, als Musik bezeichnen.

Seine Gedanken schweiften zu Julia. Er kannte sie seit der Kindheit. Sie besuchten dieselbe Schule und wenn er mit seinen Eltern in Josephs Almwirtschaft eingekehrt war, hatten sie oft miteinander Fangen und Verstecken gespielt. Seit er auf der Alm arbeitete, sah er sie wieder regelmäßig und er konnte nicht leugnen, dass er sie mochte. Ihm gefiel es, wie sie ihre langen blonden Haare zu einem Zopf flocht, und ihre Augen waren von einem tiefen Blau, so blau wie der Walchensee an einem strahlenden Sommertag. Als Kind hatte sie sich über den winzigen Höcker auf ihrer Nase geärgert, den ihr ein Nasenbeinbruch eingebracht hatte. Wie gern hätte Toni ihr gesagt, wie hübsch er sie fand, und sie bräuchte sich nicht wegen solcher Kleinigkeiten zu grämen. Von seinen Gedanken ahnte sie sicher nichts, denn er vermied den Kontakt zu ihr, wo er nur konnte. Er hatte sich jede offensichtliche Schwärmerei für sie verboten, schon weil ihr Großvater sein Arbeitgeber war. Außerdem bedeuteten Frauen am Ende nur Ärger. Da blieb er lieber bei seiner Geige.

Er setzte sie an und spielte einige Takte einer Bach-Partita. Doch so recht wollte ihm das Spielen heute nicht gelingen. *Kaum denkt man an eine Frau, gehorchen die Finger nicht mehr.* Nach ein paar Tonleiter-Übungen gab er auf. Es hatte keinen Sinn. Heute war kein guter Tag für die Musik.

Kapitel 2

1942

Nach einem harten Arbeitstag auf der Alm saß Joseph mit der Familie am Tisch und aß sein zweites Käsebrot. Obwohl es genügend zu essen gab, hatte er ständig Hunger. Er war gerade siebzehn geworden und hatte vor einem Jahr die Schule verlassen. Tagsüber bewachte er zusammen mit seiner fünfzehnjährigen Schwester Annemarie die Kuhherde. Der Krieg hatte die Bergmüllers bis jetzt verschont. Auf der Alm gab es genügend Tiere, um das Überleben zu sichern. Die Familie musste sie jedoch gut schützen. Die Zeiten waren hart und viele Menschen hungerten. Auch nachts standen die Geschwister abwechselnd auf, um draußen und im Stall nach dem Rechten zu sehen. Wenn sie sich darüber beklagten, bekamen sie von Mutter Therese zu hören: »Seid froh, dass ihr ausreichend zu essen habt. Dafür muss man auch arbeiten.«

Vater Werner war seit über zwei Jahren im Krieg. Regelmäßig trafen seine Briefe von der Front ein, doch nun war bereits die vierte Woche ohne Nachricht von ihm vergangen. Die Mutter ließ sich ihre Sorgen nicht anmerken. Nur nachts hörte Joseph sie weinen. Gleich, nachdem der Vater eingezogen wurde, hatte sie sein Gewehr ergriffen und hinter dem Stall das Schießen geübt. Als Joseph es ebenfalls probieren wollte, hatte sie gesagt: »Du nimmst keine Waffe in die Hand, du nicht.« Er hatte protestiert und geschimpft, aber seine Mutter blieb hart. Dabei war er doch jetzt der einzige Mann im Haus und Gewehre gehörten nicht in Frauenhände.

Therese ging jeden Samstag zum Markt hinunter, um Lebensmittel einzukaufen. Die Milch ihrer Kühe tauschte sie gegen Gemüse und Fleisch ein. Meistens durfte ihre Tochter Annemarie sie begleiten. Joseph blieb bei den Tieren. Ihm gefiel das Gedränge auf dem Marktplatz nicht sonderlich. Für seine Schwester war es die Gelegenheit, ihre Freundinnen auch außerhalb der Schule zu treffen. Da ihre Alm abseits des Ortes lag, war es ihnen nicht erlaubt, die Bergmüllers zu besuchen.

Die Mutter war den ganzen Tag schon recht schweigsam gewesen. Selbst Annemarie, die stets etwas zu erzählen hatte, stocherte in ihrem Haferbrei. »Ihr habt sicher schon gehört, wie schlecht es den Juden in Deutschland ergeht. Dieser Hitler hasst sie und er will sie alle aus unserem Land vertreiben«, unterbrach Therese die Stille.

Joseph und Annemarie hatten beide bereits Geschichten darüber aufgeschnappt, dass angesehene Familien aus ihren Häusern gejagt und abtransportiert wurden. »Ihr kennt ja auch die Familie Goldstein.«

Annemarie horchte auf, als sie den Namen hörte. »Die die Bäckerei betreiben?«, fragte sie. Therese nickte. »Diese Menschen haben mir sehr geholfen, seit euer Vater fort ist. Sie schenken uns auch manchmal Brot, wenn das Geld knapp ist. Jetzt haben sie große Angst, besonders um ihre Kinder.«

»Was hast du vor, Mutter?«, fragte Joseph.

»Hört gut zu. Was ich euch jetzt sage, dürft ihr niemandem verraten, auch nicht euren Freunden. Habt ihr verstanden?«

»Natürlich, Mutter«, sagte Annemarie.

»Ich möchte der Familie helfen«, fuhr Therese fort. »Wenn sie noch länger im Ort bleiben, dann kommt irgendwann die Gestapo und nimmt sie mit. Ich habe von schrecklichen Lagern gehört, wo sie hart arbeiten müssen, ohne Geld dafür zu bekommen. Man erzählt sich auch, dass dort viele Menschen sterben.«

»Aber was sollen wir tun? Wir haben doch selbst kaum etwas.«

»Joseph, wir haben genug. Es wird für alle reichen. Wir werden die Familie Goldstein bei uns unterbringen, bis dieser elende Krieg überstanden ist. So lange kann es nicht mehr dauern.«

»Wo willst du sie denn unterbringen? Und was ist, wenn die Polizei bei uns nachschaut?«

»Warum sollte sie? Wir sind Deutsche und haben keine Verbindung zu den Goldsteins.«

»Mutter, ich habe kein gutes Gefühl bei der Sache.«

Annemarie schwieg. Sie dachte an Aaron, den Sohn der Goldsteins, mit dem sie seit einigen Monaten befreundet war. Vor zwei Wochen hatte er sie geküsst. Es war ihr erster Kuss gewesen und sie fand es nicht schlimm, dass es im hinteren Teil der Backstube passiert war. Nach dem Kuss wischte er ihr liebevoll das Mehl von der Wange. Sie hatte noch nie darüber nachgedacht, ob Aaron Jude war oder nicht. Es spielte keine Rolle in ihrer Freundschaft.

»Joseph, uns geht es gut und wir können helfen. Die Goldsteins sind so wundervolle Menschen. Wir dürfen sie doch nicht im Stich lassen.«

»Aber das ist gefährlich! Wir könnten alle ins Gefängnis kommen dafür oder …«

Therese unterbrach ihren Sohn: »Wir werden nicht ins Gefängnis kommen, weil wir vorsichtig sein werden. Hier oben sind wir sicher.«

»Bitte, Joseph, lass uns den Goldsteins helfen«, bat Annemarie mit sanfter Stimme.

»Jetzt fängst du auch noch damit an«, entgegnete Joseph patzig und warf ihr einen drohenden Blick zu.

»Joseph, lass deine Schwester in Ruhe.«

Sollte Annemarie ihrer Familie sagen, dass sie mit Aaron befreundet war? Bis jetzt hatte sie das niemandem erzählt, nicht einmal ihrer besten Freundin.

»Ich meine ja nur, dass wir helfen sollten. Wir sind doch Christen und wir müssen anderen Menschen in der Not beistehen. So sagt es doch der Priester jeden Sonntag in der Kirche.«

Die Mutter stand auf und umarmte Annemarie.

»Danke, meine Liebe.«

Dann schaute sie ihren Sohn an, der mit grimmigem Blick auf seinen Teller starrte.

»Joseph, wenn wir das machen, müssen wir alle zusammenhalten.«

Kapitel 3

1999

Julia lag auf dem Rücken und lauschte Sebastians gleichmäßigen Atemzügen. Dieser schlief seit Stunden seelenruhig, während sie vor lauter Grübeleien nicht zum Schlafen kam. Immer wieder ging ihr Elisabeths Horoskop durch den Kopf. War sie glücklich mit ihrem Leben? Bewies nicht schon das Nachdenken darüber, dass sie an ihrer Zufriedenheit zweifelte? Am nächsten Morgen war sie wie erschlagen vor Müdigkeit und ihr Kopf rächte sich für die Cocktails vom Vorabend. Es fühlte sich an, als klemmte er in einer Schraubzwinge.

Sie drehte ihre Lieblingskaffeetasse in den Händen. Die Mischung aus Koffein und der Aspirintablette davor würde hoffentlich bald wirken.

»Findest du, ich sollte mich verändern?«, fragte sie Sebastian, während der gerade in sein mit einer dicken Scheibe Leberkäse belegtes Frühstücksbrötchen biss. Schon beim Gedanken an feste Nahrung schmerzte ihr Magen.

»Was meinst du damit? Willst du zum Friseur?«, entgegnete er schmatzend. Julia unterdrückte den aufsteigenden Ärger über sein Benehmen und schaute aus dem Fenster.

»Nein, nicht äußerlich, sondern beruflich.«

»Aber du hast doch Arbeit. Frau Permoser ist so froh, dich zu haben. Vielleicht kannst du ja auch eines Tages ihren Laden übernehmen.«

»Du glaubst allen Ernstes, ich möchte für den Rest meines Lebens Verkäuferin bleiben?«

Sebastian starrte sie an und schüttelte den Kopf.

»Warum nicht? Meine Mutter arbeitet doch auch in dem Beruf und sie ist nicht unglücklich.«

Genau, glücklich ist sie. So glücklich, dass sie jeden Tag zur Schnapsflasche greift, dachte Julia, aber sie behielt den Gedanken für sich. Sebastian würde das ohnehin abstreiten.

»Sie hatte ja auch kaum eine andere Wahl, als ihre Kinder aus dem Haus waren. Für eine Ausbildung war sie damals schon zu alt«, konterte Julia und nippte an ihrem Kaffee. »Manche Menschen sind halt Ärzte und andere Verkäufer. Was ist daran so verwerflich? Woher kommen denn auf einmal diese neuen Ambitionen?«

Julia bekam einen Hustenanfall und knallte die Tasse auf den Tisch. Sebastian zuckte zusammen.

»Was ist denn …«

»Ambitionen?«, unterbrach sie ihn. »Die habe ich schon immer gehabt. Du kanntest mich damals noch nicht, als meine Mutter gesund war. Fotografin wollte ich werden. Doch bevor ich mich nach einem Ausbildungsplatz umschauen konnte, wurde sie krank. Den Rest der Geschichte kennst du ja. Meinen Vater hat es nicht im Geringsten interessiert, ob ich meine Träume verwirkliche oder nicht. Ihm war nur wichtig, dass er nicht alleine mit meiner Mutter war.«

Julia redete sich in Rage. Sie spürte, wie ihre Wangen glühten und ballte die Fäuste. Sebastian stand auf und zog sie vom Stuhl hoch. Dann umarmte er sie fest.

»Es tut mir leid, Schatz. Ich weiß ja, wie schwer diese Zeit für dich war.«

Seine Berührung wurde ihr fast zu viel, aber sie war dankbar für seine Einsicht und widerstand dem Gefühl, die Umarmung zu lockern. Wieder kam ihr Elisabeths Horoskop in den Sinn. Sie würde das Thema jetzt nicht weiter vertiefen. Sie nahm sich jedoch vor, sich im Internet über Ausbildungsmöglichkeiten zu informieren. Ob sie dann den Mut hatte, eine Bewerbung abzuschicken, stand auf einem anderen Blatt.

Julia schaute aus dem Fenster von Frau Permosers Laden auf die belebte Einkaufsstraße. Kaum ein Kunde ließ sich heute in dem kleinen und von außen eher unscheinbaren Geschäft blicken.

Franzl hatte sich hinter dem Verkaufstresen zusammengerollt und schlief.

»Fräulein Julia, Sie sind heute so blass. Ist Ihnen nicht gut?«, fragte Frau Permoser.

Julia mochte ihre Arbeitgeberin, die schon im Rentenalter war. Sie hatte vier Kinder, jedoch lebten diese in der ganzen Welt verstreut und hatten kein Interesse an einem Laden, der mehr Mühe forderte, als er Geld einbrachte. Frau Permoser wollte ihren Lebensinhalt noch nicht aufgeben. Daher stand sie weiterhin jeden Tag mit im Geschäft.

»Was soll ich denn zu Hause? Da gehen mein Herbert und ich uns nur auf die Nerven«, pflegte sie zu sagen.

»Nein, nein, Frau Permoser, es ist alles in Ordnung. Ich habe nur schlecht geschlafen heute Nacht.«

In der Mittagspause setzte sich Julia in ihr Lieblingscafé. Sie hatte Glück und ergatterte einen freien Tisch auf der Terrasse.

»Darf ich mich zu Ihnen setzen, junge Dame?«

Julia blickte von ihrer Kartoffelsuppe auf und hätte vor Schreck beinahe auf den Löffel gebissen. *Du meine Güte, das gibt es doch nicht. Ist das etwa …?*

»Ich war den ganzen Tag in der Sonne unterwegs und brauche ein schattiges Plätzchen und eine Erfrischung. Ich störe Sie doch hoffentlich nicht?«

Sie schüttelte den Kopf und merkte, wie ihr die Röte ins Gesicht schoss.

»Alles in Ordnung? Soll ich mich doch woanders hinsetzen?«

Julia schüttelte erneut den Kopf. Der Mann musste sie mittlerweile für eine komplette Idiotin halten, aber falls das der Fall war, ließ er sich nichts davon anmerken. Mit einem tiefen Seufzer stellte er seine stattliche Kameratasche auf den Boden und setzte sich ihr gegenüber. Mit einem Taschentuch wischte er sich den Schweiß aus dem Gesicht. Dabei lächelte er sie an.

»Interessieren Sie sich für Fotografie?«

Julia nickte und räusperte sich umständlich.

»Ja, sehr. Ich … ich wollte auch mal Fotografin werden. Früher, als ich noch jünger war.«

»Das kann ja nicht allzu lange her sein«, antwortete er und zwinkerte ihr zu.

»Ich kenne Sie. Ihre Tierfotografien bewundere ich seit Jahren.«

»Oh, ich bin berühmt? Das wusste ich gar nicht. Darf ich mich trotzdem vorstellen? Mein Name ist Bernhard Trenkner.«

Herr Trenkner reichte Julia die Hand. Dabei verneigte er sich vor ihr.

»Ich habe etliche Bildbände von Ihnen daheim und Ihre Postkarten sammle ich auch.«

»Wir können uns auch gern duzen, wenn Sie mögen. Schließlich sind Sie ein Fan. Ich bin Bernhard. Und wie heißt du?«

»Julia.«

Plötzlich war ihre Scheu wie weggeblasen. Die Gelegenheit, mit einem professionellen Fotografen zu sprechen, würde sie so bald nicht mehr bekommen. Bernhard war so nett, sich nicht anmerken zu lassen, falls ihn ihre Fragerei nervte.

»Warum bist du denn nicht Fotografin geworden?«, fragte er. »Du scheinst dich sehr dafür zu interessieren und arbeitest stattdessen als Verkäuferin.«

Julia schaute betreten in die Suppenschüssel.

»Tut mir leid, das geht mich nichts an. Ich wollte nicht so persönlich werden.«

»Nein, schon gut. Du hast ja recht. Aber ich möchte darüber nicht reden.«

Bernhard lenkte das Thema wieder auf die Fotografie und zeigte ihr ein paar der neuesten Bilder auf seiner Kamera. Sie erkannte die grasenden Haflinger auf dem Wankplateau, Murnau-Werdenfelser Kühe auf einer saftigen Weide, eine Schar Hühner, die eifrig Körner vom Boden pickten. Die reinste bayrische Idylle hatte Bernhard mit seinen Fotografien eingefangen.

»Findest du es zu kitschig? Ich arbeite nämlich gerade an einem Bildband über die Zugspitzregion, ihre Bewohner und vor allem ihre Haustiere.«

»Nein, es ist gar nicht kitschig, es ist wundervoll. Du hast das Landleben wirklich gut festgehalten, Bernhard. Du solltest mal auf der Alm meines Großvaters vorbeikommen. Er hat sicher nichts dagegen, wenn du dort fotografierst.«

Er lächelte und legte seine Hand auf ihre. Julia zog langsam ihre Hand zurück.

»Entschuldige, das ging zu weit. Es ist nur so, dass du mir so vertraut vorkommst. So, als ob wir uns schon mal irgendwo begegnet wären. Kennst du sowas?«

Julia griff nach ihrer Handtasche und Franzls Leine und stand auf.

»Ich glaube, ich muss jetzt los. Meine Chefin wartet sicher schon auf mich.«

»Schade. Können wir uns nicht mal wiedersehen? Lass uns doch eine Fototour machen und ich bringe dir ein bisschen was bei. Hier ist meine Karte.«

Sie nahm die Visitenkarte und drehte sie hin und her. *Warum eigentlich nicht? Ich könnte so viel lernen. Diese Chance bekomme ich nicht gleich wieder.*

»Ich melde mich bei dir«, sagte Julia und steckte die Karte in ihre Handtasche.

Auf dem Rückweg ließ sie die Begegnung Revue passieren. Eine Fototour mit einem Profifotografen, das klang verlockend. Es war ja keine romantische Verabredung, eher ein Arbeitstreffen. Sie würde Sebastian trotzdem erst einmal nichts davon erzählen. Er interessierte sich nicht sonderlich für ihr Hobby. Aber Elisabeth, der musste sie ausführlich darüber berichten, gleich nach Arbeitsschluss. Sie konnte es kaum erwarten.

***

Toni wälzte sich hin und her, aber der Schlaf wollte nicht kommen. Am liebsten hätte er die Geige ausgepackt und gespielt, doch dann wäre er von seinem Vermieter, einem verschlossenen und eigenbrötlerischen Junggesellen, endgültig hinausgeworfen worden. Es gab sowieso bereits Streit wegen seines Übens oder Gekratze, wie es der Vermieter nannte. Schon allein deshalb übte er meistens auf der Alm, wenn die letzten Wanderer die Hütte verlassen hatten. Nur vor Joseph hatte er keine Hemmungen. Dieser beurteilte ihn nicht, sondern saß still und mit geschlossenen Augen auf der Bank und lauschte der Musik. Toni wusste jedoch nie, ob er ihm wirklich zuhörte oder in Gedanken versunken war. Da er keinen Wert auf Applaus legte, war ihm das nicht wichtig. Im Gegenteil, er fand es unangenehm, wenn seine Mutter an Feiertagen von ihm forderte, vor der ganzen Familie aufzuspielen. Bach verstanden die meisten nicht, es war ihnen zu kompliziert. »Spiel doch mal was Schönes«, hieß es dann.

Die Schlaflosigkeit brachte zu viele Gedanken hervor, Erinnerungen, aber auch Zukunftsängste. Und dann war da noch Julia. Was war nur los mit ihm? Warum ging sie ihm nicht mehr aus dem Kopf? Er sah sie wieder vor sich, wie sie verschwitzt und atemlos vor ihm stand. Er hatte Franzl unsanft gepackt und sie angemotzt. Jetzt tat ihm das leid, aber in dem Moment war er einfach nur wütend gewesen. Er mochte den Hund, auch wenn er nicht gut erzogen war und jedes Mal die Kühe und vor allem die Kälber erschreckte. Das musste Julia doch verstehen. Sollte er ihr vielleicht seine Hilfe bei der Hundeerziehung anbieten?

Seufzend stand Toni auf und setzte sich an den winzigen Esstisch in der Küche. Er rieb sich die Augen. Wie würde er heute nur durch den Tag kommen? Aber er brachte es nicht übers Herz, Joseph im Stich zu lassen. Der alte Mann schaffte die Arbeit alleine nicht mehr. Toni hatte in den letzten Wochen immer wieder das Gefühl, dass der Alte ihm etwas verschwieg. Es war ein heißer

Sommer, da ließ auch bei ihm der Arbeitseifer nach. Bei Joseph aber war es noch etwas anderes. Sollte er ihn heute darauf ansprechen?

***

Frau Permoser hatte Julia eher in den Feierabend entlassen. »Sie sind heute irgendwie nicht bei der Sache, mein Kind. Schlafen Sie sich mal richtig aus.«

Julia nickte und murmelte etwas von einer aufziehenden Erkältung. Nun eilte sie durch die Fußgängerzone, um zu Elisabeths Laden zu kommen. Sie musste ihr unbedingt von ihrer Begegnung mit dem Fotografen, mit Bernhard, erzählen. Sie hatte sich im Nachhinein geärgert, Hals über Kopf aus dem Café geflüchtet zu sein. Er hatte sich nichts bei der Berührung gedacht, es war eine nette Geste gewesen, weiter nichts. Zum Glück hatte sie seine Telefonnummer. Das war die Gelegenheit, ein paar Tipps direkt vom Profi zu bekommen.

Als Julia die Tür zu Elisabeths Laden öffnete, saß diese auf dem Boden inmitten mehrerer Haufen bunter Stoffe und strahlte über das ganze Gesicht.

»Was ist denn hier los?«, fragte Julia verdutzt. »Hat dich jemand überfallen?«

»Du wirst es nicht glauben! Ich habe gerade einen Auftrag bekommen, einen richtig großen Auftrag.«

»Hey, das ist ja super! Was ist es denn?«

»Diese Trachtengruppe aus Garmisch, die, die auch immer beim Oktoberfest auftritt, braucht neue Outfits. Dirndl und Lederhosen, sogar passende bestickte Stofftaschentücher und Halstücher. Ich werde in Arbeit ersticken. Ist das nicht wunderbar?«

Elisabeth sprang jauchzend auf und umarmte Julia stürmisch. Dann schaute sie auf ihre Armbanduhr.

»Was machst du denn überhaupt schon hier? Musst du denn gar nicht arbeiten?«, fragte Elisabeth.

»Frau Permoser hat mich heute eher gehen lassen. Ich muss dir etwas erzählen.«

»Sag bloß, du hast auch gute Neuigkeiten. Hast du im Lotto gewonnen, hat dir Frau Permoser ihr Geschäft vererbt, bist du deinem Traumprinzen begegnet ...?« Elisabeth schnappte nach Luft.

»Du spinnst, Elisabeth, wirklich. Ich habe doch Sebastian.«

»Pfff ...«

»Nein, ich bin heute einer Berühmtheit begegnet. Bernhard ...«

»Bernhard? Welcher berühmte Mensch heißt denn bitte Bernhard?«

Julia verdrehte die Augen. Der wichtige Auftrag war Elisabeth bereits zu Kopf gestiegen, aber sie würde sich von ihrem Sarkasmus nicht die Laune verderben lassen.

»Bernhard Trenkner.«

»Wer ist Bernhard Trenkner? Modedesigner kann er jedenfalls nicht sein. Das würde ich wissen.«

»Er ist Tier- und Landschaftsfotograf, ein sehr bekannter in Bayern. Verstehst du? Ein Fotograf! Und er möchte sich mit mir treffen. Also zum Fotografieren natürlich.«

»Natürlich«, sagte Elisabeth und zwinkerte ihrer Freundin verschwörerisch zu.

Julia konnte es sich gerade noch verkneifen, erneut die Augen zu verdrehen. Ihre Freundin war heute wirklich zu albern.

Nachdem sie mit Elisabeth eine Flasche Sekt geköpft hatte, schlenderte Julia nach Hause. Sie verspürte ein verräterisches Pochen im Kopf. *Ich hätte bei der Hitze nicht so viel trinken sollen*, dachte sie und blieb stehen. Wie immer schaute sie sich die Auslagen im einzigen Fotogeschäft der Stadt an. Die Auswahl war nicht sonderlich groß, aber ein Objektiv hatte es ihr angetan. Sie träumte schon lange davon, es zu besitzen, aber ihr bescheidenes Gehalt als Verkäuferin gab das nicht her. Mehrere Tausend Euro kostete es. Sie würde noch eine Weile träumen und sparen müssen.

In der Spiegelung der Scheibe sah sie jemanden aus dem Haus hinter ihr kommen, aus der Praxis von Dr. Hofreuther. Der Mann kam ihr bekannt vor. Sie drehte sich um. Es war ihr Großvater. Er hatte sie nicht bemerkt und wandte sich nach rechts. Julia folgte ihm. Nach fünfzig Metern bog er in den *Goldenen Hirsch* ein. *Für sein erstes Bier ist das aber recht zeitig*, dachte sie. Vor dem Wirtshaus blieb sie unschlüssig stehen. Sollte sie hineingehen oder nicht? Sie wollte nicht aufdringlich sein, aber ihre Sorge um ihn war größer. Was hatte er bei Dr. Hofreuther gewollt?

Die Gaststube war um diese Uhrzeit noch leer. Angenehm kühl war es hier drin. Julia schaute sich um. Ihr Großvater saß allein am hintersten Tisch. Der Wirt stellte ihm gerade ein Glas mit einer goldfarbenen Flüssigkeit hin. Whisky, um diese Zeit?

»Großvater, was machst du denn hier? Warst du beim Arzt?«

Erschrocken blickte Joseph sie an. Er war so blass. Das war ihr bei ihren letzten Besuchen gar nicht aufgefallen.

»Beim Arzt? Wie kommst du denn darauf?«

»Ich habe dich doch eben aus der Tür vom Hofreuther kommen sehen.«

»Ach so. Nein, nein, mach dir keine Sorgen. Ich habe mir nur ein paar Pillen verschreiben lassen. Der Rücken macht mal wieder Probleme.«

»Soll ich das Rezept schnell einlösen gehen? Dann brauchst du nicht noch zur Apotheke.«

»Nein, lass mal. Ich mach das dann selbst. Musst du denn nicht arbeiten?«

Julia betrachtete ihren Großvater, während dieser langsam an seinem Whisky nippte.

»Nun schau mich nicht so vorwurfsvoll an. In meinem Alter darf man auch mal am frühen Nachmittag ein Gläschen trinken.«

»Ich mache mir nun mal Sorgen, Großvater. Du gehst doch sonst nie zum Arzt. Ist es denn so schlimm mit dem Rücken?«

»Komm du mal in mein Alter, Julia. Die Plackerei auf dem Hof ist halt anstrengend. Aber die Pillen werden mir schon helfen.«

Julia war sich nicht sicher, ob ihr Großvater die Wahrheit sagte. Sein Gesicht war recht fahl und wenn sie ihn genauer anschaute, wirkten auch seine Falten tiefer. Aber vielleicht bildete sie sich das alles nur ein. Oder lag es am schummrigen Licht in dem mit dunkelbraunem Holz vertäfelten Raum mit den kleinen Fenstern? Ihr Großvater hatte sie noch nie belogen. Sie nahm sich vor, demnächst mit Toni zu reden. Er würde ihren Großvater mehr unterstützen müssen. Und auch sie würde zukünftig häufiger auf der Alm vorbeischauen.

»Komm, wir gehen nach Hause, Großvater.«

***

Toni saß auf der Bank vor der Hütte und wartete auf Kundschaft. Joseph war bereits am Morgen in die Stadt aufgebrochen. Von Besorgungen hatte er gesprochen, aber Toni hatte gespürt, dass er ihm etwas vorenthielt. Er kannte den alten Mann schon so lange. Wenn er log, dann merkte man ihm das sofort an. Er wich Tonis Blick aus und redete leiser als gewöhnlich. Aber das ging ihn nichts an. Joseph war sein eigener Herr. Nur machte sich Toni langsam Sorgen, wo er blieb.

Die Sonne brannte heute wieder unerbittlich vom Himmel. Das war sicher auch der Grund, warum sich noch kein Wanderer hatte blicken lassen. Er hatte extra am Morgen eine deftige Suppe angesetzt, aber bei der Hitze würde er wohl darauf sitzen bleiben. Langeweile kannte er nicht, aber heute sehnte er sich beinahe Gesellschaft herbei. Er könnte natürlich auch die Zeit damit totschlagen, ein wenig zu üben.

Weit und breit war niemand zu sehen und er begann zu spielen. An der frischen Luft spielte es sich viel besser als in seinem beengten Zimmer oder dem staubigen Stall. Die Finger waren folgsam, die Töne perlten, er fühlte sich frei und glücklich. Das war auch ein Grund, warum er nie erwogen hatte, Musik zu studieren und Orchestermusiker zu werden. Da war man nicht frei. Der Dirigent gab den Takt an, andere bestimmten, welche Musik gespielt wurde. Nein, das war nichts für ihn. Geigenbauer, das war sein Berufswunsch. Wenn man die lange Lehrzeit hinter sich gebracht und das Glück hatte, eine Werkstatt zu erben oder gar selbst zu eröffnen, war man sein eigener Herr. Man konnte ein Instrument erschaffen, das so klang, wie man es sich wünschte.

***

»Hörst du das, Großvater?«

Joseph antwortete nicht und blieb stehen.

»Was ist denn? Ist alles in Ordnung?«

Er wies mit dem Finger Richtung Alm. War das etwa Toni, der dort stand und eine wunderschöne Melodie auf der Geige spielte? Er spielte sogar richtig gut, soweit Julia das beurteilen konnte. Wie war das möglich? Sie hatte nie etwas davon mitbekommen. Wie hatte er das die ganze Zeit verheimlichen können?

»Wusstest du, dass er Geige spielt?«

Joseph nickte.

»Warum hast du mir denn nie etwas davon erzählt?«

»Ich habe ihm versprechen müssen, es dir nicht zu erzählen. Keine Ahnung, warum er so ein Geheimnis daraus macht.«

»Das verstehe ich nicht. Er spielt doch wunderbar.«

Julia hätte ewig dort stehen und ihm zuhören können. Schlagartig brach die Musik ab. Toni hatte sie bemerkt und packte eilig seine Geige in den Kasten. Dann verschwand er im Stall.

»Das war großartig. Seit wann spielst du denn?«, fragte sie.

Toni hatte ihr den Rücken zugedreht und stellte den Geigenkasten an die Wand.

»Ich möchte nicht darüber reden.«

»Warum machst du denn nichts aus deinem Talent und arbeitest stattdessen hier auf der Alm?«

»Vielleicht aus denselben Gründen wie du. Du stehst doch auch jeden Tag im Laden von der Permoser und hättest sicher mehr aus dir machen können.«

Julia drehte sich wortlos um und verließ den Stall. Toni war ein richtiger Holzklotz. Es war ihr unverständlich, wie er einem Instrument solch zarte Töne entlocken konnte. Sie verabschiedete sich rasch vom Großvater und trat den Heimweg an.

Julia tippte immer wieder Bernhards Nummer in ihr Handy ein, aber wagte dann doch nicht, ihn anzurufen. Ein Piepton kündigte eine eingehende Nachricht an, von Elisabeth, die ihr das neueste Horoskop mitteilte: *Eine Chance klopft an die Tür. Du solltest sie nutzen. Es wird deine Karriere voranbringen. In deiner Partnerschaft steht Ärger an.*

Wie aufbauend!

Prompt erschien die nächste Nachricht von Elisabeth: *Hast du es gelesen? Ruf endlich Bernhard an. Vielleicht ist er deine Chance? Ich meine natürlich rein beruflich.*

Ein zwinkerndes Smiley ergänzte die Nachricht. Julia seufzte. Ihre Freundin konnte es nicht lassen, Ratschläge zu erteilen.

Sie nahm ihren ganzen Mut zusammen und wählte Bernhards Nummer.

»Trenkner, hallo.«

»Äh, hallo, äh, ich …«

»Julia, bist du das?«

»Ja, tut mir leid, dass ich erst so …«

»Ich freue mich über deinen Anruf. Ich dachte schon, du hättest meine Visitenkarte verloren. Oder dich hätte der Mut verlassen.«

Wenn du wüsstest …

»So ähnlich. Aber jetzt rufe ich ja an.«

»Hast du diese Woche noch Zeit?«

Der hat es ja ziemlich eilig. »Übermorgen habe ich meinen freien Tag.«

»Dann sollten wir uns treffen. Was meinst du?«

Nach dem Gespräch legte Julia das Handy mit zittrigen Fingern auf den Tisch. Sie fragte sich, ob es eine gute Idee war, sich mit einem fremden Mann zu verabreden und Sebastian nichts davon zu erzählen. Sie war keine Geheimniskrämerin, aber sie konnte sich seine Reaktion lebhaft vorstellen. Er hielt das Fotografieren für ein unnötiges und teures Hobby. Bei ihrem letzten Objektivkauf hatte er beim Anblick der Rechnung die Nase gerümpft. Außerdem wurde er ungeduldig, wenn sie bei gemeinsamen Spaziergängen stehenblieb, um Fotos zu schießen. Ihm konnte es nie schnell genug gehen, ans Ziel zu kommen. Für Julia war der Weg das Ziel. Es gab immer etwas zu entdecken.

Momentan war es nicht einfach, mit Sebastian zu reden. Er kam meist spät und abgekämpft von der Arbeit. Er war Dachdecker und die Auftragslage so gut, dass er von einer Baustelle zur nächsten geschickt wurde. Wenn er tagelang auf Montage war, schrieben sie sich zwischendurch nur kurze Nachrichten. Selbst wenn er die Abende zu Hause verbrachte, aßen sie zusammen und dann ging er meist gleich zu Bett. Seit Wochen hatte es schon keine Zärtlichkeiten mehr zwischen ihnen gegeben. Julia hätte nie für möglich gehalten, wie einsam man sich in einer Beziehung fühlen konnte.

***

Toni saß auf seinem Lieblingsplatz, der Bank vor der Hütte. Die Kühe waren versorgt und er hatte keine Lust, nach Hause zu gehen. Er würde die Nacht hier verbringen. Joseph hatte ihm für den Notfall eine Schlafgelegenheit in der an den Gastraum angrenzenden Kammer bereitgestellt.

»Na, Junge, bist du denn noch nicht müde?«, fragte Joseph und ließ sich seufzend neben ihm nieder.

Schweigend betrachteten die beiden die Aussicht von der Alm. Die Zugspitzgruppe strahlte im orangenen Licht der untergehenden Sonne. Alpenglühen nannte man das. Stille senkte sich über den Ort. Toni liebte diese friedliche Stimmung am Abend.

»Hör mal, Toni. Ich möchte mich ja nicht einmischen, aber du solltest etwas netter zu Julia sein. Sie mag dich. Und sie war wirklich begeistert von deinem Geigenspiel.«

Toni antwortete nicht. Er würde Joseph nicht sagen, dass er sie ebenfalls sehr gern hatte und sie gerade deswegen auf Abstand hielt.

»Ach, ihr jungen Leute, ihr macht es euch immer schwer. So, ich gehe jetzt mal schlafen. Wir sehen uns morgen Früh. Gute Nacht, Toni.«

Joseph klopfte ihm auf die Schulter und ging ins Haus.

Kapitel 4

1942

Rachel Goldstein huschte durch die mit Kerzen beleuchteten Räume, um die wichtigsten Dinge in Taschen und Koffer zu stopfen. Ihr Ehemann Levin saß an seinem Arbeitstisch und sortierte die Papiere. Die Kinder hatte sie in ihre Zimmer geschickt. Aaron und Deborah waren ihr keine Hilfe. Sie hätten am liebsten all ihre Sachen mitgenommen. Streitigkeiten konnte Rachel im Moment nicht ertragen. Sie hing genauso an ihrem alten Leben, der liebevoll eingerichteten Wohnung, der bis vor kurzem florierenden Bäckerei und dem hochwertigen Schmuck. Aber sie wusste, dass Juden schon in allen Jahrhunderten durch schwere Zeiten gegangen waren, und jetzt war es eben auch für sie soweit. Ihr einziger Trost war, dass sie gemeinsam als Familie diesen Weg gehen würden.

»Ich bin fertig. Wir können aufbrechen«, sagte sie zu ihrem Mann.

Levin seufzte. Seine Falten schienen sich in den letzten Tagen tiefer in sein Gesicht gegraben zu haben. Schwerfällig wie ein alter Mann erhob er sich von seinem Mahagonitisch und schaute sich im Arbeitszimmer um. Dann nickte er Rachel zu. Es war ein Abschied für immer, das wussten beide. Der Weg zur Alm hinauf mitten in der Nacht war beschwerlich. Nicht einmal der Mond war so gnädig, ihnen den Weg zu erhellen. Alle schwiegen, nur das Knirschen ihrer Schritte war zu hören.

Therese stand bereits in der Tür und erwartete sie.

»Herzlich willkommen in unserer bescheidenen Hütte.«

Sie nahm Rachel den schweren Koffer ab.

»Ich habe bereits alles hergerichtet. Ihr müsst erschöpft sein.«

Levin und Rachel bezogen die an den Stall angrenzende Kammer. Aaron teilte sich das Zimmer mit Joseph und Deborah schlief bei Annemarie. Der Keller, der zur Lagerung von Kartoffeln und Einmachgläsern genutzt wurde, würde der Familie im Notfall als Versteck dienen.

Joseph war es nicht recht, den ohnehin engen Raum mit einem fremden Jungen teilen zu müssen. Er hoffte, Aaron würde ihn in Ruhe lassen. Annemarie schien Gefallen an ihrer neuen Zimmerkameradin zu finden. Er hörte die beiden Mädchen im Nachbarzimmer kichern.

»Du spielst Geige?«

Aaron zeigte mit dem Finger auf den in der Ecke stehenden Geigenkasten. Joseph nickte. Er drehte sich um und wühlte in einer Schublade.

»Was spielst du denn so?«

»Dies und das …«, murmelte er. Er würde Aaron nicht auf die Nase binden, dass er das Instrument in den letzten Monaten nicht mehr angerührt hatte. Nicht weil er zu faul gewesen wäre, er hatte sich sogar recht gut angestellt. Aber welches Mädchen wollte schon einen Jungen, der Geige spielte? Kräftige Kerle bevorzugten die, die sich verteidigen und schnell laufen konnten.

»Ich spiele Klavier. Ihr habt hier kein Klavier, oder?«

Joseph schüttelte den Kopf und zog ein Buch aus der Schublade. Er setzte sich auf sein Bett und gab vor, zu lesen. Dabei beobachtete er Aaron aus den Augenwinkeln. Der hatte seine Habseligkeiten aus der Tasche geräumt und ordentlich auf das Bett gelegt. Viel war es nicht, was er bei sich hatte. Aber wie viele Dinge konnte man auch in solch einer Situation mitnehmen? Die Familie Goldstein war wohlhabend, aber in diesen Zeiten konnte man mit Geld nicht viel ausrichten. Joseph hatte gehört, dass die Nationalsozialisten nicht zögerten, die Geschäfte und den Besitz der Juden an sich zu nehmen und niemand wagte es, etwas dagegen zu unternehmen.

»Stimmt es eigentlich, dass ihr kein Schweinefleisch esst?«

Aaron lächelte.

»Ja, so ist es. Aber ihr habt ja hier keine Schweine, oder?«

»Nein, nur Kühe und ein paar Hühner.«

Joseph räusperte sich.

»Wo ist denn der Rest deiner Familie? Großeltern, Tanten, Onkel?«

»Die waren gescheiter als wir und sind rechtzeitig vor dem Ausreiseverbot nach Israel und Amerika gegangen. Aber meine Eltern hängen so an ihrer Heimat. Und nun müssen wir uns verstecken.«

»Was habt ihr denn euren Nachbarn gesagt? Die wissen doch nicht, dass ihr bei uns seid, oder?«

»Natürlich nicht. Wir haben denen erzählt, wir würden zu einer Beisetzung fahren. So ein jüdisches Begräbnis ist eine große Sache und dauert etliche Tage. Eine Notlüge, aber wir wollten niemanden in Gefahr bringen.«

»Außer uns …«

In dem Moment hätte Joseph sich auf die Zunge beißen können. Viel zu oft war sein Mund einfach schneller als sein Gehirn.

»Tut mir leid, Aaron. Es ist nur …«

»Ist schon in Ordnung. Ich verstehe dich. Ich würde auch lieber mein normales Leben weiterführen, anstatt mich hier zu verkriechen. Was würde ich darum geben, in München studieren zu können.«

»Juden dürfen das ja alles nicht mehr. Das habe ich jedenfalls gehört.«

»So ist es. Es fing alles ganz harmlos an mit ein paar Pöbeleien auf der Straße. Dann wurden bei uns immer öfter die Fensterscheiben eingeworfen. Mein Vater hat schließlich Holzbretter in die Fensterrahmen geklebt. Später kam ständig die Polizei und wollte irgendwelche Dokumente prüfen.«

»Hast du von diesen Lagern gehört?«

»Das sind hoffentlich nur Gerüchte. Ich kann und will nicht glauben, dass die Deutschen so etwas Grauenhaftes tun würden. Wir haben doch immer friedlich zusammengelebt.«

»Wie kann man nur so naiv sein?«, fragte Joseph und schaute Aaron mit hochgezogenen Augenbrauen an.

»Was meinst du?«

»Das sind sicher keine Gerüchte. Hitler meint es ernst. Hast du den mal reden gehört?«

»Ich bin nicht naiv, sondern optimistisch.«

»Wenn du meinst. Ich finde es töricht zu denken, dass das so bald wieder in Ordnung kommt. Wenn man sieht, mit welchen Mitteln die Juden vertrieben werden, dann ist das bitterer Ernst. Ihr hättet es wie eure Verwandten machen sollen.«

»Wir sind nicht töricht. Nimm das sofort zurück!«

Aarons dunkle Augen funkelten und er streckte Joseph die Faust entgegen.

»Nichts nehme ich zurück. Wir müssen jetzt die Konsequenzen tragen, weil ihr nicht rechtzeitig abgehauen seid.«

Aaron stürmte auf ihn los und packte ihn am Kragen seines Hemdes.

»Deine Mutter ist so ein netter Mensch und bietet uns ihre Hilfe an. Und du tust so, als ob wir dir etwas wegnehmen würden«, zischte er.

»Lass mich sofort los, du schmieriger Kerl, du.«

»Wie nennst du mich?«

»Du hast schon richtig gehört.«

Aaron schlug zu. Blut schoss aus Josephs Nase und er brüllte vor Schmerz.

Annemarie stürmte ins Zimmer, dicht gefolgt von ihrer Mutter und Aarons Eltern.

»Was ist denn hier los?«, fragte Annemarie. »Oh, Joseph, deine Nase blutet.«

Sie hielt ihm ein Taschentuch hin, aber er schlug es ihr aus der Hand.

»Das weiß ich selbst. Der hat völlig grundlos zugeschlagen.«

»Es tut mir leid. Ich wollte das nicht«, stammelte Aaron.

»Aaron, was sollte das?«, fragte Levin. »Du bist doch kein Raufbold.«

»Es tut mir doch leid. Das wird nicht wieder vorkommen.«

»Ich bin wirklich enttäuscht von dir, mein Sohn«, sagte Rachel. Therese legte einen Arm um sie und führte sie aus dem Zimmer.

»Lass das die Jungen selbst klären, Rachel. Sie sind alt genug.«

Aaron setzte sich auf sein Bett und stützte das Gesicht in die Hände. Tränen rannen ihm über die Wangen. Joseph gab vor, nichts davon zu bemerken und reinigte seine Nase mit Annemaries Taschentuch. Sie schmerzte noch immer, aber es fühlte sich nicht so an, als wäre sie gebrochen. Nach einer Weile hatte sich sein Herzschlag beruhigt und er wusste kaum mehr, warum es überhaupt zu diesem unsinnigen Streit gekommen war. Er konnte jetzt schweigen und Aaron für die nächsten Monate ignorieren oder er versuchte, die ganze Situation wie ein Mann zu nehmen.

Nach einer Weile fasste er sich ein Herz und sagte: »Ich hätte so etwas nicht sagen dürfen. Ihr habt es schon schwer genug. Es tut mir leid.«

Er reichte Aaron die Hand und dieser schlug ein.

Kapitel 5

1999

Der Duft nach Klößen und Blaukraut zog durch die Wohnung. Dazu würde es Schweinebraten geben. Sebastian liebte deftiges Essen. Als Nachtisch hatte Julia eine Mousse aus dunkler Schokolade gezaubert. Und am Ende des Abends würde sie hoffentlich selbst das Dessert sein. Sie hatte heute nach der Arbeit noch ein schickes Dessous für diesen Anlass gekauft. Höllisch teuer war der schwarze Hauch von Nichts gewesen, aber er würde Sebastian sicher gefallen. Zufrieden schaute sie auf die Tischdekoration, dann auf die Wanduhr. Es wurde Zeit für die Dusche. Er würde jeden Moment nach Hause kommen.

Über eine Stunde später stand das Essen noch immer auf dem Herd. Julia hatte Sebastian schon mehrere Nachrichten geschickt, aber er antwortete nicht. *Es wird ihm doch auf der Baustelle nichts passiert sein? Oder mit dem Auto?* Sie wählte erneut seine Nummer. »Hier ist Bastis Mailbox. Sprecht mir was drauf, ich ruf zurück.« *Was soll ich jetzt machen?* Sie saß am Esstisch und trommelte mit den Fingern auf die Tischplatte. In Gedanken sah sie die schrecklichsten Szenarien vor sich. Er hatte einen Arbeitsunfall erlitten und lag bewusstlos im Krankenhaus. Oder ein Autounfall auf dem Heimweg. Oder ... Der Schlüssel drehte sich im Türschloss. Endlich! Sie sprang auf und lief Sebastian entgegen.

»Wo warst du denn so lange? Ich ...«

Abwehrend hob er die Hände und ließ sich auf den Stuhl fallen. Er nahm sich nicht einmal die Zeit, seine Arbeitskleidung auszuziehen.

»Keine Vorwürfe, in Ordnung? Ich bin fix und fertig.«

Schweigend schaufelte er das Essen in sich hinein. Kein Kompliment, nicht einmal ein anerkennendes Nicken. So hatte sich Julia den Abend nicht vorgestellt. Dabei hatte sie sich vorgenommen, ihm von Bernhard und ihrem morgigen Treffen zu erzählen. Doch nun schwieg auch sie und stocherte stattdessen im Blaukraut.

»War echt lecker, Schatz. Ich geh jetzt ins Bett. Morgen früh muss ich schon wieder zeitig raus.«

Er gab ihr einen Kuss auf die Stirn und schlurfte ins Badezimmer.

Als Julia am nächsten Morgen aufwachte, war das Bett neben ihr leer. Sebastian war bereits zur Arbeit gegangen. Auf dem Küchentisch lag ein Zettel.

Danke fürs Essen gestern. IlD, Basti.

Wie sie Abkürzungen verabscheute. Seit es Kurznachrichten gab, schrieb scheinbar kein Mensch mehr in ganzen Sätzen. Doch davon würde sie sich nicht die Laune verderben lassen. Sie war so aufgeregt, Bernhard zu sehen, dass sie auf das Frühstück verzichtete. Nachdem sie im Stehen einen Kaffee heruntergekippt hatte, packte sie ihre Fotoausrüstung zusammen.

Bernhard hatte sich mit ihr bei der Seilbahnstation verabredet. Von dort würden sie mit der Seilbahn zum Kreuzeck fahren und danach zu Fuß weiter zum Osterfelderkopf wandern. Julia hatte den Fotorucksack neben sich auf die Bank gestellt und beobachtete die ersten Wanderer auf dem Weg zu den Gondeln. Franzl lag zu ihren Füßen und hielt ein Schläfchen. Ihr Handy piepste. Eine Nachricht, wie erwartet von Elisabeth.

Viel Spaß heute. Und denk immer an dein Horoskop. Nimm dein Glück selbst in die Hand. Die Chancen stehen günstig.

»Guten Morgen, Julia.«

Sie blickte auf. Kam es ihr nur so vor oder sah Bernhard heute noch attraktiver aus als bei ihrem ersten Zusammentreffen? Sein Dreitagebart war verschwunden und er trug ein modisches Hemd. Franzl bellte und sprang Bernhard an. Dann warf er sich auf den Rücken und ließ sich bereitwillig den Bauch streicheln. Die Ablenkung kam ihr gerade recht. Vielleicht würde Bernhard ihren roten Kopf nicht bemerken.

»Franzl scheint dich sehr zu mögen.«

»Das ist schon mal ein guter Anfang. Wenn das dann noch auf sein Frauchen zutrifft, bin ich ein Glückspilz.«

Bernhard zwinkerte ihr zu und wieder begannen ihre Wangen zu glühen.

»Na, dann mal rauf auf den Berg«, sagte sie und sprang auf.

»Du hast es aber eilig.«

Sie waren allein in der Gondel und Bernhard setzte sich direkt neben sie. Julia beobachtete ihn, während er aus dem Fenster schaute. Sie konnte nicht leugnen, dass er ihr gut gefiel. Als er sich zu ihr drehte, wendete sie ihren Blick ab. Hoffentlich hatte er nicht mitbekommen, wie sie ihn angestarrt hatte.

Wie immer, wenn sie aufgeregt war, berührte sie Peters Ring, den sie an einer Kette trug. Sie würde nie vergessen, wie ihr Bruder ihr das silberne Schmuckstück mit dem kleinen Zirkoniastein in der Mitte an ihrem achtzehnten Geburtstag an den Finger gesteckt hatte. Der Ring war nichts Besonderes, aber allein deshalb wertvoll, weil ihr Bruder ihn für sie ausgesucht hatte. Sie hatten sich sehr nahe gestanden. Er fehlte ihr so. Er war der Einzige, der ihre Träume verstanden und unterstützt hätte. Julia schluckte die aufkommenden Tränen herunter.

»Alles in Ordnung bei dir?«, fragte Bernhard.

»Erinnerungen, aber lass uns nicht davon reden. Schau, wir sind schon fast da.«

Rund um das Kreuzeck waren selbst zu dieser frühen Stunde etliche Wanderer unterwegs. Viele Kletterer, die die Alpspitze erklimmen wollten, stärkten sich im Kreuzeckhaus. Voller Bewunderung schaute Julia auf deren Ausrüstung.

»Willst du lieber klettern gehen?«, fragte Bernhard.

Sie schüttelte heftig den Kopf.

»Um Himmels willen, nein. Ich habe furchtbare Höhenangst. Aber ich beneide die Menschen, die sich das zutrauen. Ich wäre gern mutiger, nur fürchte ich, bei mir ist da Hopfen und Malz verloren.«

»Wieso? Klettern kann man lernen, und mit der Zeit verschwindet sicher auch die Höhenangst.«

»Nein, lass mal.«

Julia winkte ab und packte die Kamera aus ihrem Rucksack. Über ihre Ängste wollte sie nicht sprechen und schon gar nicht mit einem fast fremden Menschen.

Gemeinsam machten sie sich auf den Weg in Richtung Hochalm. Sie wählten den Weg über den Längenfelder, der oberhalb des üblichen Wanderweges verlief und nicht so häufig begangen wurde. Franzl ließ sie an der Leine. An der Hochalm liefen die Kühe frei herum. Ein umherspringender Hund würde die ganze Herde in Aufruhr bringen.

»Pssst …«

Bernhard fasste sie sanft an der Schulter und wies mit dem Kopf nach rechts. Dort standen drei Gämsen dicht beieinander und grasten. Julia legte Franzl sofort am Wegesrand ab. Zu ihrem Erstaunen blieb er ohne Protest liegen. Auch nachdem sie die zwei Wanderer und den Hund erblickt hatten, fraßen die Tiere friedlich weiter. Langsam hob Julia die Kamera und schoss einige Bilder. Sie drehte sich zu Bernhard und lächelte. Es war ein gutes Gefühl, die Fotoausrüstung wieder in der Hand zu haben.

Das Licht war ideal zum Fotografieren. Die Gipfel des Wettersteingebirges leuchteten in hellem Grau und bildeten einen perfekten Kontrast zum azurblauen Himmel. Auf den Weiden rund um die Hochalm tummelten sich die Kühe mit ihren Kälbern. Das Glockengeläut war über einige Hundert Meter zu hören. Der Weg zum Osterfelderkopf wurde mit jedem Schritt steiler. Sie blieben immer wieder stehen, um zu fotografieren und zu Atem zu kommen. Bernhards Hemd war bereits sichtbar durchgeschwitzt und auf seinen kurzen Haaren glitzerten Schweißperlen. Julia trocknete ihre Stirn mit einem Taschentuch und atmete tief durch. Bernhards Deo stieg ihr in die Nase, herb und frisch. Sie holte erneut Luft.

Was ist denn nur los mit mir? Hat mir die Höhenluft etwa das Hirn vernebelt? Warum interessiere ich mich überhaupt für sein Deo?

»Erde an Julia.«

Sie schaute in seine fragenden braunen Augen und wich dem Blick sofort aus.

»Ich glaube, ich brauche mal etwas Wasser. Mir ist ganz komisch. Diese Hitze heute.«

Sie nahm mehrere Schlucke aus ihrer Wasserflasche. Am liebsten hätte sie sie nicht mehr abgesetzt, um nicht noch etwas Merkwürdiges von sich zu geben. Sie befürchtete, heute nicht ganz zurechnungsfähig zu sein.

»Geht es dir besser?«

»Ja, alles bestens. Lass uns weiterlaufen.«

Sie gelangten in eine Talenge. Da die wärmenden Strahlen der Sonne diesen Bereich kaum erreichten, herrschte eine wohltuende Kühle. Jedes noch so leise Geräusch prallte an den steinigen Wänden zurück. Man hörte sogar die Kletterer weit oben in den Felswänden, die sich auf dem Weg zur Alpspitze befanden.

Julia und Bernhard erreichten die Schaukeln am oberen Ende der Talenge. Sie hatten Glück und keine davon war belegt. An solchen Tagen wie heute war die schwankende Sitzgelegenheit ein begehrter Rastplatz.

»Lust auf eine Runde Schaukeln?«, fragte Bernhard und ließ sich fallen.

Julia hätte nicht sagen können, wann sie das letzte Mal so unbeschwert gewesen war. Einfach hier zu sitzen, die Beine baumeln und den Blick über die Felswände schweifen zu lassen, das hatte sie schon lange nicht mehr gemacht. Mit Sebastian war Wandern ein Kraftakt und Pausen für ihn ein Zeichen der Schwäche. Bernhard jedoch war rücksichtsvoll und eine angenehme Begleitung. Hier hatte sie nicht immer das Gefühl, etwas leisten zu müssen.

Sie drehte den Ring zwischen ihren Fingern und dachte an Elisabeths Horoskop. Wie war das? Lag nicht immer ein Körnchen Wahrheit darin?

Kapitel 6

1942

Die Tage wurden bereits kürzer, aber die bleierne Hitze hielt noch immer an. Der Regen blieb aus. Die Heuernte war dieses Jahr geringer ausgefallen, die Kühe gaben weniger Milch. Auch die Gemüsebauern klagten über erhebliche Ernteeinbußen. Trotz aller anfallenden Arbeiten erlaubte die Mutter Joseph und Annemarie, sich an manchen Nachmittagen im Badesee abzukühlen. Die Goldsteins jedoch waren gezwungen, auf der Alm auszuharren. Für sie verlief ein Tag wie der andere. Die Kammern waren stickig und nur wenig Licht fiel durch die schmalen Fenster. Die Monotonie kratzte an den Nerven aller Familienmitglieder. Rachel vermisste ihre Bücher und das Handarbeitszeug. Wenn sie sich nicht gerade stritten, vertrieben sich die Kinder die Zeit mit Denkspielen und Aaron erteilte seiner Schwester Mathematikunterricht. Levin lag die meiste Zeit auf dem Bett und starrte vor sich hin. Hin und wieder las er in der Thora.

Erst am Abend, wenn die Sonne hinter den Bergen verschwunden war, wagten sie sich heraus. Die Abende waren der ersehnte Höhepunkt des Tages. Dann aßen alle gemeinsam vor der Hütte und die Goldsteins fühlten sich für kurze Zeit wie eine normale Familie.

**

Es war Samstag und Joseph begleitete seine Mutter zum Einkaufen. Sie hatte darauf bestanden, dass er heute mitkommen müsse. Es gäbe viel zu tragen und Annemarie könne auch allein auf die Kühe aufpassen. Seine Schwester hatte gebettelt und geweint, aber die Mutter war hart geblieben.

Ihre erste Anlaufstelle war die Metzgerei Gmeiner. Die Gmeiner war bekannt für ihre Neugierde. Wenn man eine Neuigkeit verbreiten wollte, war man bei ihr gut aufgehoben.

»Grüß Gott, Frau Bergmüller. Heute mal mit dem Sohn unterwegs? Was darf's denn sein?«

Die Mutter gab ihre Bestellung auf.

»Sagen Sie mal, haben Sie die Goldsteins in letzter Zeit gesehen? Die sind gewissermaßen über Nacht spurlos verschwunden«, fragte Frau Gmeiner, während sie Würstchen und Schinken einpackte.

Seine Mutter schaute Joseph hilfesuchend an.

»Wussten Sie denn nicht, dass die auf einer Beerdigung sind?«, fragte er.

Frau Gmeiner nickte. »Ja, ja, die Juden. Ich meine, ich habe nichts gegen die, aber ein wenig merkwürdig sind sie schon. Wissen Sie, was ich meine?«

»Du meine Güte, wie die Zeit vergeht. Wir haben noch so viel zu erledigen. Entschuldigen Sie, Frau Gmeiner, aber wir müssen weiter. Einen schönen Tag noch«, murmelte seine Mutter.

Eilig packte sie die Päckchen in ihren Korb und zog Joseph am Ärmel nach draußen. Vor dem Laden wischte sie sich den Schweiß von der Stirn.

»Mein Junge, du warst so schlagfertig. Wie gut, dich bei mir zu haben.«

Die Mutter drückte ihn an sich.

Aaron saß auf dem Bett und hatte gerade eines von Annemaries Büchern in der Hand. Er musste sich mit den albernen Geschichten für Mädchen begnügen, denn Joseph las kaum. Aber das schien ihm nichts auszumachen. Joseph hatte gesehen, dass er jeden Tag in ein Heftchen schrieb, gewiss eine Art Tagebuch. Annemarie kritzelte auch immer etwas in ein Büchlein und machte eine große Sache daraus. Niemand aus der Familie durfte darin lesen. Sie schloss es sogar in ihre Schublade ein. Aber was für Geheimnisse sollte sie schon haben?

»Wie schaut es denn im Ort aus? Was ist aus unserem Geschäft geworden?«, fragte Aaron und legte das Buch beiseite.

»Im Moment ist es recht ruhig. Euer Laden steht leer. Die haben alles ausgeräumt.«

Aaron seufzte.

»Die Gmeiner haben wir mit Neuigkeiten versorgt. Die wird jetzt jedem erzählen, dass ihr auf einer Beerdigung seid.«

»Die war schon immer ein Klatschweib. Aber wenn sie die Geschichte geglaubt hat, ist es ja gut.«

Es klopfte an der Tür. Annemarie schaute herein.

»Ach, du bist ja wieder da, Joseph.«

»Was willst du denn?«

Seine Schwester bekam einen roten Kopf und verschwand rasch wieder.

»Na, die war ja merkwürdig. Mädchen ...«

Aaron sagte nichts, sondern starrte angestrengt auf den Boden. Er war ebenfalls rot geworden. Hier stimmte doch etwas nicht.

»Sag mal, ist irgendwas?«, fragte Joseph.

»Nein, nein, alles in Ordnung«, antwortete Aaron hastig.

Joseph musste die beiden im Auge behalten. Seine kleine Schwester war zu unreif für solche Geschichten. Und dann noch ein jüdischer Junge. So nett Aaron auch war, aber man erzählte sich so einiges von den Juden. Er hatte gehört, dass sie beschnitten wurden, also anders aussahen als er und seine Freunde. Außerdem seien sie besonders verrückt nach deutschen Mädchen.

Er würde nicht zulassen, dass Aaron seiner Schwester zu nahe kam. Seine Mutter hatte im Moment zu viele Dinge im Kopf und es war ihr scheinbar entgangen, was sich hinter ihrem Rücken abspielte. Da er jetzt der Mann im Haus war, würde er das übernehmen.

Kapitel 7

1999

»Woran denkst du?«, fragte Bernhard.

Julia spürte seinen Blick auf sich. Angestrengt schaute sie ins Tal und hoffte, dass er nicht bemerkte, wie heiß ihr war. Und das lag nicht nur an der sommerlichen Hitze. Ihr Gefühlschaos war ihr ein Rätsel. Sie liebte Sebastian. Da war kein Platz für jemand anderen. Und doch gab es da dieses Gefühl, wenn sie Bernhard anschaute oder an ihn dachte. War das schon Betrug?

»Ich bin dir dankbar für den wunderschönen Tag. Und dafür, dass du mich wieder zum Fotografieren gebracht hast.«

»Du scheinst ein gutes Auge zu haben. Vielleicht solltest du doch darüber nachdenken, eine Ausbildung zu machen.«

»Dafür ist es ein wenig spät, findest du nicht?«

»Du bist noch jung. Außerdem ist es nie zu spät, etwas zu verändern.«

Julia sprang von der Schaukel.

»Ach, lass uns lieber über dich reden. Wie bist du dazu gekommen, Tierfotograf zu werden?«

Sie hätte Bernhard ewig zuhören können, als er von seinen Abenteuern erzählte. Seine Aufträge hatten ihn in zahlreiche ferne Länder verschlagen und mehr als einmal war er in gefährliche Situationen geraten.

»Da war dieser Elefant in Afrika. Ein riesiger Bulle mit enorm schlechter Laune. In meinem Übermut bin ich einfach zu nah ran gegangen und habe alle Warnsignale übersehen. Mein Glück war, dass mich ein Safariauto eingesammelt hat. Sonst wäre ich wohl heute nicht mehr hier.«

»Das wäre doch schade«, sagte Julia und lachte.

Bernhard schaute ihr tief in die Augen und in ihrem Magen schlugen daraufhin hunderte Hummeln Purzelbäume. Sie beschleunigte ihre Schritte. Franzl rannte bellend neben ihr her. Ihre Unruhe hatte sich scheinbar auf ihn übertragen. Bis zum Osterfelderkopf war es nicht mehr weit. Sie brauchte dringend ein kaltes Getränk, um sich abzukühlen.

Das Gasthaus war gut besucht, aber sie ergatterten noch freie Plätze auf der Terrasse. Franzl leerte die Wasserschale, die ein Kellner eilig herantrug und legte sich dann mit einem leisen Seufzer unter den Tisch. Ein Dutzend Alpendohlen hatte sich ebenfalls eingefunden und hielt sich in der Nähe der Gäste auf, stets auf der Suche nach einem schmackhaften Happen. Julia und Bernhard beobachteten eine Dame in farblich perfekt abgestimmtem Wanderoutfit, die damit beschäftigt war, ihre Frisur zu richten. Ihr Mann, der seiner Gattin modisch in nichts nachstand, brachte ihr eine Portion Currywurst mit Pommes und kehrte zum Ausschank zurück. In dem Moment, als sie sich vom Tisch abwendete, um ihrem Mann nachzuschauen, sprang eine Dohle auf den Tisch, stahl sich eine Fritte und flog auf das Dach des Gasthauses. Ihre Dohlenfreunde stürzten sofort hinterher, um ihr den Leckerbissen abzujagen. Ihre Rufe klangen wie ein silberhelles Lachen und hallten an den Felswänden wider. Die Dame besaß jedoch keinerlei Humor und beschwerte sich lautstark über die unmöglichen Federviecher.

Julia und Bernhard schauten sich an und kicherten.

»Ich könnte die Dohlen den ganzen Tag beobachten. Sie sind so intelligent und dazu noch hübsch. Diese Augen ...«, schwärmte sie.

»Ornithologin bist du also auch noch. Ein Multitalent sozusagen.«

»Daran ist mein Großvater schuld. Er hat früher hin und wieder verwaiste Jungvögel großgezogen. Als ich Kind war, habe ich ihm dabei geholfen. Der schönste und traurigste Moment zugleich war immer, wenn wir die Vögel in die Freiheit entlassen haben. Immer, wenn ich in die Berge gehe, hoffe ich, einen unserer Schützlinge wiederzusehen.«

»Na, dann auf deine Zukunft als ornithologische Fotografin«, sagte Bernhard und prostete ihr mit seinem Bierglas zu.

Bernhards Worte gingen ihr durch den Kopf, als sie am späten Nachmittag den Weg zu ihrem Großvater einschlug. Hatte sie vielleicht doch eine Chance, noch Fotografin zu werden? Zuerst würde sie jedoch heute mit Toni über ihren Großvater sprechen. Hoffentlich war er besser gelaunt als beim letzten Besuch. Immerhin hatte sie Franzl diesmal an der Leine. Der war ganz und gar nicht glücklich darüber und zerrte sie vor Ungeduld winselnd hinter sich her.

»Heute nicht, Franzl. Denk an den alten Moosbauer. Und außerdem wird Toni sonst wieder grantig. Das wollen wir doch beide nicht, oder?«

Ihr Großvater kam gerade aus der Hütte, um eine Wandergruppe mit Bier zu versorgen. Toni folgte ihm mit zwei Brettln, beladen mit frischgebackenem Brot, Wurst und Käse. Julia blieb stehen und beobachtete die beiden. Joseph sah heute etwas besser aus. Er lachte und scherzte mit den Gästen. Sie atmete auf. Das war ein gutes Zeichen.

»Hey, Julia, grüß dich. Was stehst du denn da wie ein Ölgötze?«

Joseph winkte sie heran. Franzl jaulte herzzerreißend und zog sie zum Tisch.

»Setz dich und iss mit uns. Wir haben so viel aufgetafelt. Franzl, du Armer. Du bekommst natürlich auch etwas.«

Joseph warf dem Hund eine Scheibe Bergkäse zu. Binnen einer Sekunde hatte Franzl die Leckerei verschlungen und bettelte um mehr.

»Nein, lass mal. Ich habe vorhin schon mit Bern…, ich habe vorhin schon gegessen. Und verwöhne den Hund nicht so. Er hat mindestens schon ein Kilo zugenommen.«

Toni grinste sie frech an und Julia zog eine Grimasse.

»Kann ich mal mit dir reden, Toni? Unter vier Augen?«

»Oje, Toni, jetzt gibt es Ärger«, witzelte Joseph. »Na geh schon, ich schaffe das hier auch allein.«

»Was gibt es denn? Habe ich wieder was ausgefressen? Und wer ist eigentlich *Bern*? Heißt dein Freund nicht Sebastian?«

Julia atmete tief ein und aus und zählte in Gedanken bis zehn. Nur jetzt keinen Streit anfangen.

»Sehr witzig, Toni. Nein, es geht um meinen Großvater. Ist dir in letzter Zeit eigentlich etwas aufgefallen?«

»Was meinst du?«

»Zum Beispiel, dass es ihm nicht gut geht oder er Schmerzen hat?«

»Wie kommst du denn darauf?«

»Er war letztens bei Dr. Hofreuther in der Praxis. Als ich ihn danach gefragt habe, hat er nur was von Rückenschmerzen und Pillen erzählt, die der Arzt ihm verschrieben hat.«

»Tja, er wird halt älter. Da tut doch immer was weh.«

»Aber du kennst ihn. Er würde nur zum Arzt gehen, wenn man ihn hinschleift. Ist dir wirklich nichts aufgefallen?«

Toni machte ein nachdenkliches Gesicht, schüttelte dann aber den Kopf.

»In Ordnung. Hast du ihn aber bitte in nächster Zeit ein wenig mehr im Auge? Ich mache mir Sorgen um ihn.«

***

Toni saß auf der Wiese hinter dem Stall und machte Pause. Was hätte er dafür gegeben, einen Joint zu rauchen. Aber es waren noch Gäste auf der Alm und er durfte sich nicht erwischen lassen. Außerdem hatte er Julia etwas versprochen und er wollte sie nicht enttäuschen. Joseph schob seine Beschwerden immer auf das Alter. Er war nicht der Typ, der jammerte. Der alte Sturkopf mutete sich zu viel zu.

***

Julia betrat ihre Wohnung. Aus der Küche war das Klappern von Geschirr zu hören und es roch nach Gebratenem. Franzl sprang freudig bellend in die Küche.

»Hey, du Racker. Willst du eine Scheibe Käse?«, fragte Sebastian.

»Hallo Schatz, da bist du ja.«

Er trug ihre bunte Küchenschürze und zwinkerte ihr zu. Beim Friseur war er gewesen. Er mochte seine hellbraunen Haare nicht und ließ sie alle paar Wochen aufhellen.

»Dein Lieblingsessen ist gleich fertig. Setz dich schon mal. Franzl, jetzt aber raus aus der Küche! Mehr gibt es nicht.«

Auf dem Esstisch stand eine Vase mit gelben Rosen, ihre Lieblingsblumen. Julia sog den intensiven Duft ein. Das waren keine billigen Blumen von der Tankstelle. Sogar an zur Tischdecke passende Servietten und Kerzen hatte er gedacht. Sie erinnerte sich an das Dessous, das immer noch ungetragen im Schrank lag. Vielleicht kam es heute zum Einsatz.

»Mylady, darf ich bitten?«

Mit einer theatralischen Geste servierte Sebastian das Steak. Franzl saß sofort neben ihr und warf ihr einen Blick zu, der auch einen Stein hätte erweichen können.

»Wie komme ich denn zu der Ehre? Gibt es etwas zu feiern?«, fragte sie und ignorierte Franzl, der sie fordernd anstupste.

»Einfach nur so, mein Schatz. Lass es dir schmecken.«

Sebastian legte den Arm um sie und sie kuschelte sich eng an ihn. Das Essen und der Nachtisch waren verspeist und sie hatten sich geliebt. Sie war nicht einmal dazu gekommen, den schwarzen Fummel anzuziehen. Sie lauschte seinen gleichmäßigen Atemzügen. *Wie kann er nur so schnell einschlafen?*

Julia erhob sich und schlich barfuß in die Küche. Ihr Blick fiel auf ihr Handy auf dem Küchentisch. Keine Nachrichten. Was hatte sie erwartet? Auf die letzten Mitteilungen von Bernhard hatte sie nicht reagiert. Warum sollte er ihr jetzt noch schreiben? Ihr Gewissen meldete sich für einen kurzen Moment, aber sie rang es nieder. *Ich habe mir nichts vorzuwerfen. Es ist nichts passiert und es war rein geschäftlich.* Aber war es das wirklich? Sie hatte Bernhards Blicke gesehen. Immer, wenn er dachte, sie würde es nicht bemerken, hatte er sie beobachtet.

Sebastians Handy vibrierte, der Hinweis, dass eine Nachricht eingegangen war. Sollte sie nachschauen? Sie hasste ihre Neugier. Es gab keinen Grund, ihm zu misstrauen. Sie starrte minutenlang auf das Gerät. Kurz überlegte sie, Elisabeth um Rat zu fragen. Aber dann fiel ihr ein, dass ihre Freundin wahrscheinlich schon längst selig schlafen würde.

Sie nahm sein Handy in die Hand und ließ ihren Daumen über der Taste kreisen, mit der sie die Nachricht öffnen könnte. Sollte sie oder sollte sie nicht? Gefrustet legte sie das Handy zurück auf den Tisch und goss sich den restlichen Rotwein vom Abendessen ins Glas. Sie tigerte auf und ab und nippte am Weinglas. So sehr sie sich auch bemühte, es zu ignorieren, ihr Blick fiel immer wieder auf das Telefon. Sie hatte das Gefühl, dass es ihr zurief: *Lies die Nachricht, lies sie!*

Wieder nahm sie das Handy in die Hand. *Ein Mal ist kein Mal,* dachte sie und drückte auf den Knopf. Die Nachricht war von Sebastians Exfreundin Saskia. Schon jetzt bereute sie, nachgeschaut zu haben. Während sie die wenigen Zeilen las, verschwamm ihr Blick. Sie versuchte, die aufkommenden Tränen wegzublinzeln, jedoch erfolglos. Die Botschaft war eindeutig. Aber vielleicht ging das Ganze auch nur von Saskia aus. Sie hörte schon Elisabeths Worte: *Ja, ja, red es dir nur schön.* Sie blätterte in den vorhergehenden Nachrichten. Doch diese bestätigten das Unabänderliche. Sebastian hatte sich mehrmals mit ihr verabredet, und auch er versendete unmissverständliche Mitteilungen.

Julia wählte Elisabeths Nummer. Sogar ein Horoskop wäre ihr jetzt willkommen.

»Weißt du eigentlich, wie spät es ist, Schatz?«, fragte ihre Freundin mit belegter Stimme und gähnte.

Julia brachte kein Wort heraus.

»Jule, was ist los? Du weinst doch. Was hat der Arsch angestellt?«

»Ich habe eine Nachricht von Saskia auf seinem Handy gesehen.«

»Wusste ich es doch. Dieses Biest! Da hat sie einen anderen Typen und stellt Sebastian immer noch nach.«

»Er hat sich wohl auch schon mehrmals mit ihr getroffen. Aber vielleicht ist das alles nur ein Missverständnis und sie sind nur Freunde.«

»Wach auf, Jule! Wie lange willst du dich noch von ihm an der Nase herumführen lassen? Wenn sie nur Freunde wären, wüsstest du das. Aber er trifft sich schließlich heimlich mit ihr. Im Übrigen war ich schon immer der Meinung, Frauen und Männer können nicht miteinander befreundet sein. Irgendwann kommt immer der Sex dazwischen.«

Oder die verdammten Gefühle.

Julia verbrachte die Nacht auf dem Sofa. Sie wäre zu gern in einen traumlosen schwarzen Schlaf gefallen, aber daran war nicht zu denken. Ihre Gedanken fuhren Achterbahn. Immer wieder malte sie sich Situationen aus, in denen sie Sebastian zur Rede stellte. Einige ließ sie in einer Versöhnung enden, aber war sie wirklich bereit, ihm zu verzeihen? Oder würde er sich vielleicht gar für Saskia entscheiden?

Am nächsten Morgen fühlte sie sich wie erschlagen. Sie starrte in die Kaffeetasse.

»Na, Schatz, warum hast du denn auf der Couch geschlafen? Hattest du gestern vielleicht zu viel Wein? Oder habe ich etwa geschnarcht?«

Sie schwieg und nahm einen großen Schluck Kaffee.

»Du bist ja heute Morgen äußerst gesprächig.«

»Mmh …«, murmelte sie und schaute in die Tasse, als ob sich darin etwas Interessanteres als Kaffee befinden würde. Aus den Augenwinkeln beobachtete sie, wie Sebastian beiläufig auf sein Handy blickte. Sie versuchte, aus seinem Gesicht abzulesen, wie er auf Saskias Nachricht reagierte. Doch er ließ sich nichts anmerken.

»Was guckst du denn so komisch? Hab ich was im Gesicht?«

Julia schüttelte den Kopf.

»Na dann, ich muss los. Wird wieder spät heute Abend. Warte nicht auf mich.«

Er drückte ihr einen Kuss auf die Wange und verließ die Wohnung. Wie betäubt saß Julia am Küchentisch und schaute aus dem Fenster. Tiefschwarze Wolken zogen auf. Es würde sicher bald ein Gewitter geben. *Wenn das nicht zu meiner Stimmung passt,* dachte sie.

Frau Permoser hatte Julia den Laden anvertraut, weil sie zu einem wichtigen Banktermin in die Landeshauptstadt fahren musste. Die Zeit schien nicht zu vergehen. Sie schaute ständig auf die Uhr, nur um feststellen zu müssen, dass die Minuten langsamer verstrichen als sonst. War es das, was Einstein mit seiner Relativitätstheorie gemeint hatte?

Die Menschen hasteten durch die Einkaufsstraße und beeilten sich, nach Hause zu kommen. Der lang ersehnte Regen prasselte auf ihre Schirme und zauberte Pfützen auf die Gehwegplatten. Julia setzte sich neben die Kasse und blätterte in einer Illustrierten.

Die Ladentür öffnete sich. *Endlich Kundschaft,* dachte sie und blickte auf. Bernhard trat ein. Ihr Herz krampfte sich zusammen. Sie hatten sich seit ihrem Ausflug nicht mehr gesehen. Er stellte den Schirm in den Ständer und schaute sich interessiert im Geschäft um. Franzl tänzelte fiepend um ihn herum. Er hatte scheinbar einen Narren an Bernhard gefressen.

»Endlich regnet es mal, was? Die Natur wird sich freuen«, sagte er, während er dem Hund den Kopf kraulte.

»Möchtest du etwas kaufen?«

Hoffentlich bemerkte er das leichte Zittern in ihrer Stimme nicht. Er lächelte.

»Nein, ich wollte dich sehen. Warum antwortest du denn nicht auf meine Nachrichten?«

Bernhard trat näher an sie heran, als wollte er sie umarmen. Julias Magen schien einen Salto zu schlagen. *Nein! Stopp!*

»Ich habe einen Freund.«

Er stoppte in der Bewegung.

»Bitte geh, Bernhard.«

»Julia, ich merke doch, dass da was ist zwischen uns.«

»Das bildest du dir ein. Du bist mir sympathisch, mehr nicht. Und ich mag deine Fotos. Vielleicht habe ich auch auf deine Hilfe gehofft, einen Ausbildungsplatz zu finden.«

Sie sah Enttäuschung in seinem Gesicht. Er wich ein Stück zurück.

»In Ordnung, ich verschwinde. Ich bin noch etwa eine Woche in Garmisch. Du weißt ja, wie du mich erreichst. Ich meine, …«

»Mach's gut, Bernhard.«

Er nickte und verließ mit hängendem Kopf den Laden. Julia seufzte. Warum konnte er es nicht bei einer netten Bekanntschaft belassen, sondern machte alles komplizierter? Elisabeth schien recht zu haben, mal wieder. Hoffentlich lag sie auch richtig damit, dass die Sterne momentan günstig für Julia standen.

Kapitel 8

1942

Leises Lachen war aus dem Zimmer seiner Schwester zu hören. Joseph klopfte an die Tür und das Kichern verstummte. Die beiden Mädchen saßen dicht beieinander auf dem Boden und malten.

»Deborah, kann ich Annemarie allein sprechen?«

Die Kleine nickte und verließ mit ihrem Blatt Papier und ein paar Buntstiften das Zimmer. Joseph schloss die Tür und setzte sich zu Annemarie auf den Boden.

»Was gibt es denn so Geheimnisvolles, dass sie es nicht hören darf?«

»Annemarie, du würdest mich doch nie anlügen, oder?«

Annemarie zog die Augenbrauen hoch.

»Nein, natürlich nicht. Was ist los?«

»Gibt es da etwas, was ich wissen müsste wegen Aaron?«

Joseph meinte, ein kurzes Zucken im Gesicht seiner Schwester entdeckt zu haben.

»Was meinst du?«

»Ich habe das Gefühl, du magst Aaron mehr, als gut für dich ist.«

Annemarie schwieg, aber ihr Gesicht bekam diese hektischen Flecken, wie immer, wenn sie aufgeregt war oder log. Sie sprang auf und schaute ihn herausfordernd an.

»Und was wäre, wenn es so ist?«

Sie stemmte die Hände in die Hüften, ein untrügliches Zeichen dafür, dass es Streit geben würde. Seine Schwester war ihm an Dickköpfigkeit weit überlegen.

»Seid ihr etwa …? Hat er dich …?«

»Ich glaube, das geht dich nichts an, Joseph.«

»Natürlich geht es mich etwas an. Vater ist nicht da und daher habe ich die Pflicht, auf dich und Mutter aufzupassen.«

Annemarie lachte lauthals auf.

»Na klar, du übernimmst also jetzt die Vaterrolle? Wenn du dich da mal nicht irrst. Ich liebe dich, Joseph, so sehr, wie man einen Bruder nur lieben kann. Aber jetzt gehst du zu weit.«

»Soll ich mit Mutter reden? Sie wäre sicher auch nicht damit einverstanden.«

»Ich werde bald sechzehn, und Aaron und ich tun nichts Unrechtes. Wir sind nur befreundet.«

»Ich verbiete dir, dich zukünftig mit ihm allein zu treffen.«

Annemarie biss sich auf die Unterlippe und kämpfte sichtlich mit den Tränen. Joseph tat es leid, so hart mit ihr sein zu müssen, aber es nützte nichts. Ein verliebtes Mädchen würde unvernünftige Dinge anstellen.

»Du bist so ein Schuft! Das hätte ich nie von dir gedacht!«, brüllte sie und kniff die Augen zu engen Schlitzen zusammen.

Mit erhobenen Händen stürmte sie auf ihn zu und stieß ihn gegen den Türrahmen. Joseph hatte mit dem Angriff nicht gerechnet und stürzte. Seine Mutter und die gesamte Familie Goldstein standen plötzlich in der Tür.

»Was ist hier los?«, fragte die Mutter.

Sie reichte Joseph die Hand und zog ihn hoch. Er rieb sich den Hinterkopf, den er sich unsanft am Rahmen gestoßen hatte. Das würde eine ordentliche Beule geben.

***

Annemarie starrte auf den Boden. Dort lagen noch immer die Bilder, die sie und Deborah an diesem Nachmittag gemalt hatten. Ihr Bruder hatte alles verdorben. Sie konnte nichts dagegen ausrichten, dass ihr die Tränen über die Wangen rollten. Mit einer unwirschen Handbewegung wischte sie sie aus dem Gesicht und zog die Nase hoch. Sie schämte sich, dass Aaron sie so sah, wie ein kleines Mädchen heulend, und blickte daher weiter auf den Boden.

»Es tut mir leid. Ich wollte Joseph nicht weh tun«, flüsterte sie.

»Worüber habt ihr denn gestritten?«, hakte die Mutter nach.

Annemarie schaute ihrem Bruder in die Augen. Der wich ihrem Blick aus und schwieg.

»Gut, dann macht es unter euch aus, aber ich will nicht noch mal erleben, dass ihr euch schlagt.«

Annemarie blieb allein in ihrem Zimmer zurück. Ihre Knie zitterten. Sie setzte sich auf das Bett und ließ den Tränen freien Lauf. Was bildete sich Joseph ein? Sie würde es nicht zulassen, dass er sich ihr und Aaron in den Weg stellte. Kurze Zeit später klopfte es leise an der Tür und Deborah kam herein.

»Ist alles wieder in Ordnung?«

Sie legte Annemarie den Arm um die Schulter.

»Ja, es war nichts Wichtiges. Lass uns noch ein wenig malen.«

Sie spürte, dass Deborah gern mehr erfahren hätte, aber sie würde sie nicht mit in die Sache hineinziehen. Hoffentlich handelte ihr Bruder nicht unüberlegt. Er wusste doch, was mit den Goldsteins geschehen würde, wenn er sie verriet. So ein niederträchtiger Mensch war Joseph nicht.

Kapitel 9

1999

Julia und Elisabeth saßen auf der Terrasse ihres Lieblingscafés. Nicht nur bei den Einheimischen, auch bei den Touristen, hatte sich herumgesprochen, dass es hier die köstlichsten Torten in ganz Garmisch gab. Legendär war jedoch der Kaiserschmarrn, der aus luftigen Wölkchen zubereitet zu sein schien. Julia rührte in ihrem Latte macchiato und hoffte, dass die Bedienung bald die ersehnte Spezialität brachte. Sie hatte heute noch nichts gegessen. Mittlerweile war ihr schwindlig und ihre Laune sank wie das Barometer vor Ankunft eines Tiefdruckgebietes. Elisabeth dagegen sprühte vor Enthusiasmus. Seit einer halben Stunde redete sie wie ein Sturmgewehr und entwarf Konzepte, wie sie mit Saskia fertigwerden könnten.

»Ich bin auf jeden Fall dabei.« Elisabeth klatschte in die Hände. »Saskia war mir schon immer suspekt. Und was ich von Sebastian halte, weißt du ja. Wir sollten sie beschatten.«

Julia tippte sich an die Stirn.

»Du hast wohl zu oft Miss Marple geschaut, was?«

»Ja, daher weiß ich auch, wie das so abläuft. Vertrau mir. Der legen wir das Handwerk. Weißt du zufällig, wann sie Geburtstag hat?«

»Wieso? Willst du ihr etwas schenken?«

»Du Dummerchen, natürlich nicht. Ich will schauen, wie ihre Sterne stehen. Das könnte mir bei der Aufklärung helfen.«

»Bitt schön, der Kaiserschmarrn. Entschuldigen Sie bitte die lange Wartezeit, aber Sie sehen ja selbst, was bei diesem herrlichen Wetter los ist.«

Die Kellnerin warf einen fragenden Blick auf Elisabeth, die noch nichts bestellt hatte. Doch diese war eifrig damit beschäftigt, in ihr Notizbuch zu kritzeln. Julia zuckte mit den Schultern und die

Bedienung eilte weiter. Die nächsten Gäste winkten bereits ungeduldig.

»Hörst du mir überhaupt zu?«, fragte Elisabeth nach einer Weile. Julia hatte sich gerade eine gewaltige Portion Kaiserschmarrn in den Mund geschoben und nickte.

»Ich sehe schon, dein Appetit leidet nicht unter dem Ganzen. Ich will dir helfen und du ignorierst mich.«

»Nun sei nicht beleidigt. Wenn ich nichts im Bauch habe, kann ich nicht denken«, sagte Julia und legte ihrer Freundin den Arm um die Schulter. »Jetzt bin ich auch wieder aufnahmebereit.«

»Ich habe mir überlegt, dass wir ...«

Was Elisabeth sich ausgedacht hatte, hörte sie schon nicht mehr. Sie hatte Bernhard entdeckt, der ein paar Tische weiter saß und einen Kaffee trank.

»Du hörst mir doch wieder nicht zu!« Elisabeth schob ihre Unterlippe vor wie ein schmollendes Kleinkind. »Ich gehe jetzt zur Toilette und wenn ich zurück bin, erzählst du mir, warum du heute so abwesend bist.«

Bernhard musste sie gehört haben, denn er drehte sich herum und lächelte. Julia nickte ihm zu. Da war es wieder, das Flattern im Magen. Er erhob sich. *Oh nein, komm jetzt bitte nicht an den Tisch. Elisabeth wird jeden Moment zurück sein.* Julia schüttelte kurz den Kopf und wies mit dem Kinn in Richtung Toilette. Elisabeth war bereits auf dem Rückweg. Zum Glück hatte Bernhard das Signal richtig gedeutet und setzte sich wieder.

»Irgendwas stimmt heute nicht mit dir. Du bist überhaupt nicht bei der Sache«, sagte Elisabeth und warf ihr einen prüfenden Blick zu.

»Diese ganze Sache mit Saskia und Sebastian. Das macht mir doch mehr zu schaffen, als ich dachte. Los, lass uns einen Schlachtplan entwerfen.«

»So gefällst du mir schon besser.«

Bernhard war längst gegangen, als die beiden Freundinnen Arm in Arm das Café verließen. Elisabeth blühte in ihrer Rolle als Sherlock Holmes völlig auf und entwickelte ein Szenario nach dem anderen. Julia jedoch war müde und wollte den Abend in Ruhe ausklingen lassen. Insgeheim hegte sie noch immer die Hoffnung, es handelte sich nur um ein Missverständnis und Sebastian hätte keine Affäre mit Saskia. Naiv hatte Elisabeth das genannt. Sie jedoch bezeichnete es als Liebe.

Trotzdem konnte sie nicht verhindern, dass ihre Gedanken immer wieder zu Bernhard zurückkehrten. Er ging ihr einfach nicht aus dem Kopf. Sein Blick, sein Lächeln. *Schluss, aus!* Sie liebte Sebastian. Das Treffen mit Bernhard war eine nette Anekdote, mehr nicht.

Julia schaute auf die Uhr. Wo blieb Sebastian denn nur? Er hatte ihr am Morgen gesagt, er würde später kommen, aber nun war es schon nach neun. So lange arbeitete er nie auf der Baustelle. Sie wählte seine Nummer, erreichte aber nur die Mailbox. Verärgert legte sie auf und griff zu ihrem Buch. Vielleicht konnte sie der Liebesroman ablenken. Kaum hatte sie die ersten Seiten gelesen, klingelte ihr Handy.

»Hallo, Elisabeth. Was gibt's denn so spät noch?«

»Du wirst es nicht glauben«, flüsterte ihre Freundin.

»Warum sprichst du denn so leise? Wo bist du?«

»Sebastian ist hier, im Pub. Und rate, wer bei ihm ist.«

Verdammt! Das darf nicht wahr sein.

Julia atmete tief durch.

»Saskia! Und er ist mit ihr allein hier. Sie trinken gerade ein Gläschen Wein.«

»Aber Sebastian hat mir gesagt, er müsste heute lange arbeiten. Sein Handy ist auch ausgeschaltet.«

»Nach Arbeit sieht er aber gar nicht aus. Er ist wie aus dem Ei gepellt.«

»Wo bist du eigentlich? Er sollte dich lieber nicht sehen.«

»Ich stehe hier hinten bei den Toiletten. Ups, ich muss auflegen. Saskia kommt.«

Julia schaute fassungslos auf ihr Handy. Was hatte das alles zu bedeuten? Sollte sie sich so in Sebastian getäuscht haben? Zehn Minuten später klingelte es erneut.

»Hat sie dich entdeckt?«

»Nein, natürlich nicht. Ich hätte Privatdetektivin werden sollen. Ich habe mich in einer der Damentoiletten versteckt.«

»Sehr interessant.«

»Warte es ab. Saskia hat nämlich telefoniert.«

Julia schwieg. Sie war nicht sicher, ob sie mehr hören wollte.

»Bist du noch dran?«

»Ja. Will ich hören, was sie erzählt hat?«

»Wahrscheinlich nicht. Aber ich sage es dir trotzdem. Ich bin deine beste Freundin und will nur das Beste für dich. Und eines sage ich dir: Sebastian ist es nicht.«

»Nun rück schon raus mit der Sprache.«

Kapitel 10

1942

Der Mond warf seinen silbrigen Glanz auf die Alm und ein Käuzchen rief nach Gesellschaft. Annemarie schlich sich zu den Kühen in den Stall. Sie liebte es, im Stroh zu sitzen und dem gleichmäßigen Schmatzen und Kauen zu lauschen. Den Tieren konnte sie gefahrlos ihr Leid klagen. Behutsam öffnete sie die Tür zu der abgetrennten Box am Ende des Stalls, in der das vor einigen Tagen geborene Kälbchen lag und sie neugierig beäugte. Die Mutter war kurz nach der Geburt gestorben und es wurde mit der Flasche großgezogen. Annemarie streute zusätzliches Stroh in die Box und ließ sich neben dem Kälbchen nieder.

»Ich kann gut nachvollziehen, wie allein du dich fühlst«, sagte sie und streichelte den Kopf der Kleinen. »Ich habe zwar eine Familie, aber es ist gerade alles so schwierig. Ich muss mir mein winziges Zimmer teilen. Du hast deine Box wenigstens für dich.«

Annemarie gähnte und lehnte sich mit dem Rücken an die Holzwand.

»Heute hatte ich einen schlimmen Streit mit meinem Bruder. Es ging um Aaron. Du weißt doch, der hübsche Junge, der …«

Ein scharrendes Geräusch ließ sie verstummen.

»Wer ist da?«, rief sie, erhielt aber keine Antwort.

Jemand näherte sich mit langsamen Schritten der Box. Annemarie erhob sich und öffnete die Tür.

»Aaron, was ist denn mit dir? Du blutest ja! War das etwa Joseph?«

Aaron nickte und wischte sich die blutige Nase am Hemdsärmel ab. Annemarie ballte die Fäuste. Am liebsten wäre sie sofort ins Haus zurückgelaufen und hätte ihrem Bruder eine Tracht Prügel verpasst. Wie konnte er es wagen, ihren Aaron zu schlagen?

»Ich sehe dir an, was du vorhast, Annemarie, aber bitte tu es nicht. Das würde doch alles nur schlimmer machen.«

Sie setzte sich wieder neben das Kälbchen. Was für ein Abend war das bloß? Sie war verliebt und wollte das Leben genießen. Warum war alles so kompliziert? Diese Geheimniskrämerei gefiel ihr überhaupt nicht, aber am schlimmsten war, sich vor ihrem eigenen Bruder fürchten zu müssen.

Aaron setzte sich neben sie und nahm ihre Hand. Seine Nase hatte aufgehört zu bluten, und Annemarie wischte ihm zärtlich mit ihrem Taschentuch das restliche Blut ab. Er beugte sich nach vorn und küsste sie. Sie war sich sicher: *Ich werde ihn immer lieben, was auch kommen mag. Ich lasse nicht zu, dass irgendjemand unsere Liebe zerstört.*

Kapitel 11

1999

Elisabeth räusperte sich, wie immer, bevor sie etwas Unerfreuliches verkünden musste. Julias Herz zitterte wie ein verängstigtes Vögelchen in den Fängen einer Katze.

»Nun spann mich nicht so auf die Folter«, sagte sie.

Wieder ein Räuspern.

»Ich glaube, es ist besser, wenn ich dir das persönlich erzähle. Kann ich noch vorbeikommen?«

Julia versuchte, sich mit ihrem Buch abzulenken, aber nachdem sie den einen Satz wieder und wieder gelesen und kurz darauf bereits vergessen hatte, legte sie es zur Seite. Die Lust auf Liebesromane war ihr gründlich vergangen. Sie fürchtete sich vor dem, was Elisabeth ihr gleich berichten würde. Als Kind hatte sie die Augen geschlossen, wenn sie Angst bekam. Das hatte damals schon nicht geholfen. Sie goss sich Wein ein, um die flatternden Nerven zu beruhigen. Das erste Glas stürzte sie in einem Zug hinunter und schenkte sich sofort ein zweites ein.

Endlich klingelte es. Sie drückte den Türöffner und hörte Elisabeth die Stufen heraufhasten.

»Ich … habe … mich … beeilt. Ging … nicht … schneller …«, keuchte ihre Freundin. Ihr Gesicht hatte die Farbe einer überreifen Tomate angenommen und sie schnappte nach Luft.

»Nun komm erst mal rein. Möchtest du auch Wein?«

Julia prostete ihr mit dem halbleeren Glas zu.

»Ich habe schon mal angefangen.«

»Wir werden wohl etwas Härteres brauchen.«

Julia schluckte gegen den Kloß in ihrem Hals an, der mittlerweile die Größe eines Tennisballs erreicht zu haben schien.

»Mach es nicht noch unerträglicher. Jetzt red schon«, krächzte sie.

Sie nahm einen großen Schluck Wein und ließ sich auf das Sofa sinken. Elisabeth setzte sich im Schneidersitz neben sie und griff nach ihrer Hand.

»Du musst jetzt stark sein, Jule.«

Elisabeth atmete tief durch.

»Saskia hat jemandem am Telefon erzählt, sie habe mit Sebastian geschlafen und sei sicher, bald wieder mit ihm zusammenzukommen.«

Julia blinzelte, aber die Tränen ließen sich nicht mehr aufhalten. Elisabeth drückte ihre Hand.

»Sag doch was. Wenn Sebastian nach Hause kommt, musst du ihn damit konfrontieren.«

»Aber was soll ich denn sagen? Ich kann ihm ja kaum erzählen, dich auf ihn angesetzt zu haben«, antwortete Julia schniefend und wischte sich die Tränen aus dem Gesicht. Doch die rollten ungehemmt weiter. *Jetzt kommt die Flut,* hatte ihr Vater stets mit diesem verhassten sarkastischen Unterton gesagt, wenn sie als Kind weinte.

»Das ist doch völlig egal. Außerdem kann ich zufällig dort gewesen sein. Du musst jetzt deine Konsequenzen daraus ziehen.«

»Ich weiß, aber so einfach ist das nicht. Ich liebe ihn.«

Elisabeth seufzte.

»Wenn du da mal nicht Liebe mit Abhängigkeit verwechselst.«

Sie hatten die zweite Flasche Wein fast geleert, als Sebastian nach Hause kam. Elisabeth nickte Julia aufmunternd zu.

»Du bist stark. Denk dran, ich bin bei dir.«

»Oh, ich dachte, du würdest schon schlafen.« Sebastian schaute abwechselnd auf Julia und Elisabeth. »Was macht Elisabeth denn noch hier? Müsst ihr nicht beide morgen arbeiten?«

»Du doch auch, oder?«, fauchte Elisabeth.

»Was ist denn mit dir los? Hast du dich heute auf dein Nadelkissen gesetzt?«

Elisabeth schnaubte. »Du …«

»Ich regel das schon«, unterbrach Julia ihre Freundin. »Ich muss mit dir reden, Sebastian. Lass uns ins Schlafzimmer gehen.«

»Wieso? Elisabeth kann gern verschwinden. Immerhin ist das unsere Wohnung.«

»Ich möchte aber, dass sie bleibt.«

Elisabeth funkelte ihn siegessicher an. Sebastian rollte mit den Augen und folgte Julia ohne weiteren Widerstand ins Schlafzimmer.

Julia schloss die Tür und setzte sich auf das Bett. *Ich hätte nicht so viel trinken sollen,* dachte sie und rieb sich die Schläfen. Das würde morgen sicher mit Kopfschmerzen bestraft werden. Aber die waren momentan ihre geringste Sorge. Franzl bellte aufgeregt und scharrte an der Tür. Nichts war unangenehmer für ihn, als ausgesperrt zu werden. Julia hörte, wie Elisabeth beruhigend auf ihn einredete und ihn ins Wohnzimmer lockte.

»So, was gibt es denn jetzt? Und seit wann brauchst du einen Babysitter?«, fragte Sebastian.

»Ich weiß, dass du mich betrügst.«

Er starrte sie an und verschränkte die Arme. Sein Gesicht bekam rote Flecken und zwischen seinen Augen bildete sich eine tiefe Zornesfalte.

Da habe ich wohl ins Schwarze getroffen, du mieser Kerl.

»Hast du mir nichts zu sagen?«, hakte sie nach.

»Wie kommst du denn auf diesen Schwachsinn?«

»Lüg mich nicht an. Ich weiß alles. Außerdem spricht dein Gesichtsausdruck gerade Bände.«

»Erklärst du mir bitte, woher du deine Weisheit nimmst?«

»Du willst wissen, wie ich dir auf die Schliche gekommen bin?«

»Auf welche Schliche? Du nimmst dir gerade ganz schön viel heraus.«

»Vielleicht solltest du dein Handy nicht herumliegen lassen. Saskia hat dir einige eindeutige Nachrichten geschickt und dann noch die vielen Herzchen.«

Sebastian zog die Augenbrauen hoch.

»Du schaust einfach in mein Handy?«

»Ja, und es tut mir nicht mal leid.«

»Die Nachrichten haben nichts zu bedeuten. Und Saskia schickt jedem solche Herzchen. Wir sind nur befreundet.«

»Ach, und wie erklärst du dir dann, dass sie überall verkündet, mit dir geschlafen zu haben und wieder mit dir zusammen zu sein?«

Sebastian schüttelte den Kopf und presste seine Lippen fest zusammen.

»Es stimmt also, ja?«

»Ich muss mir das nicht länger anhören. Das ist absoluter Quatsch!«

»Warum gehst du dann mit ihr aus und erzählst mir, du müsstest lange arbeiten?«

»Hast du mir etwa nachgestellt?«

Julia erhob sich langsam. Sternchen tanzten vor ihren Augen und ihr Kopf antwortete mit einem pochenden Schmerz. Ihr Magen zog sich zusammen. Sie schloss die Augen und ballte die Fäuste. *Zeig keine Schwäche! Sei stark!*

»Jetzt stell nicht mich als den Bösewicht hin. Du betrügst mich, nicht umgekehrt.«

Elisabeth öffnete die Tür und Franzl stürzte auf Julia zu. Doch sie war jetzt nicht in der Stimmung, ihn zu trösten und schob ihn von sich. Fiepend legte er sich neben sie und beobachtete sie. *Er hasst Streit genauso sehr wie ich. Nur lässt es sich dieses Mal nicht vermeiden. Tut mir leid, Franzl.*

»Kannst du nicht anklopfen oder spazierst du immer einfach so in die Schlafzimmer anderer Leute?«, fragte Sebastian.

»Gib lieber zu, dass du Jule betrügst. Sie liebt dich – zumindest glaubt sie das – und du Scheißkerl gehst mit dieser Tussi ins Bett. Sie hat wirklich jemand Besseren verdient.«

Sebastian trat bedrohlich nah an Elisabeth heran und drängte sie in den Flur zurück.

»Du hältst dich gefälligst raus. Dir habe ich den Schlamassel doch zu verdanken.«

Julia schob sich zwischen die beiden und sah Sebastian fest in die Augen. Bellend sprang Franzl um sie herum.

»Dafür bist du schon selbst verantwortlich. Aber ich bin ihr dankbar, dass ich jetzt alles klarer sehe. Werde glücklich mit Saskia. Ich nehme jetzt meine wichtigsten Sachen mit und bleibe vorerst bei Elisabeth. Den Rest hole ich ab, wenn ich eine dauerhafte Bleibe habe.«

Sebastian musterte sie verwundert und rührte sich nicht von der Stelle. *Damit hast du wohl nicht gerechnet, was?*

»Wow, so kenne ich dich gar nicht, Jule. Ich bin stolz auf dich.« Elisabeth klopfte ihr auf die Schulter.

Julia packte ihre Lieblingskleidung und die wichtigsten Papiere in eine Reisetasche. Ihre Fotoausrüstung und das Fernglas verstaute sie im Rucksack. Sie versuchte, nicht darüber nachzudenken, was sie gerade tat. Ihre Freundin mochte beeindruckt von ihr sein, aber sie fühlte sich überhaupt nicht stark, eher wie ein Grashalm im Sturm. Sie wollte sich nur vor Sebastian nicht die Blöße geben und weinend zusammenbrechen.

»Komm, Franzl. Auf geht's. Dein Frauchen fängt ein neues Leben an«, sagte Elisabeth und schnappte sich Franzls Leine.

Julia hakte sich bei ihrer Freundin unter und verließ die Wohnung, ohne sich noch einmal umzusehen. Sebastian hielt sie nicht auf. Hatte sie wirklich geglaubt, er würde vor ihr auf die Knie fallen und um Verzeihung bitten?

Julia sank auf den Beifahrersitz von Elisabeths Wagen und brach in Tränen aus. Sie kämpfte nicht mehr dagegen an. Franzl winselte leise und versuchte, vom Rücksitz aus an ihr Gesicht zu kommen, um ihr einen Kuss nach Hundeart zu verpassen und die Tränen abzulecken.

»Ach, wein doch nicht. Du hast alles richtig gemacht. Du hättest ihn natürlich viel früher verlassen sollen. Aber du wirst sehen, es geht dir bald besser. Schau doch, wie rührend sich Franzl um dich kümmert.«

Julia bemühte sich um ein armseliges Lächeln.

»Na, siehst du, schon etwas besser. Wir wissen halt, wie wir dich aufmuntern können.«

»Warum habe ich das gemacht? Ich liebe ihn doch«, sagte sie schluchzend.

Elisabeth zog die Augenbrauen zusammen und musterte sie. *Oje, den Blick kenne ich. Nun folgt die Standpauke.*

»Am liebsten würde ich dich jetzt schütteln. Hör auf, dir Vorwürfe zu machen.«

»Vielleicht hätte ich ihn alles erklären lassen sollen. Jeder hat eine zweite Chance verdient.«

»Bitte, ich werde dich nicht aufhalten. Du kannst gern zu ihm zurückgehen, aber dann jetzt gleich.«

Elisabeth verschränkte die Arme und warf Julia einen pikierten Blick zu.

»Du nimmst mich nicht mit zu dir?«

»Nicht, wenn du nicht zur Vernunft kommst. Sebastian hat dich an der Nase herumgeführt. Das war sicher keine einmalige Sache. Saskia hat ihn um den Finger gewickelt und er war leichte Beute.«

Julia starrte auf ihre Hände.

»Willst du dich weiter durch diese Beziehung quälen? Du kannst ihm doch nicht mehr vertrauen. Es gibt so viele Männer dort draußen und du wirst den Richtigen finden«, sagte Elisabeth und startete den Motor.

»Was soll ich jetzt nur tun? Wo soll ich denn hin?«, fragte Julia und putzte sich geräuschvoll die Nase.

»Erstmal bleibt ihr Zwei bei mir. Das ist doch klar.«

»Aber deine Wohnung ist doch viel zu klein für uns.«

»Du meinst wohl eher zu unordentlich. Nun schau nicht so. Ich weiß genau, dass du mein Chaos nicht ausstehen kannst. Aber momentan ist es doch besser als nichts, oder?«

»Ja, sicher. Aber eine neue Wohnung zu finden, wird wirklich schwer. Du weißt doch, wie es hier ausschaut. Die sind alle viel zu teuer für mich.«

Elisabeth parkte den Wagen am Straßenrand vor ihrem Wohnhaus. Sie räusperte sich und schaute Julia an.

»Da wäre noch eine Überlegung. Aber spring mir bitte nicht gleich an die Kehle.«

»Sag bloß, du meinst …«

»Deinen Vater, ja.«

Julia seufzte.

»Du weißt doch, dass wir uns nicht sonderlich verstehen. Wie sieht das denn aus, wenn ich jetzt zu ihm zurückgekrochen komme? Ich höre ihn schon sagen: Hab ich es doch gewusst, dass das mit euch nicht hält.«

Seit dem Tod ihrer Mutter hatte sie ihren Vater nur selten gesehen. Als sie ihr ehemaliges Kinderzimmer endgültig verlassen hatte und zu Sebastian gezogen war, hatte er nur stumm den Kopf geschüttelt. Nicht ein einziges Mal hatte er sie besucht. Ihr Vater und sie waren wie Öl und Wasser, es funktionierte einfach nicht. Als ihre Mutter noch lebte, war sie der Puffer zwischen ihnen beiden gewesen. Ihr Vater, willensstark und ein risikofreudiger Bergsteiger, hatte sich immer einen zweiten Sohn gewünscht, einen, dem er das Klettern und Angeln beibringen konnte. Dann war Julia auf die Welt gekommen und schien von Anfang an eine Enttäuschung für ihn zu sein. Zu ängstlich für die Kletterei, zu zappelig für das Angeln, zu mädchenhaft. Zuerst hatte er noch versucht, sie behutsam an diese Dinge heranzuführen, später hatte er Zwang ausgeübt.

Nie würde sie den letzten Wanderausflug mit ihm vergessen. Der Versuch ihrer Mutter, ihn davon abzuhalten, war mit einem seiner Blicke im Keim erstickt worden. Ihr Vater forderte eine gefügige

Frau, aber gleichzeitig hasste er Schwäche. Das gab er seiner kleinen Tochter an diesem Tag deutlich zu verstehen.

Kapitel 12

1942/1943

Auf den heißen und trockenen Sommer waren ein nasser kühler Herbst und ein eisiger Winter gefolgt. Die Ernteausfälle bekamen sie alle zu spüren. An manchen Tagen gab es kaum mehr als eine wässrige Suppe mit ein wenig Brot zu essen. Annemarie hatte zum ersten Mal ihre Regelblutung bekommen. »Jetzt bist du eine Frau«, sagte ihre Mutter. Doch so fühlte sie sich ganz und gar nicht. Ihre Arme und Beine waren zu dünn und nicht einmal der Ansatz einer Brust war zu sehen. Ihre Freundinnen sahen viel weiblicher aus.

Annemarie lag mit offenen Augen und vollständig bekleidet in ihrem Bett und wartete darauf, dass der Schlaf die Bewohner der Hütte übermannen würde. Beinahe jede Nacht in den letzten Monaten schlich sie sich in den Stall wie ein Verbrecher. Wie sie es hasste, Aaron heimlich treffen zu müssen. Sie war verliebt und hätte es am liebsten laut in die Welt herausgerufen. Es war ungerecht, niemandem davon erzählen zu dürfen.

Kein Geräusch war zu vernehmen. Nur ab und zu knackte das Holz vor Kälte. Deborah atmete ruhig und gleichmäßig. Jetzt konnte sie es wagen, das Haus zu verlassen. Sie stapfte durch den kniehohen Schnee in Richtung Stall. Sie zog den Gürtel ihres Mantels fest zu und vergrub ihre Hände in den Manteltaschen. Der Schnee knirschte laut unter ihren Stiefeln und sie schaute sich immer wieder um, sicher, jemanden in einem der Fenster zu erblicken. Doch im Haus rührte sich nichts.

»Du bist das schönste Mädchen der Welt«, sagte Aaron und streichelte ihre Wange.

»Warum feiert ihr eigentlich das Weihnachtsfest nicht?«, fragte sie ihn und lehnte ihren Kopf an seine Schulter.

»Wir glauben nicht an Jesus Christus als Messias, sondern warten noch immer auf den Erlöser. Für uns ist Jesus nur ein Prophet.«

»Das ist schade. Weihnachten ist mein Lieblingsfest, weißt du?«

»Ich finde eure Bräuche auch sehr schön. Werdet ihr denn einen Baum aufstellen?«

Einen Weihnachtsbaum gab es in diesem Jahr nicht. Annemarie hatte gebettelt, aber ihre Mutter hatte den Kopf geschüttelt. Dafür reichte das Geld nicht. Allerdings hatte sie ein Kälbchen gegen zwei fette Gänse eingetauscht. Ein Festtagsessen, an dem auch die Familie Goldstein teilhaben konnte, würde also stattfinden. Die Mutter aber wurde mit jedem Tag, der sich dem Fest näherte, trauriger und schweigsamer. Vom Vater war noch immer keine Nachricht gekommen.

Annemarie saß in ihrer Sonntagskleidung in der Kirchenbank und schaute sich um. Zwei Reihen hinter sich entdeckte sie ihre beste Freundin und winkte ihr zu. Wie sie sie vermisste. Seit sie die Schule beendet hatte, waren Treffen mit ihren Freundinnen selten geworden. Sie sehnte sich sogar nach der Schule. Das war eine unbeschwertere Zeit gewesen.

Ihre Mutter stand noch am Eingang und die alte Gmeiner redete wild gestikulierend auf sie ein. Joseph ließ sich neben ihr in die Kirchenbank fallen und blätterte lustlos durch das Gesangbuch. Seine frisch gewaschene Hose hatte bereits einen Fleck.

Die Orgel setzte ein. Der Kantor spielte mit solch einer Inbrunst, dass Annemarie glaubte, die Orgelpfeifen würden zerspringen. Nur mit Mühe widerstand sie dem Drang, sich die Ohren zuzuhalten.

Mit einem Seufzer ließ sich die Mutter neben ihr sinken.

»Die Gmeiner raubt mir noch den letzten Nerv«, flüsterte sie ihr ins Ohr.

»Was wollte sie denn von dir?«

»Sie hat nach eurem Vater gefragt und warum wir so selten zu ihr in den Laden kämen.«

Annemarie stimmte in den Gesang der Gemeinde ein. Sie liebte Weihnachtslieder und beherrschte sie alle auswendig. Doch in Gedanken war sie bei Aaron. Zu gern hätte sie ihn in die Christmette mitgenommen, um ihm zu zeigen, wie wundervoll das Weihnachtsfest war. Sie hätte ihm die Krippe mit dem Jesuskind und dem Esel und dem Ochsen aus Holz gezeigt, die jedes Jahr vor dem Altar aufgebaut wurde, die zwei prachtvollen Weihnachtsbäume voller goldgelber Strohsterne und leuchtender Kerzen und den großen Stern, der über der Krippe von der Decke hing und den Stern von Bethlehem darstellen sollte. Sie war sicher, es würde ihm gefallen.

Nach dem Gottesdienst kehrten sie hungrig und müde zur Alm zurück. In den letzten Stunden war noch mehr Schnee gefallen und der Aufstieg war beschwerlich. Annemaries Magen schmerzte bereits vor Hunger. Die Hütte hüllte sich in pechschwarze Dunkelheit. Nicht einmal das Flackern einer Kerze verriet, dass jemand zu Hause war.

Eilig streifte sich Annemarie die schweren Stiefel von den Füßen und schaute in die Küche, aus der die himmlischsten Gerüche hervorkamen. Rachel hatte die beiden Gänse in krossbraune Festtagsbraten verwandelt. Klöße und Blaukraut gab es dazu und zum Nachtisch hatte sie einen Kuchen gezaubert, der nach Äpfeln und Zimt duftete. Annemarie lief das Wasser im Mund zusammen. Solch ein Essen hatte es lange nicht mehr gegeben. Frau Goldstein war ein Wunder gelungen. *Nur der Vater fehlt,* dachte sie. *Ob er wohl noch lebt und ob er dort Weihnachten feiern kann, wo er jetzt ist?* Sie behielt ihre Gedanken für sich. Ihre Mutter sah schon traurig genug aus.

»Das war ein schönes Fest«, sagte Deborah und setzte sich im Bett auf. »Ich habe so viel gegessen, ich habe Angst zu platzen.«
»Geht mir genauso. Ich bekomme kein Auge zu.«
»Darf ich dich was fragen? Magst du Aaron?«
Annemarie schluckte. Hatte Deborah etwas mitbekommen?
»Klar, ich mag euch alle.«

»So meinte ich das nicht. Magst du Aaron, so wie man einen Jungen mag? Also nicht als Bruder, sondern als Freund?«

Annemarie zögerte, doch dann beschloss sie, Deborah einzuweihen. Sie vertraute ihrer Freundin, die wie eine Schwester für sie war.

»Ja, ich mag deinen Bruder sehr. Bitte erzähle niemandem davon. Wir könnten Schwierigkeiten bekommen. Joseph hat es herausgefunden und wir können uns nur noch heimlich treffen.«

Deborah versprach ihr hoch und heilig, sie würde Stillschweigen bewahren.

»Das ist ja wie in einem Liebesroman«, jubelte sie.

»Enden die nicht immer tragisch?«, fragte Annemarie.

Der Jahreswechsel kam und mit ihm noch mehr Schnee und ein beißender Frost, der in den Lungen schmerzte und Hände und Füße blau anlaufen ließ. Einige Wochen später aber setzte sich der Frühling durch. Zuerst verwandelte die Sonne den Schnee in Wasser, dann blühten die Obstbäume und die Bienen summten, als gäbe es keinen Krieg. Die ersten Kälbchen erblickten das Licht der Welt. Die Natur scherte sich nicht um die harten Zeiten der Menschen. Die Goldsteins mussten die Hoffnung auf eine Rückkehr in ihr Zuhause vorerst begraben. Die Judenverfolgung war in vollem Gange und an ein Ende des Krieges war nicht zu denken.

Die Bedrohung hing wie ein Damoklesschwert über der jungen Liebe von Annemarie und Aaron. Doch sie waren wie die Kälbchen auf der Weide, unbeschwert und glücklich. Was sie nicht wussten, war, dass Joseph schon lange mitbekommen hatte, was vor ihm verborgen bleiben sollte.

Kapitel 13

1999

»Ein Königreich für deine Gedanken.« Elisabeth strich ihr sanft über den Arm und lächelte. »Du siehst aus, als hättest du an einen miesen Kerl gedacht.«

Julia zog die Augenbrauen hoch. War sie so durchschaubar?

»Na ja … Ich habe an ein Erlebnis mit meinem Vater gedacht.«

»Ups. Siehst du, ich lag gar nicht so falsch.«

»Ich habe die Geschichte noch nie jemandem erzählt, auch nicht meiner Mutter. Ich war sieben Jahre alt und mein Vater nahm mich mal wieder auf eine seiner Bergtouren mit. Er wollte unbedingt, dass ich so mutig werde wie Peter. Meine Mutter versuchte, ihn daran zu hindern, aber du weißt ja, wie sie war. Mein Vater hatte leichtes Spiel mit ihr. Ich frage mich manchmal, warum der Krebs gerade sie erwischen musste.«

Die ersten schweren Regentropfen fielen mit einem ploppenden Geräusch auf die Windschutzscheibe. In der Ferne zuckten grelle Blitze und kurz danach grollte der Donner.

»Es war ein schöner und heißer Sommertag und ich weiß noch, dass ich lieber mit meiner Mutter an den See gegangen wäre. Alle meine Freundinnen gingen an diesem Tag baden, nur ich musste meinen Vater in die Berge begleiten. Er hatte mir einen viel zu großen Rucksack aufgesetzt. *Jeder trägt sein Gepäck allein*, sagte er, als ich protestieren wollte. In meiner Erinnerung war der Rucksack so schwer, als wäre er mit Ziegelsteinen gefüllt gewesen. Dann sind wir losmarschiert. Mein Vater legte ein ordentliches Tempo vor und ich kam kaum hinterher. Als wir an diesem Klettersteig ankamen – du weißt schon, so eine Stelle mit Halteseilen und Leitern –, stand ich davor wie angewurzelt. Ich wollte einfach nicht weitergehen. Mein Vater wusste von meiner Höhenangst und ich bin mir sicher, er hat diese Strecke absichtlich gewählt, um mich zu testen.«

Julia schluckte. Erneut wuchs ein Tennisball in ihrer Kehle. Warum tat das Erzählen so weh? Sie war längst erwachsen und das Ereignis lag weit zurück. Trotzdem fühlte sie sich in diesem Moment, als wäre sie wieder die zaghafte Siebenjährige, die eine Mutprobe bestehen sollte.

»Er schrie mich an, ich solle mich zusammenreißen. Es wäre doch gar nicht schwer. Ich müsste mich nur festhalten und klettern. Die ganze Zeit habe ich mir gewünscht, dass andere Wanderer vorbeikämen, die mir helfen würden. Aber es kam keiner. Ich stand da, als wäre ich mit meinen Füßen in Sekundenkleber getreten und könnte mich nicht von der Stelle rühren. Eine völlige Blockade. Mein Vater schrie weiter auf mich ein. Seine genauen Worte habe ich vergessen, aber ich sehe ihn immer noch vor mir. Sein Gesicht war rot und glühte vor Wut und ich habe mich gefragt, ob einem wohl der Kopf platzen könne, wenn man sich so aufregte. Ich bin mir sicher, ich habe mir das damals sogar gewünscht.«

Elisabeth kicherte.

»Tut mir leid, aber ich stelle mir nur gerade vor, ihm wäre wirklich der Kopf geplatzt. Verdient hätte er es. Ich weiß ja, dein Vater ist ein autoritärer Mensch, aber das war richtig fies von ihm.«

»Es kommt noch schlimmer.«

»O je, ich fand das schon scheußlich.«

»Mein Vater war so in Rage über meine Schwäche, dass er mich am Arm packte und auf den Klettersteig zerrte. Ich war so verdutzt und habe nicht gleich nach dem Seil gegriffen. Als er mich dann losgelassen hat, wäre ich beinahe ...«

Julia atmete tief durch. *Jetzt nur nicht wieder losheulen.* Tränen hatte sie heute schon reichlich vergossen.

»Mein Vater konnte mich gerade noch packen. Der Schreck saß uns beiden in den Gliedern. Aber er hatte noch nicht genug. Er erzählte mir die Geschichte vom Reiter, der vom Pferd fällt und sofort wieder in den Sattel steigt.«

Elisabeth schnappte hörbar nach Luft.

»Er hat dich nicht etwa gezwungen, weiterzugehen, oder?«

»Doch, das hat er.«

Elisabeth schüttelte den Kopf und schnaubte.

»Ich habe meinen ganzen Mut zusammengenommen und davon hatte ich nicht besonders viel. Glaubst du, er hätte mich am Ende des Weges gelobt? Seine einzige Sorge war, ich würde es meiner Mutter erzählen. Natürlich war ich so eingeschüchtert, dass ich geschwiegen habe. Ich habe ihr nie etwas davon erzählt.«

»Was für eine verkorkste Sache mit euch beiden. Jetzt tut es mir leid, dir den Vorschlag gemacht zu haben, zu ihm zu ziehen.« Sie zögerte einen Moment. »Aber vielleicht ist es auch an der Zeit, sich mit ihm auszusöhnen? Bestimmt bedauert er sein Verhalten mittlerweile.«

»Mein Vater und Reue? Sicher nicht. Aber momentan habe ich wohl keine Wahl. Ich werde am Wochenende zu ihm gehen. Ich hoffe nur, ich muss nicht allzu lange dort wohnen.«

Julia stand vor dem Haus ihres Vaters und blickte zu dem Fenster hinauf, hinter dem sich ihr früheres Kinderzimmer befand. Glückliche Zeiten hatte sie hier erlebt, aber es hingen auch unangenehme Erinnerungen daran. Jahrelang hatte sie ihre Mutter gepflegt, an ihrem Totenbett Wache gehalten und letztendlich Abschied von ihr nehmen müssen. Sie erinnerte sich an das Gefühl der Erleichterung, als sie dem Haus den Rücken kehren konnte. Nun begrüßten die dunklen Gedanken sie wie eine verlorene Tochter.

Das letzte Mal war sie Weihnachten hier gewesen und hatte nach kurzer Zeit die vorgegaukelte Idylle wieder verlassen. Ihr Vater hatte mit seiner neuen Frau Christina auf dem Sofa gesessen und Julia war sich wie ein Eindringling vorgekommen. Alles erinnerte sie an ihre Mutter. Es lag nicht an Christina. Die hatte sie herzlich empfangen. Wenn sie nicht gewesen wäre, hätte Julia nach ein paar Minuten die Flucht angetreten. Ihr Vater wirkte distanziert, als säße eine Fremde vor ihm und nicht seine eigene Tochter. Sie liebte Weihnachten, aber seit ihre Mutter nicht mehr lebte, hatte das Fest seinen Glanz verloren.

»Willst du den ganzen Tag vorm Haus herumlungern?«
Ihr Vater stand in der Haustür, die Arme vor der Brust verschränkt. Julia schrumpfte augenblicklich innerlich zusammen und fühlte sich wie das kleine Mädchen von damals.
»Schön, dich zu sehen, Vater«, sagte sie und versuchte eine Umarmung. Doch es blieb bei dem steifen Versuch. Sie waren keine Zärtlichkeiten gewohnt. Ihre Mutter war immer liebevoll. Sie war für die Gefühle zuständig gewesen.
Christina tauchte im Hausflur auf.
»Es freut mich, dass du vorbeikommst.«
Sie umarmte Julia fest. Julia konnte nicht glauben, wie diese warmherzige Frau an ihren Vater geraten war. Doch es gab Parallelen zu ihrer Mutter: Sie war freundlich, fleißig, und dem Mann stets untergeordnet.
»Warum hast du nicht vorher angerufen? Dann hätte ich doch einen Kuchen gebacken. Du könntest ruhig etwas auf den Rippen vertragen.«
Julia lächelte.
»Ich war zufällig in der Nähe. Ich hoffe, ich störe euch nicht.«
»Ach, was! Wir freuen uns, dass du da bist. Stimmt's, Klaus?«
Julias Vater rührte sich nicht vom Fleck und betrachtete sie schweigend von oben bis unten. Sie fühlte sich nicht erwünscht. Es war eine lächerliche Idee gewesen, herzukommen. Doch ihr blieb nichts anderes übrig. Bei Elisabeth konnte sie nicht auf Dauer wohnen.
»Nun lasst uns mal reingehen. Wir müssen doch nicht die ganze Zeit im Eingang herumstehen. Kommt, ab ins Wohnzimmer.«
Julia setzte sich in den Sessel, vorn an die Kante, bereit, jederzeit zu flüchten. Sie wischte sich die verschwitzten Hände an ihrer Hose ab. Ihr Vater nahm ihr gegenüber auf dem Sofa Platz. Christina klapperte in der Küche mit den Kaffeetassen, als ob sie gegen die Stille ankämpfen würde, die zwischen Vater und Tochter schwebte.
»Also, was gibt es?«

Er schien gleich zur Sache kommen zu wollen. Er nahm ihr wohl nicht ab, dass sie nur auf einen Besuch vorbeigekommen war. Christina kam mit einem Tablett herein. Sie stellte die Tassen ab, goss den dampfenden Kaffee ein und setzte sich neben Julias Vater.

»Ich habe mich mit Sebastian gestritten.«

»Hab ich dir doch gleich gesagt, dass das nicht gutgehen wird.«

Julia ignorierte seinen Kommentar. Ihre Hände wurden schon wieder feucht, aber sie unterdrückte den Drang, sie erneut abzuwischen.

»Ich weiß noch nicht, ob wir wieder zusammenkommen werden, aber momentan brauche ich Abstand und Zeit.«

»Du willst also wieder hier einziehen?«

Julia hielt die Luft an. Sie hätte nicht gedacht, ihr Vater würde so schnell auf den Punkt kommen. Sie nickte.

»Wie lange?«

Christina bedachte ihren Mann mit einem liebevollen Blick. Dann legte sie ihre Hand auf sein Knie und sagte zu Julia: »Du bist uns willkommen. Dein ehemaliges Zimmer haben wir renoviert. Es ist jetzt ein Gästezimmer. Da hast du alles, was du brauchst, sogar dein eigenes Badezimmer. Und Franzl darf natürlich auch hier bleiben.«

Sie atmete erleichtert auf und hoffte, Christina würde ihre Gastfreundlichkeit nicht bereuen. Ihr Vater saß stocksteif auf dem Sofa und schwieg. Wie sie dieses sture Schweigen hasste. Damit hatte er sie schon als Kind gedemütigt und es funktionierte auch noch heute.

Julia lag im Bett und starrte an die Decke. Hier erinnerte nichts mehr an ihre Kindheit. Sie hoffte, dass ihr Vater nicht alles entsorgt hatte bei der Renovierung. Wie gern würde sie ihren Lieblingsteddy Pepe wiedersehen oder ihre alten Kinderbücher. Sie drehte sich von einer Seite auf die andere, aber der Schlaf wollte nicht kommen. Warum wurde sie jetzt bloß sentimental? Franzl schien der Umzug nicht zu stören. Er lag eingerollt in seinem Hundebett und schnarchte leise vor sich hin. *Hund müsste man sein,* dachte sie und gähnte.

Die Treppe knarrte, wie früher. Das war das Warnsignal gewesen, wenn ihre Eltern zu Bett gingen und sie die Taschenlampe ausschalten musste. Wie oft hatte sie bis spät nachts noch gelesen.

»Du hast mich einfach überrumpelt. Was sollte das?«, hörte Julia ihren Vater reden. Er gab sich keine Mühe, leise zu sprechen. »Sie ist deine Tochter. Du hast nur noch ein Kind. Du kannst sie doch jetzt nicht im Stich lassen«, flüsterte Christina. »An den Umständen ist sie selbst schuld. Ich habe sie vor dem Kerl gewarnt. Aber wie Kinder so sind, sie hören selten auf ihre Eltern. Ihre Mutter war auch viel zu weich. Daher hat Julia ihre Gefühlsduselei.«

Die Schlafzimmertür wurde geschlossen und Julia zog sich die Decke über den Kopf. Wie oft hatte sie nachts so im Bett gelegen, um die Streitereien ihrer Eltern nicht hören zu müssen? Es drehte sich um Kleinigkeiten, aber es endete jedes Mal mit lautstarken Worten ihres Vaters und ihrer weinenden Mutter.

Nach ein paar Minuten horchte sie unter der Decke hervor. Es war still geworden. Sie schloss die Augen. *Ach, Peter, wenn du doch noch leben würdest. Dann wäre Vater vielleicht versöhnlicher. Was würde ich dafür geben, meinen großen Bruder wiederzuhaben.*

Kapitel 14

1943

Der Sommer hatte den Frühling überholt. Unbarmherzig verbrannte die Sonne erneut Felder und Weiden. Seit Monaten warteten die Bauern auf Regen, doch ihre Hoffnungen zerschlugen sich mit jedem weiteren Tag, der mit einem stahlblauen Himmel begann und dem Untergang der glutroten Sonne endete. Das war der zweite trockene Sommer in Folge. Menschen und Tiere litten unter der Hitze. Die Futtervorräte schmolzen dahin und die Kühe mussten sich mit dem vertrockneten Gras begnügen. Nur die Apfelbäume trugen trotzig Früchte im Überfluss.

Annemarie führte die Kühe jeden Tag auf die Weide. Es war kaum saftiges Grün zu finden und der Boden knirschte unter den Hufen der schweren Tiere. Die wenige Milch, die die Kühe noch gaben, überließ Familie Bergmüller nun den Kälbern. Fleisch brachte auf dem Markt mehr Geld ein als Milch.

Annemarie saß im Gras und beobachtete Aaron, der einem Bullenkälbchen half, das Euter seiner Mutter zu finden. Sie verstand nicht, warum die Juden so verhasst waren. Die Familie Goldstein unterschied sich nicht wesentlich von ihrer eigenen. Was war schon dabei, dass sie einen anderen Glauben hatten und kein Schweine- und Wildfleisch aßen? Sie legte sich auf den Rücken, kaute auf einem trockenen Grashalm herum und beobachtete, wie die Schäfchenwolken über sie hinwegzogen. Heute würde es wieder keinen Regen geben.

Aaron ließ sich neben sie fallen und griff nach ihrer Hand.

»Hat der Kleine etwas getrunken?«, fragte sie ihn.

»Ja, er ist nur etwas langsamer als die anderen. Er wird es schon noch lernen.«

Er beugte sich über sie und küsste sie auf den Mund. In Annemaries Bauch schlüpften Schmetterlinge und vollführten einen wilden Tanz. Warum war dieser verfluchte Krieg nicht endlich vorbei? Wie konnte man gleichzeitig so glücklich sein und solche Angst vor der Zukunft haben müssen?

***

»Deborah, hast du meine Schwester gesehen?«
Joseph war wieder einmal in ihr Zimmer gekommen, ohne anzuklopfen. Warum war er denn schon zurück? »Nein.« Deborah atmete tief durch und hoffte, das Zittern in ihrer Stimme würde ihm nicht auffallen. »Ich glaube, sie ist im Stall.«
Ihr Herz raste. Hoffentlich kam Joseph nicht auf die Idee, auf die Weide zu gehen. Annemarie und Aaron waren sicher noch dort.

***

Diese freche Judengöre log ihn an, ohne mit der Wimper zu zucken. Als ob er auf ihren unschuldigen Blick hereinfallen würde. Das würden sie noch bitter bereuen. Ihn zu hintergehen, wo sich doch die ganze Familie strafbar wegen dieser Juden machte. Erst heute hatte Joseph auf dem Markt gehört, welche Sanktionen Deutschen drohten, die sich für sie einsetzten. Das konnte den sicheren Tod aller Beteiligten bedeuten. Da nützte die ganze arische Abstammung nichts mehr.

***

»Grüß dich Joseph, wie war es heute auf dem Markt?«, fragte Annemarie.
Er betrachtete sie mit argwöhnischem Blick.
»Wo kommst du denn her?«
Was sage ich bloß? Ich hätte mir vorher etwas überlegen sollen.
»Ist das Kälbchen denn schon da?«, fragte Deborah und rettete sie damit aus der Verlegenheit.
»Nein, es könnte aber bald losgehen. Wir sollten sie nicht zu spät reinholen heute Abend.«

»Danke, Deborah«, sagte Annemarie, als Joseph außer Hörweite war. »Ich glaube, wir müssen noch vorsichtiger sein. Ich habe das Gefühl, er ahnt etwas.«

***

Joseph ging in den Stall und schüttete Heu für den Abend in die Boxen. Mit einem festen Tritt stieß er einen halbvollen Wassereimer um. Wie konnte seine Schwester ihm das antun? Er hatte alles für seine Familie getan und sie tanzte ihm auf der Nase herum. Als ob er nicht seit Wochen gemerkt hätte, wie sie und dieser Jude sich weiterhin schmachtende Blicke zuwarfen und heimlich trafen. Was sollte er jetzt tun? Was würde sein Vater tun? Die Goldsteins mussten hier verschwinden. Sie waren schon viel zu lange da. Annemarie würde den Jungen irgendwann vergessen. Es gab genügend anständige deutsche Jungen, in die sie sich verlieben konnte.

Kapitel 15

1999/2000

Julia klopfte sich den Schnee von den Stiefeln und streifte die Handschuhe ab. Im Ofen knackten und knisterten die Holzscheite. Sie liebte diese behagliche Wärme in Großvaters Hütte, eine Wohltat nach der anstrengenden Wanderung. Franzl stürmte auf sie zu, mit einem enormen Büffelhautknochen im Maul. Fiepend drückte er sich gegen ihre Beine. Wie gern hätte sie ihren Hund jeden Tag um sich gehabt, aber Christina reagierte allergisch auf ihn. Sie hatte sich für diese Notlösung entscheiden müssen. Und hier beim Großvater ging es ihm gut.

»Ich hab dich auch vermisst«, sagte sie und strich ihm über das seidige Fell.

»Grüß dich, meine Kleine. Ich hoffe, es war ein schönes Fest.«

Joseph nahm sie in die Arme. Julia war froh, die Feiertage mit ihrem Vater überstanden zu haben. Christina hatte sich redliche Mühe gegeben, es ihnen behaglich zu machen. Es gab ein hervorragendes Abendessen und sie waren gemeinsam in die Kirche gegangen. Aber sie wurde das Gefühl nicht los, ihrem Vater wäre es lieber, wenn sie sich eine eigene Wohnung suchen würde. Nur war das leichter gesagt als getan.

Julia setzte sich auf die Ofenbank und wärmte sich die klammen Finger. Franzl lag zu ihren Füßen und kaute zufrieden schmatzend an seinem Knochen. Wie gemütlich es hier war, ganz im Gegensatz zu ihrem Elternhaus. Dort durfte Christina kaum Dekoration aufstellen, ihr Vater mochte es schlicht. Doch Julia fand das trostlos. Nicht einmal einen Weihnachtsbaum gab es mehr. Den hatte früher ihre Mutter regelrecht erkämpfen müssen.

Toni kam aus der Küche und brachte Joseph eine Tasse Tee.

»Hallo, Julia.«

Er griff in seine Westentasche und streckte ihr eine kleine Schachtel entgegen, eingewickelt in Geschenkpapier.

»Nur eine Kleinigkeit.«

Seine Wangen färbten sich rot.

»Das ist aber lieb. Danke sehr.«

Wie peinlich. Und ich habe überhaupt nichts für ihn.

»Ich habe draußen noch was zu tun«, murmelte er und eilte aus der Hütte.

Joseph saß am Küchentisch und probierte das neue Schnitzmesser aus, das Julia ihm geschenkt hatte. Holzfiguren zu erschaffen, das war sein Hobby, seit sie denken konnte. Sie hätte ihn stundenlang dabei beobachten können, wie er aus einem bloßen Stück Holz etwas so Bezauberndes erschuf. Seine Krippenfiguren schmückten im Advent und zu Weihnachten die Hütte und an jedem Geburtstag schenkte er ihr eine neue Tierfigur für ihren Holzbauernhof. Selbst jetzt noch. *Für meine zukünftigen Urenkel,* sagte er.

»Wie geht es dir denn? Ich mache mir wirklich Gedanken um dich. Du solltest nicht länger bei deinem Vater wohnen.«

Joseph schaute sie nachdenklich an und legte das Messer beiseite.

»Das musst du nicht, Großvater. Wir kommen miteinander aus. Ich finde bestimmt bald eine neue Bleibe.«

Das war gelogen, doch sie würde ihm nicht ihre Sorgen aufbürden. Sie hatte sich in den vergangenen Monaten etliche Wohnungen angeschaut, aber die Konkurrenz war groß und mit ihrem mickrigen Gehalt standen die Chancen nicht gut.

»Du bist so blass und hast kaum etwas gegessen. Das ist doch nicht normal in deinem Alter. Ich werde …«

Es polterte vor der Tür und Franzl bellte. Toni kam herein und schüttelte sich den Schnee vom Mantel.

»So ein Wetter heute. Keine Ahnung, wie viel Schnee das noch geben soll.«

Er schaute erst zu Joseph, dann zu Julia.

»Störe ich? Soll ich wieder gehen?«

»Nein, nein. Setz dich doch«, sagte sie, dankbar für die Ablenkung. Dann würde ihr Großvater keine unangenehmen Fragen mehr stellen.

»Wie gefällt dir denn mein Geschenk?«, fragte Toni nach ein paar Minuten.

»Oh, entschuldige, ich bin noch gar nicht dazu gekommen, es auszupacken.« Vorsichtig wickelte sie die Schachtel aus dem Geschenkpapier und öffnete sie. Es waren zwei silberne Kreolen, in deren Innerem ein filigranes Bergmassiv eingearbeitet war.

»Die sehen ja zauberhaft aus. Schau mal, Großvater.«

»Du hast wirklich Geschmack. Ich danke dir«, sagte sie zu Toni und legte die Kreolen an. Kurz dachte sie darüber nach, ob sie ihn umarmen sollte, aber ein Blick in sein puterrotes Gesicht hielt sie davon ab. Joseph räusperte sich. Auf seiner Stirn zeigten sich zahlreiche Sorgenfalten. Gefiel ihm das Geschenk nicht oder war es ihm nicht recht, dass Toni ihr etwas schenkte?

»Nicht der Rede wert. Sie stehen dir gut«, sagte Toni und beugte sich zu Franzl herunter. Ein dunkles Grollen aus dessen Kehle ließ ihn zurückweichen.

»Hey Junge, ganz ruhig. Ich nehme dir den Knochen doch nicht weg.«

»Entschuldige, Toni. Ich habe leider nichts für dich. Ich wusste ja nicht, dass du hier bist. Verbringst du denn die Feiertage nicht bei deiner Familie?«

***

Er schüttelte den Kopf.

»Ist schon gut. Du musst mir doch nichts schenken. Wie gesagt, es ist nur eine Aufmerksamkeit. Ich habe gehofft, sie würden dir gefallen.«

Julia nickte und lächelte ihn an. Sie sah blass und übermüdet aus. Ob das an der Trennung von ihrem Freund lag? Sie wohnte noch immer bei ihrem Vater und das Verhältnis schien schwierig zu sein. Viel hatte Joseph ihm nicht darüber erzählt, aber er sah selbst, dass es ihr nicht gutging.

Franzl stupste ihn an.

»Willst du etwa schon wieder was zu fressen oder ist das eine Entschuldigung für dein schlechtes Benehmen gerade?«

Er hatte dem Hund ein paar neue Befehle beigebracht, nur das Betteln konnte er ihm nicht abgewöhnen. Für Käse jedoch machte Franzl alles. Da ertrug er sogar das Geigenspiel.

***

»Ich hoffe, ihr könnt Franzl noch eine Weile bei euch behalten. Es ist so schwer, eine kleine und bezahlbare Wohnung zu finden.«

»Nun mach dir mal keinen Kopf«, sagte Joseph. »Auf den einen Esser mehr kommt es hier nicht an. Toni hat ihn gut im Griff. Sogar die Kühe lässt er jetzt in Ruhe.«

Sie atmete auf und schaute zu Toni, der sie die ganze Zeit angestarrt hatte. Sofort senkte er den Blick. Seine Wangen glühten schon wieder. Was war bloß los mit ihm?

Julia und Elisabeth saßen im Dunkeln. Eine flackernde Kerze erhellte die Küche nur notdürftig. Das neue Jahr war erst wenige Minuten alt. Elisabeth breitete die Karten vor sich aus.

»Und, was siehst du?«

Julia versuchte vergeblich, die Symbole zu entziffern. Ihre Freundin runzelte die Stirn, schob eine Karte zur Seite, deckte eine andere auf und seufzte.

»Was bringt denn das neue Jahrtausend nun für mich?«

Elisabeth zündete eine zweite Kerze an und seufzte erneut. Dann zuckte sie mit den Schultern.

»Sind die Aussichten so schlecht?«

Elisabeth schaute sie verwundert an.

»Nein, ganz und gar nicht. Im Gegenteil. Das sieht alles so gut aus, dass es schon verdächtig ist.«

Julia runzelte die Stirn.

»Na los, erzähl schon. Was hält denn das neue Jahr für mich bereit?«

Elisabeth wies auf eine Karte.

»Die hier bedeutet, dass du dieses Jahr oder zumindest in naher Zukunft zu Geld oder Besitz kommen wirst.«

»Das klingt doch gut. Ich sollte wohl mal Lotto spielen.«

»Die Karte dort zeigt an, dass es auch in Sachen Liebe aufwärts gehen wird.«

»Das wird ja immer besser.«

»Und die dritte Karte hier, die …«

»Was denn noch? Geld und Liebe, mehr kann ich doch nicht verlangen.«

»Dieses Symbol steht für eine große Karriere.«

»Karriere?« Julia kicherte. »Ich bin gespannt, was die Permoser für einen Plan mit mir hat.«

Elisabeth rollte mit den Augen.

»Du machst dich schon wieder lustig über mich. Das ist kein Spaß. Die Karten lügen nicht.«

»Hey, nun nimm das doch nicht alles so ernst. Gibt es denn sonst noch was?«

»Einen Haken scheint es aber zu geben.«

»Wusste ich es doch.« Julia seufzte. »Es gibt immer einen Haken.«

Elisabeth räusperte sich.

»Die hier.«

Sie zeigte auf eine Karte, auf der ein Skelett auf einem Pferd sitzend und in eine schwarze Uniform gekleidet zu sehen war.

»Das bedeutet doch nicht etwa …?«

»Ja, die steht für den Tod.«

»Oh nein, mein Großvater …«

»Nun mach dir keinen Kopf. Das hat nichts zu sagen.«

»Was denn nun? Ich denke, die Karten lügen nicht.«

»Natürlich nicht. Es kann aber auch einen bevorstehenden Verlust anderer Art oder eine schmerzhafte Veränderung ankündigen.«

Julia biss sich auf die Unterlippe. Sah ihr Großvater nicht in letzter Zeit blasser aus und hatte sie nicht wieder das Gefühl gehabt, dass seine Kräfte nachließen?

»Jule! Nun grübel nicht so viel. Irgendwann wird dein Großvater sterben, aber nicht heute und nicht morgen.«

Kapitel 16

1943

Annemarie saß auf dem Bett und atmete tief ein und aus. Der erste Sturm der Saison rüttelte an den Fensterläden. Ähnlich wild brauste es in ihrem Inneren, aber sie durfte sich nichts anmerken lassen. Seit Wochen wartete sie vergeblich auf ihre monatliche Blutung. Heute Morgen hatte sie einen einzigen Löffel Haferbrei hinunterbekommen und wenig später war sie hinter den Stall gerannt. Die Sache war eindeutig. Ihre Mutter hatte ihr nie etwas darüber erzählt, aber auf dem Lande wusste jedes Kind, wie das funktionierte. Das war kaum anders als bei den Kühen.

Was sollte sie jetzt nur tun? Wie sollte sie es Aaron beibringen? Und was passierte danach? Ihr Kopf drohte zu zerplatzen von den vielen Gedanken. Immer wieder ermahnte sie sich, beherrscht zu bleiben und nicht in Tränen auszubrechen. Wenn Deborah ins Zimmer käme, durfte sie nichts merken. Sie vertraute dem Mädchen, wollte sie jedoch nicht damit belasten. Mit wem konnte sie überhaupt darüber reden? Gab es jemanden, den sie einweihen durfte? Sie fühlte sich allein und verlassen inmitten ihrer Familie.

Wie lange ließ sich das Geheimnis verbergen? Früher oder später würde ihr Bauch wachsen und jeder konnte sehen, was geschehen war. Sie wusste, wie über solche Mädchen geredet wurde. Meistens verschwanden sie und tauchten nie wieder auf. Diejenigen, die zurückkehrten, waren nicht mehr dieselben und lebten ein zurückgezogenes Leben allein. Kein Mann würde so eine Frau heiraten. Wäre sie standhaft genug, so ein Schicksal zu ertragen?

Annemarie kämpfte mit den Tränen. Sie liebte Aaron von ganzem Herzen, doch es gab für sie keine Zukunft. Was würde ihre Mutter sagen? Und Joseph? Dem war Aaron von Anfang an ein Dorn im Auge gewesen. Warum konnte sie nicht einschlafen und am nächsten Morgen wäre alles wieder gut?

»Geht's dir nicht gut? Du siehst schon seit ein paar Tagen so blass aus.«

Deborah schaute sie fragend an.

Annemarie wich dem Blick ihrer Freundin aus.

»Es geht schon wieder. Wahrscheinlich habe ich mir ein wenig den Magen verdorben.«

Dabei hatte sie in den letzten Tagen fast nichts gegessen. Die Übelkeit setzte ihr zu und es wurde zunehmend schwieriger, dies vor ihrer Familie zu verbergen. Noch sah man es ihr nicht an, aber das war nur eine Frage der Zeit.

»Ich glaube dir nicht, Annemarie. Du isst viel zu wenig. Bist du krank?«

Deborah setzte sich neben sie und legte ihr den Arm um die Schulter.

»Du kannst mir vertrauen, das weißt du. Wir sind doch wie Schwestern.«

Annemarie hielt die Tränen nicht mehr zurück. In ihrem Herzen hatte sich die Angst angestaut und es fühlte sich an, als würde es zerbersten. Schluchzend beichtete sie Deborah ihr Geheimnis.

»Schwör mir, dass du es keinem erzählst.«

Ihre Freundin versicherte ihr, Stillschweigen zu bewahren, auch wenn es ihr spürbar schwerfiel. Annemarie musste ihr dafür versprechen, ihrer Familie bald reinen Wein einzuschenken.

Annemarie würde es Aaron zuerst sagen. Vielleicht hatte er eine Idee, wie es weitergehen sollte. Beim Abendessen steckte sie ihm unauffällig ein Zettelchen zu: *Im Stall. 22 Uhr.*

Seit einer halben Stunde saß sie in der Box neben dem schlafenden Kälbchen. Im Geist ging sie das bevorstehende Gespräch durch, erfand immer wieder neue Formulierungen und versuchte, sich vorzustellen, wie Aaron reagieren würde. Je länger sie darüber nachdachte, umso mehr stieg ihre Anspannung.

Die Stalltür öffnete sich mit einem leisen Quietschen und Schritte näherten sich. Annemaries Herz raste. Sie sprang auf und trat aus der Box heraus.

»Da bist du ja. Ich muss mit dir ... Was machst du denn hier, Joseph?«

Ihr Bruder kniff die Augen zusammen und starrte sie an.

»Damit hast du nicht gerechnet, was? Seit Monaten spielt ihr mir etwas vor. Ihr denkt wohl, ich wäre so dumm, es nicht zu merken.« Annemarie wurde eiskalt und sie hatte das Gefühl zu ersticken.

»Was meinst du?«, presste sie hervor.

Joseph holte aus und versetzte ihr eine kräftige Ohrfeige. Sie schrie auf und hielt sich die Wange. Noch schrecklicher als der körperliche Schmerz war das Entsetzen darüber, dass ihr Bruder dazu fähig war. Er hatte sie noch nie geschlagen.

»Lüg mich nicht so dreist an. Ich habe alles von Deborah erfahren. Sie war leicht zum Reden zu bringen.«

Ich hätte sie nie mit hineinziehen dürfen. Meinetwegen muss sie auch leiden.

»Red schon. Was wolltest du mit Aaron so Wichtiges besprechen?«

Also weiß er doch nichts von der Schwangerschaft. Deborah hat ihm nicht alles erzählt.

»Wo ist er? Was hast du mit ihm gemacht?«

»Erst sagst du mir die Wahrheit.«

Joseph packte sie am Arm.

»Wenn du ihm weh tust ...«

Annemarie schluchzte. Ihr Bruder war immer nett zu ihr gewesen. Was hatte der Krieg aus ihm gemacht?

»Keine Bange, ihm geht es gut. Aber du wolltest nicht auf mich hören und dafür werdet ihr die Konsequenzen tragen.«

»Nein, bitte nicht! Das darfst du nicht tun.«

Sie riss sich von ihrem Bruder los.

»Die Goldsteins können nichts dafür. Mutter wird das nicht zulassen.«

»Das hättet ihr euch vorher überlegen sollen.«

Die Stalltür quietschte erneut.

»Joseph, bitte lass uns in Ruhe reden«, sagte Aaron und stellte sich neben Annemarie.

Josephs Gesichtsausdruck verdunkelte sich, als Aaron den Arm um sie legte.

»Von dir hätte ich wirklich etwas Anderes erwartet. Dass er sich nach dir umschaut, kann ich verstehen. Aber du bist doch ein intelligentes Mädchen.«

»Was ist denn bitte so schlimm daran, wenn sich zwei Menschen lieben?«, fragte Annemarie und wischte sich die Tränen aus dem Gesicht.

»Du hättest doch einfach einen netten deutschen Jungen aus dem Dorf wählen können.«

»Ach, daher weht der Wind. Du hast nur etwas gegen Aaron, weil er Jude ist.«

Annemarie griff nach Aarons Hand. Sie wollte nur fort von hier.

»Wenn ihr jetzt zusammen hier rausgeht, kann ich für nichts garantieren. Aaron, dir sollte dein Familie doch wirklich mehr am Herzen liegen.«

Aaron riss sich von Annemarie los und stürmte auf Joseph zu. Er packte ihn am Hemdkragen und drückte ihn gegen die Wand.

»Wage es nicht, meine Familie in Gefahr zu bringen. Du bist wirklich schäbig, Joseph. Deine Familie ist so hilfsbereit und du willst uns alle ins Unglück stürzen. Was ist los mit dir?«

Joseph stieß ihn von sich.

»Schäbig? Wenn hier einer schäbig ist, bist du das. Wer seine Finger nicht von einem deutschen Mädchen lassen kann, der muss dafür bezahlen.«

Kapitel 17

2000

Toni saß stocksteif am gewaltigen hölzernen Esstisch des Gastraums und starrte Joseph an. Er kaute auf seiner Unterlippe und rote Flecken bildeten sich auf seinen Wangen, wie immer, wenn in ihm die Emotionen arbeiteten. Der Junge konnte seine Gefühle einfach nicht verbergen.

»Nun zieh nicht so ein Gesicht«, sagte Joseph.

»Du hast mir gerade eröffnet, dass du ins Krankenhaus musst, weil du vielleicht Krebs hast. Da darf ich wohl so schauen.«

»Vielleicht ist es ja auch nichts.«

Doch Joseph glaubte selbst nicht daran. Seit Weihnachten war da so ein bohrender Schmerz ganz tief drinnen. Außerdem zwang er sich jeden Tag zum Essen, obwohl ihm ständig übel war. Er saß oft auf der Bank draußen in der Kälte und schaute auf seine Heimat. *Es ist an der Zeit, Abschied zu nehmen,* dachte er dann.

»Was wirst du Julia sagen?«, fragte Toni.

»Ich habe einen Cousin in München. Den könnte ich eine Weile besuchen. Wir haben uns lange nicht gesehen.«

»Wird sie dir das abnehmen?«

»Wenn du ihr dasselbe erzählst, dann sicher. Hör zu, ich möchte sie nicht beunruhigen. Sie hat momentan genug mit sich zu tun. Ich möchte nicht, dass sie sich noch um mich Sorgen macht.«

»Mir ist nicht wohl dabei, sie anzulügen, Joseph.«

»Du magst sie sehr, oder?«

Toni nickte.

»Und wehe, du sagst ihr das.«

Joseph würde es ihnen beiden sagen müssen, aber wie? Er war nicht gut darin, die richtigen Worte zu finden. Außerdem sollte die Vergangenheit endlich ruhen dürfen. Er hoffte, Tonis Strohfeuer würde bald erlöschen. Der Junge musste einfach öfter hinunter in die Stadt und andere hübsche Mädchen treffen. Stattdessen hockte er tagtäglich hier oben auf der Alm.

»Wirst du den Hof eine Woche allein halten können?«

»Da mach dir mal keine Sorgen. Ich arbeite schon lange genug hier. Das geht schon. Und vielleicht kommt Julia am Wochenende vorbei und hilft mir.«

Da war es wieder. Julia. Joseph hoffte, seine Enkeltochter bekam nichts von Tonis Schwärmerei mit.

***

»Du hast einen Cousin in München? Das wusste ich ja gar nicht«, sagte Julia.

Blass sah ihr Großvater heute wieder aus und die Falten um seine Augen schienen sich immer tiefer zu graben. Er arbeitete zu viel. So oft sie ihm das schon gesagt hatte, so oft hatte er gelächelt und ihr mitgeteilt, dass diese Arbeit das Einzige war, was er kannte und liebte.

»Wir hatten lange keinen Kontakt, aber nun wollen wir uns im Alter noch einmal wiedersehen.«

»Wie heißt er denn?«

Das hätte ich mir auch vorher überlegen können, dachte Joseph. Er schaute zur Anrichte. Dort stand ein Paket mit Mehl. Mehl von der Firma Aschengruber.

»Hermann. Hermann Aschengruber.«

Er konnte aus den Augenwinkeln sehen, wie Toni den Kopf schüttelte.

»Den Namen hast du noch nie erwähnt. Schafft Toni das denn allein?«

Toni trat an den Tisch.

»Klar. Du kannst mir natürlich gern jederzeit helfen, wenn du magst. Ich würde mich freuen.« Rasch fügte er noch hinzu: »Franzl freut sich natürlich auch über deinen Besuch.«

Joseph war nicht wohl bei der Sache, die beiden allein zu lassen. Nicht, dass sie sich doch einmal näher kommen würden. Nein, soweit wollte er jetzt nicht denken. In der einen Woche würde sicher nichts passieren. Länger würde er nicht fort sein.

Kapitel 18

1943

Annemarie schreckte aus dem Schlaf. Ihr Herz trommelte, als wollte es ihr aus der Brust springen, und ihr war flau im Magen. Das Nachthemd war nassgeschwitzt. Zitternd versuchte sie, sich an den Traum zu erinnern, der erschreckend realistisch gewirkt hatte. Da waren Soldaten, die an die Tür hämmerten und Befehle brüllten. Sie kamen, um die Goldsteins abzuholen. Noch immer glaubte sie, das Getrampel der Männer mit ihren schweren Stiefeln und die verzweifelten Schreie ihrer Familie zu hören. Was sie aber am meisten verfolgte, war Aarons Blick, als die Soldaten ihn von ihr wegrissen.

In ihrem Zimmer war alles still. Deborah schlief tief und fest. Langsam sank Annemarie wieder in ihr Kissen zurück. Dieser Alptraum verfolgte sie seit mehreren Nächten. Sie fragte sich, ob Joseph es wagen würde, alle zu gefährden, um sich an ihr und Aaron zu rächen? Früher waren sie unzertrennlich gewesen und sie glaubte, ihn zu kennen. Hatte sie sich so in ihm getäuscht?

Sie strich sich mit den Händen über den Bauch. Eine zarte Wölbung war bereits zu spüren. Sie konnte ihr Geheimnis unter der Kleidung verbergen, aber wie lange noch? Die anfängliche Übelkeit war vorüber, dafür verspürte sie einen unbändigen Appetit. Sie riss sich zusammen, denn es war nur gerade so viel da, dass sie nicht hungern mussten. Ihre Mutter fragte schon, warum ihr Magen immer knurrte. Ihre arme Mutter. Wie würde sie reagieren? Sie wäre enttäuscht von ihrer unvernünftigen Tochter. Dessen war sich Annemarie sicher.

Auf Zehenspitzen schlich sie mit ihrer Kerze zum Schreibtisch und holte ein Blatt Papier und einen Bleistift aus der Schublade. Wie schwer es war, die richtigen Worte zu wählen. Immer wieder strich sie Formulierungen durch und begann von vorn. Nach einigen Versuchen war sie zufrieden, steckte das Blatt in einen Umschlag und versteckte diesen unter dem Kopfkissen. Sie blies die Kerze aus und legte sich wieder ins Bett. Vielleicht würde sie jetzt einen friedlicheren Schlaf finden.

Joseph war am frühen Morgen mit den Kühen auf die höher gelegenen Weiden gezogen. Rund um die Alm hatten die Tiere das Gras aufgefressen und nur stacheliges Unkraut stehen lassen. Annemarie wartete, bis er nicht mehr zu sehen war und rannte zu ihrer Lieblingsbank, von der aus man den gesamten Ort überblicken konnte. Aaron würde bald nachkommen. Ein leiser Pfiff ertönte, das Signal, dass es sicher war. Er umarmte und küsste sie, bis sie kaum noch Luft bekam.

Sie schob ihn von sich.

»Ich muss dir etwas sagen.«

Aaron blickte sie mit dem sanften Blick an, den sie so an ihm liebte. Sie drehte sich zur Seite und schaute ins Tal hinunter. Wie friedlich der Ort wirkte, als gäbe es überhaupt keinen Krieg. Und doch lag eine unsichtbare, aber spürbare Bedrohung in der Luft.

»Ich bekomme ein Kind«, flüsterte sie.

Aaron atmete hörbar ein, schwieg aber.

»Was sollen wir bloß machen? Wir können doch kein Kind in die Welt setzen in dieser Zeit. Kennst du jemanden, der da etwas machen kann?«

Aaron trat einen Schritt auf sie zu.

»Das kommt gar nicht in Frage. So etwas dürfen wir nicht.«

»Aber was sollen wir denn tun?«

»Wir bekommen das Kind. Ich liebe dich, Annemarie. Gemeinsam bewältigen wir das irgendwie.«

»Ich liebe dich auch. Aber wir können nicht zusammen sein. Das weißt du. Denk doch nur mal an Josephs Reaktion. Vielleicht haben wir eine Chance, wenn der Krieg vorbei ist. Vielleicht.«

»Aber ich lasse dich nicht allein.«

Annemarie drückte ihm den Briefumschlag in die Hand.

»Lies den Brief bitte erst, wenn ich weg bin.«

»Aber wo willst du denn hin?«

Sein Blick wirkte verzweifelt, beinahe so wie in ihrem Alptraum.

»Ich werde es heute meiner Mutter sagen und ich bin mir sicher, sie wird mich zur Tante nach Ingolstadt schicken. Ich kann nicht hier bleiben, wo mich alle Leute kennen und sich das Maul über mich zerreißen.«

Annemarie drehte sich um und hastete zurück Richtung Alm. Aaron rannte hinter ihr her und hielt sie am Arm fest.

»Ich will nicht ohne dich sein. Gibt es denn keine Möglichkeit, das Kind gemeinsam großzuziehen?«

In seinen Augen blitzten die ersten Tränen auf. Annemarie schüttelte den Kopf.

»Du musst jetzt auf dich und deine Familie aufpassen.«

Sie ließ ihn stehen und lief zügig nach Hause. Sie würde nicht weinen, das hatte sie sich verboten. Stark musste sie sein, für sich und das Kind. Wie sie das bewerkstelligen sollte, wusste sie selbst nicht. Ihre Mutter stand vor der Hütte und winkte. Annemarie hob die Hand. Jetzt oder nie. Joseph würde noch ein paar Stunden unterwegs sein und sie wollte aus dem Haus sein, bevor er wiederkam.

Kapitel 19

2000

Julia öffnete die Augen und streckte sich. Kein Wecker klingelte sie an ihrem freien Tag aus dem Bett. Sie hatte so tief und fest geschlafen wie lange nicht mehr. Barfuß trat sie ans Fenster und schob den Vorhang zur Seite. Die Luft dampfte vor Feuchtigkeit und die Sonne drängte sich durch eine Wolkenlücke. Auf der Tanne gegenüber saß eine Amsel und trällerte ihren Morgengruß. Nach einer heißen Dusche ging sie hinunter in die Küche und schaltete die Kaffeemaschine ein. Sie setzte sich an den Küchentisch und nippte am Kaffee. Es war so still im Haus ohne Franzl. Ihr Vater und Christina waren bereits zur Arbeit gegangen. Noch immer hatte sie keine passende Wohnung gefunden. Es war zum Verzweifeln in diesem Ort. Jobs gab es genügend, vor allem in der Hauptsaison. Aber an bezahlbarem Wohnraum fehlte es seit vielen Jahren.

Da sie noch keinen Hunger verspürte, machte sie sich ein Sandwich zurecht. Das würde sie auf dem Weg essen. Sie freute sich auf Franzl und die Arbeit auf der Alm. Das war viel befriedigender, als den ganzen Tag im Laden auf Kunden zu warten und Nippes an Touristen zu verkaufen. Außerdem konnte Toni ihre Hilfe sicher gut gebrauchen. Ihr Großvater war noch immer bei seinem Cousin und zu dieser Jahreszeit gab es viel zu erledigen dort oben. Einige Kühe waren trächtig und würden bald kalben und die Hütte musste auf die Wandersaison vorbereitet werden.

Die Tiere waren versorgt und Julia und Toni gönnten sich eine Pause. Am Himmel ballten sich schwarze Wolken zusammen und kündigten weiteren Regen an. Sie saßen auf der Bank vor der Hütte und Franzl legte sich auf ihre Füße. Seit er hier oben auf der Alm lebte, war er ein entspannterer Hund.

»Glaubst du wirklich, dass Großvater einen Cousin in München besucht?«, fragte Julia und biss in ein dick belegtes Käsebrot. Das

Melken und die Stallreinigung waren anstrengend gewesen. Ihr Magen knurrte wie ein wachsamer Hofhund. Ein frisches Bauernbrot mit Bergkäse würde ihn besänftigen.

»Klar, warum denn nicht?«

»Er hat noch nie von diesem Hermann erzählt.«

»Joseph erzählt doch nie etwas von früher.«

»Ja, klar, aber merkwürdig finde ich das schon.«

»Alte Leute sind halt manchmal etwas merkwürdig.«

Julia schluckte den letzten Bissen Brot hinunter und schaute Toni an.

»Du weißt doch was, nicht wahr?«

Wurde er etwa rot oder bildete sie sich das nur ein?

»Ich? Was sollte ich denn wissen?«

»Hast du eine Telefonnummer von diesem Hermann? Großvater muss doch eine Nummer für den Notfall hinterlegt haben. Ein Handy hat er ja nicht, der Sturkopf.«

»Nein, er hat mir keine Nummer gegeben. Nun lass es gut sein. Er ist doch bald wieder da. Dann kannst du ihn immer noch über seinen Cousin ausquetschen.«

Toni sprang auf.

»Ich muss jetzt mal weiterarbeiten. Du kannst gern noch länger Pause machen.«

»Du bist doch noch gar nicht fertig mit deiner Brotzeit«, rief Julia, aber da war er schon im Stallgebäude verschwunden. Da stimmte doch etwas nicht. Was heckte ihr Großvater nun wieder aus?

»Du weißt auch nichts, Franzl, oder?«

Sie streichelte ihm über den Kopf, aber außer einem Schnaufer erhielt sie keine Antwort.

***

Joseph war wieder daheim auf der Alm. Er stand neben seiner Lieblingskuh Elsbeth und ließ den Blick über das Tal schweifen. Er hatte die Tiere vermisst, die Berge und die frische Luft. Die

Großstadt war lärmerfüllt und hektisch. Das strenge Regime im Krankenhaus hatte ihm missfallen und er hatte sich schließlich auf eigene Verantwortung entlassen. Der Oberarzt hatte ihn ausdrücklich davor gewarnt. Es gäbe noch zahlreiche Untersuchungen durchzuführen. Auf die Frage, wie viel Zeit ihm noch bliebe, wusste er allerdings keine Antwort. Monate, vielleicht ein Jahr, war die vage Vermutung. Diese Lebenszeit wollte er in seiner vertrauten Umgebung verbringen und nicht in einem Krankenhaus mit vielen anderen Todgeweihten. Seine Gerda hatte gegen den Tod angekämpft und ihr Leiden damit verlängert. Nein, das beabsichtigte er nicht. Er wischte sich eine Träne aus dem Augenwinkel und atmete tief durch. Stark wollte er sein. Julia sollte nicht erfahren, dass ihr Großvater nicht mehr lange zu leben hatte.

Joseph saß am Tisch und schluckte seine Tabletten. Sie würden ihn nicht heilen, aber sie linderten die Schmerzen. Verdammter Krebs, der ihn wie ein Teufel von innen auffraß.

»Du musst mit Julia reden, Joseph. Früher oder später wird sie es doch erfahren«, sagte Toni und setzte sich zu ihm.

»Später wäre mir lieber.«

»Nun sei doch nicht so ein verdammter Dickschädel!«

Toni schlug mit der Faust auf den Tisch.

»Tut mir leid«, murmelte er. »Ich mache mir einfach nur Sorgen.«

»Nur noch ein paar Wochen, in Ordnung? Dann sag ich es ihr.«

Kapitel 20

1943

Therese saß am Küchentisch und wischte mit der Hand ein paar Brotkrümel von der Tischplatte. Sie betrachtete die Küche, als sähe sie sie zum ersten Mal. Das Blut rauschte ihr in den Ohren. Sie fühlte sich alt und müde wie ein ausgedientes Ackerpferd.

»Mutter, so sag doch etwas«, flehte Annemarie und sank vor ihr auf die Knie.

Therese schüttelte den Kopf und schaute ihrer Tochter in die vom Weinen geröteten Augen.

»Warum, Kind, warum?«

Annemarie griff nach ihren Händen.

»Ich liebe Aaron.«

»Liebe, was weißt du denn schon von Liebe?«, sagte Therese und strich ihr über den Kopf.»Du hast noch dein ganzes Leben vor dir. Wir haben es so schon schwer. Von deinem Vater seit Monaten kein Lebenszeichen, der nicht enden wollende Krieg, die Sorge um die Goldsteins. Und jetzt kommst du mit dieser Hiobsbotschaft. Was hast du dir nur dabei gedacht?«

»Es tut mir leid, Mutter«, sagte Annemarie und stand auf.»Ich werde gehen, heute noch.«

»Wie bitte? Das kommt nicht in Frage.«

Annemarie nickte heftig.

»Ich bringe euch alle in Gefahr. Es gibt nur eine Lösung.«

»Wohin willst du denn?«

»Zu Tante Hildegard. Sie wird mich sicher aufnehmen. In der Stadt kennt mich keiner und ich kann das Kind bekommen.«

»Du willst das Kind behalten?«

»Ja, es ist doch auch Aarons Kind. Wenn der Krieg vorbei ist, komme ich zurück und dann können wir …«

»Er ist Jude«, unterbrach Therese sie.»Die Goldsteins würden niemals zulassen, dass du mit ihm zusammen bist. Juden heiraten nur untereinander.«

»Wir finden eine Lösung. Die Liebe findet immer einen Weg.«
Therese lächelte. War sie als blutjunges Mädchen nicht genauso naiv gewesen? Doch die Realität holte alle ein, spätestens wenn sie in die Ehe gingen. Ihre Tochter würde schnell erwachsen werden müssen.

»Aber warum willst du denn heute noch fort? Du kannst dir Zeit lassen. Man sieht noch gar nichts.«

Annemarie senkte den Blick.

»Es ist wegen Joseph«, murmelte sie.

»Was hat er damit zu tun?«, fragte Therese, obwohl sie die Antwort schon ahnte. Ihr Junge hatte sich verändert, seit sie die Goldsteins bei sich aufgenommen hatten. Der Vater fehlte.

»Er hat gedroht, uns alle zu verraten, wenn wir zusammenbleiben. Besser, ich verschwinde so schnell wie möglich.«

»Aber, Annemarie ...«

Therese brach es das Herz, ihre Tochter gehen zu lassen. Was hatte der Krieg angerichtet? Ihr Ehemann verschwunden, die Tochter schwanger von einem Juden, dessen Familie sie hier versteckten und ihr Sohn verblendet von dem Hass, der über das Land zog wie eine unheilvolle dunkle Wolke.

Annemarie nahm sie in die Arme.

»Ich will euch nicht allein lassen, aber es geht nicht anders. Sicher ist dieser abscheuliche Krieg bald vorbei und wir sind alle wieder zusammen.«

***

Rasch packte Annemarie das Nötigste zusammen. Viel war es nicht, was sie besaß. Die meiste Kleidung würde ihr ohnehin bald nicht mehr passen. Sie legte Deborah ein paar ihrer liebsten Dinge aufs Bett: die hellblaue Bluse mit den aufgestickten Rosen, eine Haarspange aus Eichenholz, ihre geliebte Ausgabe von »*Robinson Crusoe*« und ein unbeschriebenes Schulheft. *Für meine Schwester* schrieb sie auf die Umschlagseite.

Sie war erleichtert, dass Deborah nicht im Zimmer war. Die Goldsteins hatten sich zum Gebet zurückgezogen und schienen nichts mitbekommen zu haben. Annemarie hätte sich gern verabschiedet, aber was hätte sie ihnen sagen sollen? Und Aaron? Er war noch immer nicht zurück. Vielleicht war es auch besser so, kurz und schmerzlos.

Annemarie trat mit ihrem Reisekoffer in die Küche. Ihre Mutter saß noch immer am Küchentisch und schälte gedankenverloren Kartoffeln.

Sie räusperte sich.

»Ich muss jetzt gehen. Der 18 Uhr-Zug nach München wartet nicht auf mich.«

Ihre Mutter stand auf und drückte ihr einen Briefumschlag in die Hand.

»Hier hast du noch ein bisschen Geld. Viel ist es nicht, aber für die Fahrt und den Anfang wird es reichen. Und grüß meine Schwester von mir.«

Sie hatte ihrer Mutter nicht verraten, dass sie die Nacht am Bahnhof in München verbringen würde. Der Zug nach Ingolstadt fuhr erst am nächsten Morgen.

»Ich mache mir solche Sorgen. Du bist doch noch nie allein weggewesen.«

»Ich schätze, ich muss jetzt erwachsen werden. Um eines bitte ich dich noch, Mutter. Bitte verrate Joseph nichts.«

Polternd öffnete ihr Bruder die Tür.

»Was soll Mutter mir nicht verraten?«

Annemarie seufzte. *Ich muss ihm wohl die Wahrheit sagen. Ich kann doch nicht einfach so aus der Tür gehen.*

Kapitel 21

2000

Julia stapfte den Wanderweg zur Alm hinauf. Die Sonne hatte noch nicht alle Schneefelder aufgelöst, aber es war viel zu warm für Ende März. Sie hielt einen Moment inne und stopfte ihre Daunenjacke in den Rucksack. Der Frühling war zeitig dran dieses Jahr. Das würde die Arbeit auf der Alm nicht leichter machen. Heute würde sie Toni in die Mangel nehmen. Seit zwei Wochen versuchte sie, aus ihm herauszukitzeln, was er über ihren Großvater wusste, aber stets ging er ihr aus dem Weg. Joseph war aus München zurückgekehrt und nicht mehr derselbe. An manchen Tagen stand er erst am späten Vormittag auf und sein Gesicht wirkte steinern. Julia kannte diesen Gesichtsausdruck nur zu gut. Es war der, den sie bei ihrer Mutter gesehen hatte, kurz bevor sie starb. Er musste enorme Schmerzen haben.

Doch heute verbrachte er den Nachmittag mit seinen Skatfreunden im *Goldenen Hirsch*. Er hatte sich von Toni in die Stadt bringen lassen. Die Anzahl seiner Freunde sank mit jedem Jahr, aber für eine Skatrunde waren es noch genügend.

Franzl kam ihr entgegengelaufen und hüpfte aufgeregt um sie herum.

»Wo ist denn Toni?«

Fröhlich bellend begleitete der Hund sie zum Stall. Toni wechselte gerade das Stroh aus.

»Mit dir hab ich gar nicht gerechnet. Joseph ist nicht da.«

»Das weiß ich doch. Ich bin auch nicht seinetwegen hier.«

»Wenn du magst, darfst du mir gern beim Ausmisten helfen«, sagte er und reichte ihr eine Mistgabel.

»Aber dann reden wir, einverstanden?«

Toni nickte und arbeitete stumm weiter. Julia hatte schon eine Weile nicht mehr auf dem Hof ausgeholfen. Nach wenigen Minuten war sie völlig außer Atem und wischte sich immer wieder den Schweiß aus dem Gesicht. Eine Stunde später war die Arbeit geschafft und sie ließ sich mit einem Seufzer in das frische Stroh sinken.

Toni stützte sich betont lässig auf die Mistgabel und zwinkerte ihr zu.

»War ganz schön anstrengend, was?«

»Du musst mir sagen, was mit meinem Großvater nicht stimmt. Du weißt doch etwas«, sagte sie und erhob sich wieder.

Er schwieg und starrte auf den Boden.

»Toni, wir sind Freunde, oder?«

»Und dein Großvater ist mein Chef. Sprich bitte selbst mit ihm.«

»Er wird nicht mit mir reden. Ich kenne ihn doch.«

»Julia, bitte …«

Sie machte einen Schritt auf ihn zu und fasste ihn bei der Hand. Toni zuckte zusammen.

»In Ordnung. Lass uns draußen auf die Bank setzen.«

Julia schaute in die Ferne und genoss den Blick auf die Zugspitzgruppe, auf deren Gipfeln sich der Schnee noch türmte. Dort oben kam der Frühling immer mit Verspätung an. Sie konnte nachvollziehen, warum ihr Großvater diesen Ort liebte. Es war ein friedlicher Ort, fernab von den Problemen und dem Lärm der großen weiten Welt.

»Dein Großvater ist krank«, sagte Toni nach minutenlangem Schweigen.

Da war er, dieser grausame Satz. Wie eine Faust schlug er ihr ins Gehirn. Julia stöhnte auf und schloss die Augen.

»Wie krank?«, fragte sie fast lautlos.

»Bauchspeicheldrüsenkrebs. Nur noch wenige Monate, wenn überhaupt.«

Wenige Monate?

»Es gibt gar keinen Cousin namens Hermann, nicht wahr?«

Sie öffnete die Augen und schaute Toni an.

»Julia, es tut mir leid.«

Ihr Großvater würde sie verlassen, sehr bald. Sie fühlte sich, als ob ihr der Boden unter den Füßen weggezogen würde. Was sollte aus der Alm werden, den Tieren und aus ihr? Sie liebte Joseph von ganzem Herzen. Er konnte sie doch nicht einfach im Stich lassen. Was war das für eine grausame Krankheit, die ihr erst die Großmutter, die Mutter und jetzt auch noch den Großvater nahm? Toni beugte sich zu ihr und wischte ihr mit einem Taschentuch behutsam die Tränen aus dem Gesicht. *Er hat so hübsche dunkelbraune Augen*, dachte sie und schämte sich im nächsten Augenblick dafür.

Die Sonne stand bereits tief am Himmel, als Joseph zurückkehrte. Der Sohn eines Freundes hatte ihn begleitet. Toni und Julia saßen in der Hütte am Esstisch.

»Was sitzt ihr zwei denn so stocksteif hier beieinander?«

Toni zuckte zusammen und warf beinahe sein Bierglas um.

»Oh Mann, schon so spät«, sagte er mit einem Blick auf die Küchenuhr. »Ich muss noch die Kühe reinholen. Bin gleich wieder zurück.«

»Julia, ist alles in Ordnung? Du hast ja geweint.«

»Großvater, ich weiß alles.«

Sie begann zu schluchzen. Joseph ließ sich neben ihr auf die Bank sinken und legte den Arm um sie.

»Er sollte dir nichts erzählen, verdammt nochmal. Jetzt machst du dir noch viel mehr Sorgen.«

»Sei Toni bitte nicht böse. Ich habe ihm keine Wahl gelassen.«

»Ach, meine Kleine, es tut mir so leid.«

»Du wirst dich doch behandeln lassen, oder? Vielleicht gibt es ja noch eine Chance. Man hört doch so oft von Leuten, die wieder gesund werden.«

»Julia, das ist zwecklos. Glaube mir. Ich hätte zwar ein paar Wochen mehr, aber es würde mein Leiden nur verlängern.«

»Aber ein paar Wochen mehr, das ist doch besser als nichts.«

»Ich habe jetzt über siebzig Jahre gelebt und nun ist es Zeit für mich zu gehen. Zu deiner Großmutter. Sie wartet sicher schon auf mich.«

»Aber Großvater, du kannst doch nicht einfach so aufgeben!«

»Erinnerst du dich noch, wie sie gekämpft hat? Sie hat so sehr gelitten, weil sie nicht loslassen wollte. Das möchte ich nicht. Ich möchte noch eine gute Zeit bei euch und den Tieren haben, sei sie auch noch so kurz.«

»Das lasse ich nicht zu! Du darfst jetzt nicht sterben! Wer soll denn die Alm weiterführen? Denk an deine Tiere, an alles, was du aufgebaut hast. Wir können doch nicht den Betrieb auflösen.«

Sie hätte ihren Großvater am liebsten geschüttelt. Wie konnte er so wenig am Leben hängen? Heutzutage wurden die Menschen doch immer älter. Seine Zeit war noch nicht abgelaufen.

»Das möchte ich auch nicht. Eigentlich wollte ich das mit Toni und dir gemeinsam besprechen. Ich würde euch beiden gern die Alm überschreiben.«

Julia sprang auf.

»Uns beiden? Ich arbeite doch unten im Laden und Toni schafft das auf Dauer nicht allein. Na ja, und außerdem …«

»Was denn?«

»Wir können uns doch nicht ausstehen. Wie soll das denn funktionieren?«

»Das müsst ihr unter euch ausmachen. Ihr seid erwachsen. Und wolltest du nicht mal einen Neuanfang wagen?«

»Ja, als Fotografin, aber nicht als Hüttenwirtin.«

»Du musst es nicht gleich entscheiden. Lass dir Zeit. Vielleicht bist du mir auch eines Tages dankbar, dass ich so entschieden habe.«

Kapitel 22

1943

Eine eisige Hand umklammerte Annemaries Herz, als Joseph sie ansah. Es waren nicht die Augen ihres Bruders, sondern die eines gleichgültigen Fremden. Ihre Mutter schälte weiter Kartoffeln, den Blick starr auf ihre Arbeit gerichtet. Annemarie stellte den Koffer ab und trat einen Schritt auf ihren Bruder zu.

»Joseph, ich werde euch eine Zeitlang verlassen. Versprich mir, auf Mutter achtzugeben.«

»Wo willst du hin?«

»Das kann ich dir nicht sagen. Glaub mir einfach, es ist zum Besten für uns alle.«

Joseph verschränkte die Arme.

»Sag mir augenblicklich die Wahrheit.«

Ich werde noch meinen Zug verpassen, dachte Annemarie. *Er wird mich nicht gehen lassen.*

»Mach es mir bitte nicht noch schwerer«, versuchte sie, ihn zu beschwichtigen.

»Sag schon. Ist es wegen Aaron?«

»Nein.«

Joseph schwieg und sah sie mit einem vernichtenden Blick an. Ihr zittriges Herz schrumpfte zusammen und sie befürchtete, ohnmächtig zu werden.

»Sag es ihm bitte«, flüsterte ihre Mutter.

»Ich bin schwanger.«

»Du bist was? Doch nicht etwa von diesem Judenkerl?«, spuckte ihr Joseph die Worte entgegen. Sein Blick flackerte und auf seinem Gesicht zeigten sich rote Flecken. Er packte sie am Arm. »Dafür wird er büßen.«

»Rede nicht so über ihn. Er ist nicht irgendein Kerl, sondern der netteste Junge, den ich kenne.«

Annemarie riss ihren Arm los und rieb sich die schmerzende Stelle.

»Netter Junge? Sehr nett von ihm, in welche Umstände er dich bringt. Wo willst du überhaupt hin?«

»Nach Ingolstadt. Dort kennt mich außer Tante Hildegard keiner. Wenn das hier alles vorbei ist, komme ich zurück.«

»Du gehst nirgendwohin!«

Joseph baute sich vor ihr auf.

»Mutter, sag was«, bat Annemarie um Hilfe.

Doch die schüttelte nur müde den Kopf.

Ich bin ganz allein. Keine Familie mehr. Keine Heimat. Mit Mühe drängte sie die Tränen zurück. Die würden warten müssen.

»Joseph, lass mich bitte gehen. Ich muss zum Bahnhof.«

Ihr Bruder verstellte ihr weiterhin den Weg. In diesem Moment flog die Tür auf und Aaron stürzte herein.

»Da ist ja der Übeltäter!«, rief Joseph.

»Sei doch vernünftig. Annemarie und ich lieben uns. Dagegen kannst du nichts tun.«

»Na, und ob. Ich wüsste da mehrere Möglichkeiten.«

Joseph rieb sich lächelnd die Hände. Aaron ging einen Schritt auf ihn zu, aber Annemarie stellte sich dazwischen.

»Nein, hört auf! Ich gehe jetzt.«

Sie küsste Aaron, nahm ihren Koffer und verließ ohne ein weiteres Wort das Haus. Joseph rief ihr noch etwas hinterher, doch sie hörte nicht mehr hin. Die Tür fiel ins Schloss und sie hielt kurz inne. Sie musste sich beeilen, um den Zug noch zu erreichen. Zügig lief sie los und schaute nicht zurück.

Nur wenige Menschen warteten an diesem Abend auf den Zug nach München. Annemarie setzte sich auf eine Bank und stützte den Kopf in die Hände. Ihre Tante hatte keine Ahnung, dass sie bald vor ihrer Tür stehen würde. Für eine Vorwarnung war es zu spät gewesen. *Hoffentlich nimmt sie mich auf. Lieber Gott, lass nicht zu, dass ich wieder heimkehren muss. Diese Situation würde ich keinen Tag länger mehr aushalten.*

Der Zug traf eine halbe Stunde zu spät ein. Die Bremsen kreischten ohrenbetäubend und Annemarie hielt sich die Ohren zu. Sie setzte sich in ein leeres Abteil und blickte aus dem Fenster. Der Bahnsteig lag verlassen im Halbdunkel. Niemand war da, um ihr Lebewohl zu sagen, niemand, um sie aufzuhalten.

Ein Pfiff ertönte und der Zug verließ in behäbigem Tempo den Bahnhof. In der Ferne erkannte sie schemenhaft den Wank. Sie bildete sich sogar ein, ein flackerndes Licht am Fuße des Berges zu sehen. Dort lag ihr Heim. Für die kommenden Monate jedoch würde Ingolstadt ihr neues Zuhause werden. Sie versuchte, die aufkeimenden dunklen Gedanken an die vor ihr liegende Zeit abzuschütteln, aber immer wieder sah sie Aaron vor sich. Würde sie ihn je wiedersehen? Würde er sein Kind kennenlernen? War ihnen eine gemeinsame Zukunft bestimmt? Sie lehnte ihr Gesicht an die eiskalte Scheibe und ließ die Tränen frei.

Kapitel 23

2000

Quälend langsam löste sich die Brausetablette auf. Julia saß vor dem Wasserglas und beobachtete die aufsteigenden Bläschen. Ihr Kopf dröhnte und der Schmerz bohrte sich bis in ihren Kieferknochen wie nach einer Zahnoperation. Nicht eine Minute Schlaf hatte sie in der Nacht gefunden. Alle Gedanken drehten sich um ihren Großvater, die Alm, Toni, ihre Wohnungssituation.

Wie in Trance fuhr sie zur Arbeit, doch Frau Permoser schickte sie nach einer Stunde heim. In ihrem Zustand hätte sie nicht einmal eine Postkarte verkaufen können.

»Kurieren Sie sich aus, mein Kind. Krank sind Sie mir ohnehin keine Hilfe«, sagte ihre Chefin und schob sie zur Tür in den Regen hinaus.

Sie steuerte den Parkplatz unterhalb der Bergbahnen zur Alpspitze und zum Kreuzeck an. Die Gondeln verschwanden nach wenigen Metern in den tiefhängenden Wolken. Kein Gipfel war zu sehen. Sie erinnerte sich an das Treffen mit Bernhard. Wie es ihm wohl ging? Er hatte sie sicher längst vergessen und sich in ein neues Abenteuer gestürzt.

Ich brauche unbedingt frische Luft, dachte sie und schlüpfte in ihre Wanderstiefel. Sie würde zum Kreuzeck laufen. Dorthin führte ein steiler, aber recht einsamer Weg. Vor allem bei diesem Wetter waren dort nur selten Wanderer unterwegs. Genau richtig, um den Kopf freizubekommen.

Der Nieselregen verwandelte sich binnen weniger Minuten in einen respektablen Landregen. Julia stülpte sich die Kapuze über und stapfte weiter. Ein paar hundert Meter später keuchte sie wie ein Sumoringer und der Schweiß rann zusammen mit den Regentropfen in die Augen. Sie blieb stehen, um wieder zu Atem zu kommen. Die Luft roch nach Kiefernnadeln und feuchtem Waldboden. Bis auf das Prasseln der Tropfen auf ihre Kapuze und das Surren der Gondeln über ihr war nichts zu hören. Ein negativer

Gedanke nach dem anderen löste sich auf. Alles würde gut werden, das musste es einfach. Elisabeths Karten durften sich nicht irren.

»Ring of Fire« von Johnny Cash ertönte aus ihrer Jackentasche. Sie verfluchte sich, ihr Handy überhaupt mitgenommen zu haben. Als sie den Namen auf dem Display las, wäre es ihr beinahe aus der Hand gefallen. *Das gibt es doch nicht. Bernhard?* Mit zitternden Fingern nahm sie den Anruf an.

»Hallo, Julia. Wie geht es dir?«

»Gut.«

Für eine Weile hörte sie nur seinen gleichmäßigen Atem.

»Ich muss dich sehen. Wann können wir uns treffen?«

»Was gibt es denn so Dringendes?«

Sie hoffte, dass ihr Tonfall frostig klang, im Gegensatz zu dem Wärmegefühl, welches sich in ihrem Bauch ausbreitete.

»Ich würde das gern persönlich mit dir besprechen.«

Julias Herz rumorte. *Eigentlich sollte ich ihn zappeln lassen. Aber ich will ihn sehen. Was mache ich jetzt?*

»Bist du noch dran?«

»Ich bin gerade auf dem Weg zum Kreuzeckhaus. Komm doch mit der Gondel rauf.«

Nach Atem ringend hastete Julia die letzten Meter zum Gasthaus hinauf. Wenn Bernhard eintraf, wollte sie halbwegs vorzeigbar aussehen. Sie betrat die Damentoilette. Ein Blick in den Spiegel bestätigte das Schlimmste. Ihre Haare hingen wie tropfnasse Spaghetti herunter, ihr Gesicht war knallrot und die Augenringe hätten einem Waschbären alle Ehre gemacht. Mit Einmalhandtüchern trocknete sie ihre Haare so gut es ging. Ein Pferdeschwanz musste als Frisur ausreichen. Dann wusch sie sich das verschwitzte Gesicht. Ihr Deo hatte sie zum Glück im Rucksack. Das Ergebnis war nicht perfekt, aber akzeptabel.

Sie war der einzige Gast und setzte sich direkt ans Fenster. Es hatte aufgehört, zu regnen, doch noch immer verhinderten dicke

Wolken den Blick zum Berggipfel. Sie klammerte sich an die Tasse mit heißem Kaffee, um ihre zitternden Finger in Schach zu halten. Was wollte Bernhard wohl mit ihr besprechen?

»Darf ich mich zu dir setzen?«, hörte Julia eine bekannte Stimme hinter sich. Ihr Magen vollführte einen Salto. Beim Aufspringen stieß sie den Stuhl zu Boden. Sie schloss die Augen. Ihre Wangen glühten, als säße sie in der Sauna. Warum war es plötzlich so heiß hier im Raum?

»Ich scheine wirklich eine umwerfende Wirkung zu haben.«

Bernhard lachte und seine Augen blitzten vor Charme. Julias Magen gab keine Ruhe. Sie fühlte sich wie damals, als sie im Schullandheim ihren ersten Kuss erhalten hatte. *Reiß dich zusammen*, schalt sie sich innerlich.

»Komm schon, lass dich umarmen.«

Bernhard zog sie in seine Arme. Sein Herz schlug ebenso schnell wie ihres und er roch wie bei ihrer letzten Begegnung, nach diesem umwerfenden Deo, nach Leder und Abenteuer.

»Darf ich Ihnen etwas zu trinken bringen?«

Die Kellnerin hob die rechte Augenbraue und tippte mit dem Stift auf den Bestellblock. *So kann man einen besonderen Augenblick auch ruinieren*, dachte Julia und löste sich widerwillig aus der Umarmung.

»Was führt dich denn nach Garmisch?«, fragte sie und verrührte bereits den vierten Zuckerwürfel in ihrer Kaffeetasse.

»Ich kann dich einfach nicht vergessen.«

Sie senkte den Blick.

»Ich weiß, du hast einen Freund und ich will dich auch nicht …«, sagte Bernhard hastig.

»Ich habe mich von Sebastian getrennt«, unterbrach sie ihn.

»Oh, das tut mir leid.«

Er lächelte und legte seine Hand auf ihre.

»Nein, ehrlich gesagt, es tut mir nicht leid. Er hat es sicher verdient.«

»Das hat er. Er hat mich betrogen. Momentan wohne ich in meinem alten Kinderzimmer.«

»Ist gar nicht so leicht, hier eine Wohnung zu finden, oder?«

»Frage nicht, wie viele ich schon besichtigt habe. Entweder wunderschön, aber zu teuer oder unbewohnbar und auch noch zu teuer.«

Einige Sonnenstrahlen kämpften sich durch die Wolkendecke. *Wenn das kein gutes Zeichen ist,* dachte Julia. Was hatte Elisabeth ihr vor ein paar Wochen vorausgesagt? Glück in der Liebe. War das womöglich der erste Hinweis?

»Lass uns zum Osterfelderkopf wandern«, schlug sie vor.

Während des Aufstiegs redeten sie ohne Unterlass. Es gab so viel zu erzählen. Bernhard hatte einen neuen Auftrag für einen Bildband über Afrika erhalten. Er sollte die vom Aussterben bedrohten *Big Five* porträtieren.

»Deshalb wollte ich dich unbedingt noch mal sehen, bevor ich für eine Weile auf einen anderen Kontinent verschwinde.«

»Wie lange wirst du denn bleiben?«

»Fünf, sechs Monate werden es wohl werden, je nachdem, wie gut ich vorankomme. Die Tiere werfen sich mir ja nicht vor die Kamera.«

Julia biss sich auf die Unterlippe.

»Ich komme doch wieder. Und bis dahin haben wir genügend Zeit, nachzudenken. Über die Zukunft.«

Bernhard zog sie an sich und strich ihr eine Haarsträhne hinter das Ohr. Dann nahm er ihren Kopf in beide Hände und küsste sie. Julias Knie zitterten und für eine Weile vergaß sie alles um sich herum. Wann hatte sie das letzte Mal jemand so leidenschaftlich geküsst? Tränen liefen ihr über die Wangen.

»Hey, was ist denn? War der Kuss so schlecht?«

»Nein, nein, ganz und gar nicht.«

Sie schniefte und wischte sich die Tränen aus dem Gesicht.

»Es ist nur … Mein Großvater …«

Bernhard schloss sie in die Arme und hielt sie fest.

»Er hat Krebs und nur noch wenige Monate zu leben. Es gibt keine Hoffnung. Ich fühle mich so allein«, stammelte sie schluchzend.

»Das tut mir so leid. Gibt es etwas, was ich tun kann?«

»Zaubern kannst du nicht, oder?«

Kapitel 24

1943

Am späten Abend erreichte Annemarie endlich die Landeshauptstadt. Sie hatte sich die Stadt immer voller Lichterglanz, luxuriöser Autos und vor Menschen wimmelnd vorgestellt. Stattdessen verbarg diese sich wie ein scheues Tier in der Dunkelheit. Nur die wenigsten Laternen brannten und warfen ein eher fragwürdiges Licht auf die Bürgersteige vor dem Bahnhofsgelände. Wie glanzvoll musste die Stadt in Friedenszeiten gewesen sein? Doch jetzt herrschte Krieg und niemand verließ sein schützendes Heim in der Nacht, sofern er eines hatte. Licht war gefährlich in dieser Zeit, wenn es immer wieder zu Bombenangriffen kommen konnte. Die Flieger kamen vorwiegend nachts und rissen die Menschen aus dem Schlaf und oft auch aus dem Leben.

Sie rieb sich die vor Müdigkeit brennenden Augen und gähnte. Die Fahrt war quälend langsam verlaufen. Etliche Male blieb der Zug mitten auf der Strecke stehen und Polizisten durchsuchten die Abteile. Sie kontrollierten die Papiere aller Fahrgäste, stellten Fragen und verließen den Zug wieder. Einer der Männer hatte Annemarie mit durchdringendem Blick gemustert und gefragt, wohin sie denn so allein reisen würde. Sie konnte erst wieder ruhig atmen, als der Zug die Fahrt fortsetzte. Gewiss suchten sie nach Juden. Als der Polizist ihre Dokumente musterte, murmelte er nur das eine Wort: »Arisch.« Daran klammerte man sich in diesen Zeiten wie an einen rettenden Anker. Annemarie schämte sich in dem Moment für ihre Erleichterung. Was hätten sie wohl mit ihr angestellt, wenn sie Jüdin wäre?

Am Fahrkartenschalter fragte sie nach den Abfahrtszeiten nach Ingolstadt. Das Glück war mit ihr. Der letzte Zug fuhr in einer knappen Stunde. Sie musste nicht die ganze Nacht hier ausharren. Ein Dutzend Soldaten wartete ebenfalls auf den Zug. Einige lagen auf dem Boden mit dem Rucksack unter dem Kopf, die Feldmütze tief ins Gesicht gezogen, und schliefen. Andere spielten Karten oder blätterten in zerlesenen Zeitungen. Zögerlich näherte Annemarie sich ihnen. Die meisten sahen aus, als wären sie gerade erst von der Schule abgegangen. Jungenhafte Gesichter, weich und bartlos, aber mit Sicherheit hatten sie in diesem Krieg schon genügend Elend gesehen.

»Entschuldigt bitte, ich habe eine Frage.«

Die jungen Männer schauten sie an, als ob sie ein vom Himmel gefallener Engel wäre. Wahrscheinlich hatten sie lange kein Mädchen mehr gesehen. Annemarie spürte, wie die Röte ihr ins Gesicht stieg. Solch eine Aufmerksamkeit vom anderen Geschlecht war sie nicht gewöhnt.

»Wie können wir dienen, junge Dame?«, fragte einer von ihnen keck und holte aus, als wolle er ihr auf das Hinterteil klopfen. Doch einer der Kameraden schlug seinen Arm weg.

»Wirst du dich wohl benehmen, Paul? Wir haben vieles verloren, aber nicht unseren Anstand. Wie heißt du denn?«

»Annemarie.«

»Grüß dich, Annemarie.« Der Soldat verneigte sich vor ihr. »Mein Name ist Franz, das sind Peter und Siegfried. Entschuldige bitte Pauls Benehmen. Wir sind normalerweise ganz nette Kerle. Was möchtest du denn von uns wissen?«

»Wisst ihr, ob der Krieg bald vorbei ist?«

Betretenes Schweigen folgte. Die Männer sahen sich an und schüttelten allesamt die Köpfe.

»Das wüssten wir auch nur zu gern«, sagte Franz. »Aber leider sieht es im Moment nicht so aus, als ob der Kampf in absehbarer Zeit ein Ende hätte.«

»Deutschland wird doch gewinnen?«, fragte Annemarie.

»Das dürfte ich eigentlich nicht laut sagen, aber mir wäre es lieber, wir würden endlich kapitulieren«, fuhr Franz fort. »Doch Hitler hat es sich in den Kopf gesetzt, so lange zu kämpfen, bis Deutschland siegt. Oder wohl eher, bis nichts mehr von uns übrig ist.«

»Pst, Franz. Nicht so laut. Wenn uns der Falsche hört, bekommen wir mächtig Ärger. Woher willst du wissen, dass sie keine Spionin ist?«, fragte Paul.

Franz lachte und seine Kameraden stimmten mit ein. *Ich, eine Spionin?*, dachte Annemarie und musste bei dem Gedanken daran ebenfalls lachen. Wie kam dieser Paul denn darauf? Als der Bahnhofsmitarbeiter auf den Bahnsteig trat und den bald einfahrenden Zug ankündigte, verstummten alle.

Annemarie nahm Franz' Angebot gern an, sich mit ihm und seinen Kameraden in ein Abteil zu setzen. Ihre albernen Späße lenkten von ihren eigenen Problemen ab, wenigstens für eine Weile. Obwohl die vier Jungen - denn nichts anderes waren sie, Jungs, die zu schnell erwachsen werden mussten - schon so viel Bestialisches erlebt hatten, war ihnen der Humor nicht verloren gegangen.

Annemarie dachte an ihren Vater. Ob er wohl noch lebte? Es gab Tage, an denen sie angestrengt überlegte, wie seine Stimme klang, wenn er ihr eine Geschichte oder Neuigkeiten aus dem Ort erzählte und wie sein Lächeln aussah. Auf den wenigen Fotografien, die es von ihm gab, wirkte er diszipliniert und ernst, dabei scherzte er gern. Warum hatte sie kein Foto ihrer Familie mitgenommen? Sie schluckte ihre Verzweiflung hinunter. Vor den Soldaten wollte sie nicht wie eine Heulsuse dastehen. Was hatte sie bis jetzt auszustehen gehabt? Der Krieg war für sie weit weg. Einzig der Vater und die Goldsteins erinnerten sie daran, dass die Welt momentan verrückt spielte.

»Was willst du eigentlich in Ingolstadt?«, fragte Franz und holte sie damit aus ihren Grübeleien.

»Ich besuche eine Tante.«

»Ganz allein? In diesen Zeiten sollte eine hübsches junges Mädchen wie du nicht unbegleitet reisen.«

»Ihr seid doch da, um mich zu beschützen.«

In Ingolstadt verabschiedete sich Annemarie von den Soldaten. Sie fuhren weiter Richtung Norden. *Ob sie wohl alle heil zurückkommen werden?*, dachte sie und ein Schraubstock legte sich um ihr Herz bei dem Gedanken daran, sie könnten an der Front sterben, wie so viele vor ihnen. Wie vielleicht auch ihr Vater?

Sie griff in ihre Manteltasche, um den Zettel mit Tante Hildegards Adresse herauszuholen. Alles hier war fremd für sie. Noch nie war sie allein außerhalb von Garmisch gewesen. Ihre Tante hatte sie das letzte Mal vor fast zehn Jahren gesehen.

Sie verließ das Bahnhofsgelände. Auf dem Vorplatz lungerten mehrere junge Männer herum, die sie lieber nicht ansprach. Es waren keine Soldaten. Vielmehr sahen sie aus wie Heimatlose. Ihre Kleidung war verschlissen und verschmutzt. Die Männer pfiffen hinter ihr her. Sie eilte Richtung Innenstadt, den Kopf gesenkt und den Koffergriff fest umklammert. Es war mitten in der Nacht und kein Mensch mehr auf der Straße unterwegs. Wie sollte sie jetzt bloß Tante Hildegard finden?

Kapitel 25

2000

Julia setzte sich auf einen Felsen und blickte ins Höllental. Die Sonne hatte die Regenwolken inzwischen bezwungen. Nicht das leiseste Geräusch drang aus dem Tal empor. Nur die über ihnen kreisenden Dohlen durchbrachen die Stille. Ihre lachenden Rufe wurden von den umliegenden Felswänden zurückgeworfen. Die intelligenten Vögel suchten die Nähe der Menschen. Von denen war meist etwas Fressbares zu erwarten. Bernhard nahm neben ihr Platz. Schweigend genossen sie den Ausblick und ließen sich von der Sonne aufwärmen.

»Was war das für ein Geräusch?«, fragte Julia und drehte den Kopf in die Richtung, aus der ein aufgeregtes Piepsen zu hören war. Bernhard erhob sich und suchte den Boden ab.

»Schau dir das mal an«, sagte er und deutete auf eine Spalte in der Felswand. Julia trat näher. Dort hockte ein struppiges Vogelkind und reckte ihnen den weit geöffneten Schnabel entgegen.

»Das ist doch eine junge Alpendohle, oder?«, fragte Bernhard. Julia nickte.

»Wir müssen etwas tun. Die ist wohl aus dem Nest gefallen«, sagte sie.

»Kennst du dich denn mit Vogelaufzucht aus?«

Sie schüttelte den Kopf und überlegte. Dann fiel ihr die schon längere Zeit ungenutzte Voliere hinter der Hütte ihres Großvaters ein.

»Nein, aber mein Großvater. Er hat das ja schon oft gemacht.«

Sie löste ihr Halstuch und legte das federleichte Tierchen vorsichtig hinein.

»Lass uns die Seilbahn nehmen. Damit sind wir schneller.«

Sie hielt den Vogel sanft in beiden Händen, während Bernhard fuhr. Ihr Auto würde sie später abholen. Der Kleine brauchte dringend etwas zu fressen und Wasser. Niemand wusste, wie lange er schon in der Spalte gehockt hatte. Das Vögelchen saß in seinem provisorischen Nest wie erstarrt und atmete schnell. Hoffentlich war es noch nicht zu spät. Die letzten Meter zur Hütte legten Bernhard und Julia zu Fuß zurück. Der Weg war zu schmal und steil für seinen Transporter.

Ihr Großvater war gerade dabei, die Wiese zu mähen. *Warum lässt er das nicht Toni erledigen, der Sturkopf?*

Joseph hielt inne und legte die Sense ab. Dann wischte er sich den Schweiß von der Stirn. Julia gab ihm einen Kuss auf die Wange.

»Toni sollte das Mähen doch übernehmen«, sagte sie vorwurfsvoll.

Joseph winkte ab.

»Ich will noch nützlich sein. Lass mich mal machen, meine Kleine. Ich habe doch den ganzen Tag Zeit dazu. Wen hast du denn heute mitgebracht?«

»Entschuldige, das ist Bernhard Trenkner, ein Tierfotograf. Bernhard, das ist mein Großvater Joseph.«

Die beiden Männer reichten sich die Hand und nickten sich stumm zu.

»Schau mal, Großvater, wen ich noch dabei habe.«

Julia öffnete das Tuch. Das Vogelkind blickte sie mit seinen schwarzen Knopfaugen an und riss sofort hungrig den Schnabel auf.

»Eine Alpendohle. Wo hast du den Kleinen denn gefunden?«

»Am Osterfelderkopf«, sagte sie und übergab den Vogel in Josephs Hände. »Du weißt doch bestimmt noch, wie man ein Vogeljunges aufzieht, oder?«

Flehend schaute sie ihren Großvater an. Sie wusste, er würde ihrer Bitte nicht widerstehen können. Schon als kleines Mädchen hatte sie ihn mit einem Augenklimpern um den Finger gewickelt.

»Das ist einige Jahre her. Lasst uns mal schauen, ob die Voliere noch in Ordnung ist.«

An der Rückwand der Hütte stand der Verschlag, der auf der Vorderseite mit engmaschigem Drahtgeflecht versehen war. Joseph prüfte, ob das Gitter intakt war. Ein nächtlicher Besuch vom Fuchs musste verhindert werden.

»Na, das sieht doch ganz gut aus. Du müsstest hier nur etwas saubermachen.«

Julia fiel Joseph um den Hals.

»Danke, Großvater. Du bist der Beste!«

Kapitel 26

1943

Annemarie irrte durch die Straßen. Die abgedunkelten Fensterscheiben warfen ihr abweisende Blicke zu. Ein Straßenzug sah aus wie der andere im blassen Licht der Gaslaternen. In ihrer Heimat kannte sie jeden Stein und jeden Baum. Hier war alles fremd und es roch nach verdorbenem Essen und zu vielen Menschen. Sie zitterte vor Kälte und Müdigkeit. Die Angst, ihre Tante nicht zu finden, breitete sich in ihrem Magen aus wie Wellen in einem Teich.

Ein Klimpern schreckte sie aus ihren Gedanken. Auf der anderen Straßenseite machte sich jemand am Haustürschloss zu schaffen. Sie eilte über die Straße. Es war ein älterer Herr. Er trug einen breitkrempigen Hut und einen Wollmantel, der ihm beinahe bis zu den Knöcheln reichte und an den Ellbogen mit Flicken ausgebessert worden war. In einer Hand hielt er eine ausgebeulte Aktentasche, mit der anderen versuchte er, die Tür aufzuschließen. Als er Annemarie bemerkte, zuckte er zusammen und riss die Arme empor.

»Ich habe kein Geld. Bitte lass mich in Ruhe!«

Der Schlüssel entglitt seinen zitternden Fingern.

»Ich will Ihnen nichts tun.«

Sie bückte sich und reichte ihm den Schlüsselbund zurück. Er trat näher an sie heran und musterte sie von oben bis unten.

»In diesen Zeiten muss man vorsichtig sein, mein Kind. Was macht so ein anständiges Mädchen wie du um diese Uhrzeit allein auf der Straße?«

Annemarie nannte ihm die Adresse ihrer Tante.

»Du hast Glück. Es ist nicht weit von hier. Ich werde dich begleiten. Eine Dame sollte nie nachts ohne Begleitung unterwegs sein.«

Annemarie atmete erleichtert auf. Welch ein Segen, dass sie an diesen Herrn geraten war.

Kurz darauf erreichten sie das Mietshaus, in dem Tante Hildegard wohnte. Auch hier brannte kein Licht hinter den Fenstern. Sie würde ihre Tante aus dem Schlaf reißen. Aber sie konnte unmöglich die Nacht auf der Straße verbringen.

»Danke, dass Sie mich begleitet haben.«

Sie drehte sich um, doch der Mann war schon wieder auf dem Rückweg. Langsam humpelte er die Straße hinunter. Vielleicht würde sie ihm noch einmal begegnen, um sich bei ihm bedanken zu können.

Ihr Finger schwebte über dem Klingelknopf. Ihr Herz zitterte wie ein verschrecktes Häschen. Zaghaft drückte sie auf den Knopf. Niemand rührte sich. Sie wartete eine Weile und klingelte erneut. Ein Fenster im oberen Stock wurde geöffnet.

»Wer ist denn da um diese Zeit? Wehe, wenn es nichts Wichtiges ist«, dröhnte die energische Stimme ihrer Tante durch die stille Nacht.

Annemarie trat auf den Bürgersteig zurück und blickte nach oben.

»Ich bin es, deine Nichte Annemarie.«

Ihre Tante stieß einen vernehmlichen Fluch aus und schlug das Fenster zu. Die Minuten vergingen und nichts regte sich im Haus. Annemarie befürchtete, dass sie sie einfach auf der Straße stehen lassen würde. Ihre Mutter hatte den Kontakt zu ihrer Schwester vor einigen Jahren abgebrochen. Tante Hildegard passte nicht in ihr Weltbild einer ehrbaren Dame. Annemarie hatte nie verstanden, was sie sich darunter vorstellen sollte. Nur eins wusste sie jetzt: Auch sie selbst passte nicht mehr in das Bild ihrer Mutter.

Licht flammte im Hausflur auf. Kurz darauf öffnete sich quietschend die Eingangstür und da stand Hildegard. In diesem Moment wurde Annemarie bewusst, was ihre Mutter gemeint hatte.

Hildegards blonde Haare waren in üppigen Wellen um ihr Gesicht drapiert und sie war auffällig geschminkt. Die Augen waren schwarz umrandet, die Lippen dunkelrot und ihre Wangen strahlten in einem satten Rot. Ihr stattliches Gewicht hatte sie in einen Morgenmantel aus feinem glänzenden Stoff gehüllt. An ihrem Knöchel glitzerte ein silbernes Fußkettchen.

»Was starrst du mich denn so an?«, fragte sie und wippte ungeduldig mit dem Fuß. »Komm lieber rein, ehe wir hier Wurzeln schlagen.«

Zögerlich folgte Annemarie ihrer Tante durch den Hausflur. Die Farbe blätterte von den Wänden und das Holz des Treppengeländers wirkte morsch. In Zeiten des Krieges scherte sich niemand darum. Ingolstadt war wenigstens bis jetzt von Bomben verschont geblieben, soweit sie wusste. Wen kümmerte da schon ein wenig abgeplatzte Farbe?

Hildegard hielt ihr die Wohnungstür auf. Unschlüssig blieb Annemarie in der Diele stehen.

»Hat dich deine Mutter geschickt?«

Annemarie zögerte mit der Antwort. Hildegard wirkte nicht sonderlich erfreut und sie fürchtete, sie könnte sie am nächsten Tag wieder heimschicken. Ihre Mutter und ihre Tante hatten nicht das beste Verhältnis. Sie waren von Grund auf verschieden, nicht nur, was die Äußerlichkeiten betraf. Ihre Mutter sprach stets von der aufgetakelten Schwester, die ein egoistisches Lotterleben führte. Wenn sie ihre Mutter nach Details fragte, zuckte die nur stumm mit den Schultern.

»Nun, nicht so schüchtern, Mädchen. Ich beiße nicht.«

Hildegards Stimme klang schon versöhnlicher. Selbst ein schmales Lächeln brachte sie zustande.

»Es war meine Idee, zu dir zu kommen. Ich brauche deine Hilfe.«

»Das habe ich mir schon gedacht. Die Zeit für Reisen sind denkbar ungünstig. Komm rein in die gute Stube.«

Hildegard nahm ihr den Mantel ab und führte sie in die Wohnstube. Annemarie verschlug es die Sprache. Das Wort Salon hätte es wohl passender getroffen. Kein Vergleich zu ihrer karg eingerichteten Hütte. Ihre Tante musste überaus wohlhabend sein. Der ausladende Kronleuchter funkelte und leuchtete noch die letzte Ecke des Raumes aus. Unter dem Fenster stand ein schwarzer Flügel, auf dem sich zahlreiche Notenhefte stapelten. An dem Esstisch mit den kunstvoll gedrechselten Beinen hätten ohne weiteres zwei Familien Platz nehmen können. Vorsichtig setzte Annemarie ihre Füße auf den dicken Teppich. Es fühlte sich an, als wäre sie auf einer watteweichen Wolke mit orientalischen Mustern gelandet.

»Setz dich doch«, sagte Hildegard und wies auf ein Sofa.

Annemarie ließ sich in die weichen Polster sinken und strich über den samtig schimmernden dunkelroten Stoff. Das war eine Wohltat nach der Zugfahrt auf der harten Holzbank.

»Bequem, was? Das ist der neueste Schrei aus Frankreich. Ich bin froh, dass ich diesen Stoff noch ergattern konnte. Es wird ja immer schwieriger, gute Dinge zu bekommen.«

Annemarie nickte. In ihrer Familie kümmerte sich niemand um irgendwelche Stoffe. Sie waren schon dankbar, wenn jeden Tag etwas zu essen auf den Tisch kam. Ihre Tante schien derlei Sorgen nicht zu haben.

»Raus mit der Sprache. Was hast du angestellt?«

»Ich … äh …«

»So schlimm? Du siehst recht anständig aus.«

»Ich bin schwanger.«

Hildegard klappte den Mund auf und wieder zu. Annemarie schaute beschämt zu Boden. Das Schweigen breitete sich im Raum aus wie eine Schneelawine. Ihr Magen schmerzte und sie wagte kaum, zu atmen.

»Nun ja, das passiert also selbst der Tochter meiner tugendhaften Schwester«, durchbrach Hildegard die Stille. »Wie soll ich dir deiner Meinung nach helfen? Brauchst du einen Arzt? Es gibt da einen in der Stadt, aber ungefährlich ist so etwas nicht.«

»Nein!« Annemarie sprang auf. »Ich will das Kind zur Welt bringen. Aber bei uns im Dorf geht das nicht. Du weißt doch, das Gerede. Der Herr Pfarrer würde mich aus der Kirche verbannen.«

Hildegard hob beschwichtigend die Hände.

»Setz dich doch bitte wieder, mein Kind. Du machst mich ganz nervös.«

Annemarie rutschte in die hinterste Ecke des Sofas.

»Ich erinnere mich noch gut, wie das auf dem Dorf läuft«, fuhr Hildegard fort. »Schließlich bin ich dort aufgewachsen. Das ist auch der Grund, warum ich jetzt in der Stadt lebe. Hier schaut nicht jeder ständig, was man tut.«

Nun war es Hildegard, die sich erhob und im Salon auf und ab schritt. Sie murmelte unverständliche Worte vor sich hin und schüttelte hin und wieder ihren perfekt frisierten Kopf.

»Darf ich denn hier bleiben, Tante Hildegard?«, fragte Annemarie zaghaft.

»Ich kann dich ja schlecht zurück nach Hause schicken. Du bist immerhin meine Nichte und ich denke, wir könnten gut miteinander auskommen. Außerdem war ich auch mal jung und hatte Sorgen.«

Annemarie fiel ihrer Tante um den Hals.

»Schon gut, mein Kind. Du kannst mir im Haushalt zur Hand gehen und dich nützlich machen.«

Kapitel 27

»Darf ich dir helfen mit dem Vogel?«, fragte Toni und lehnte sich an den Türrahmen der Voliere.

Julia hockte auf dem Boden und kämpfte mit Staub und Spinnweben, die es sich in den Jahren ungehindert in dem Gehege bequem gemacht hatten.

»Warum weißt du denn schon davon?«

Sie stand auf und strich sich die Haare aus dem verschwitzten Gesicht. Der Staub kribbelte in ihrer Nase. Sie kniff die Nasenflügel fest zusammen, um einen Niesanfall zu verhindern.

»Ich habe gerade Joseph mit deinem neuen *Freund* getroffen.«

Warum betonte er das Wort Freund so, als wäre es etwas Unanständiges und zog dabei die Stirn in Falten? Toni war manchmal wirklich eigenartig.

»Wenn du mich unterstützen möchtest, kannst du mir gleich einen Gefallen tun«, sagte sie und erklärte ihm, was sie für die Ernährung des Vogels benötigte.

»Woher weißt du das nur alles?«

»Großvater hat früher etliche verwaiste Vögel großgezogen. Außerdem habe ich mich bei einer Auffangstation erkundigt.«

Toni nickte anerkennend.

»Dann habe ich es also mit Experten zu tun.«

Schon wieder so ein merkwürdiger Unterton. Was ist bloß mit dem los?

»Ich fahre gleich runter. Der Kleine hat sicher großen Hunger«, schob er nach und lief los.

»Toni?«, rief ihm Julia hinterher. »Bring bitte noch eine Pinzette mit.«

»Natürlich, Prinzessin«, murmelte er vor sich hin.

Was hatte er nur zum Frühstück? Ich und eine Prinzessin? Das kann nun wirklich keiner von mir behaupten. Hoffentlich hat er nicht wieder einen Joint geraucht heute.

Toni fragte Bernhard nach seinem Autoschlüssel. Seinen eigenen Wagen hatte er unten im Ort geparkt und er würde mit der Lauferei nur unnötig Zeit verschwenden. Der zögerte nicht eine Sekunde. Julia musste es ihm angetan haben, wenn er sich für sie so ins Zeug legte. Er war bestimmt zehn Jahre älter als sie. Bernhard, allein dieser altmodische Name. Wohlhabend sah er auch nicht aus. Was also fand sie so anziehend an ihm?

***

Vorerst sollte das Vogelkind beim Großvater in der Stube wohnen. Julia setzte den krächzenden Federball in eine ausrangierte Obstschale, die sie mit Einmaltüchern ausgepolstert hatte.

»Werdet ihr das schaffen, Toni und du?«

Joseph nickte und träufelte dem Vogel ein wenig Wasser in den Schnabel.

»Das ist doch ein Klacks. Endlich mal wieder ein Baby im Haus«, sagte er und zwinkerte Julia zu.

»Ein Enkelvogel?«, antwortete sie und lächelte. »Ich bin sicher, er ist bei euch in guten Händen. Passt mir aber bitte auf, dass Franzl ihn nicht erwischt«, sagte sie mit einem Seitenblick auf den Hund.

Der saß vor dem Tisch und lauerte. Immer, wenn der kleine Vogel ein Geräusch von sich gab, blitzten seine Augen. Mit einem Zischen scheuchte Julia ihn aus der Stube. Schmollend verzog er sich, aber erst nachdem Joseph ihm ein Stück Käse zugesteckt hatte.

»Wo ist eigentlich dein neuer Freund?«, fragte Joseph.

Jetzt fängt er auch noch damit an.

»Bernhard, sein Name ist Bernhard und er ist nicht *mein* Freund, sondern nur ein Freund.«

»Er ist mir sympathisch. Du musst dich also nicht zurückhalten.«

»Großvater!«

Julia rollte die Augen. Aber sie spürte bereits die verräterische Hitze in ihrem Gesicht aufsteigen. *Muss ich denn immer noch rot werden wie ein Teenager?*

»Was hast du denn? Du bist jung, Mädchen, und keine Nonne. Sebastian war nicht der Richtige für dich, aber das weißt du ja mittlerweile selbst.«

»Könnten wir uns jetzt bitte wieder um das Vögelchen kümmern?«

Die Dohle schien sie verstanden zu haben und riss den Schnabel weit auf.

»Toni ist gleich zurück, Amadeus.«

Joseph lachte.

»So willst du ihn nennen?«

»Klar, wenn er groß ist, wird er richtig musikalisch, wie seine Artgenossen. Stimmt's, Amadeus? Gefällt dir dein Name?«

Amadeus krächzte ungehalten. Ihm war sicher egal, wie er hieß. Futter und Wärme, das war die einzigen Dinge, die er derzeit benötigte.

»Höre ich hier einen hungrigen Gast?«, fragte Bernhard. Er hielt einen Regenwurm in der Hand.

»Oh, das ist ja toll. Amadeus wird sich freuen.«

Julia nahm den Wurm zwischen die Finger. Die Dame von der Auffangstation hatte ihr erklärt, sie solle das Futter möglichst weit in den Rachen hineinschieben, damit der Vogel es gut herunterschlucken konnte und nicht daran erstickte. Ihr Großvater schaute ihr über die Schulter.

»Das machst du richtig gut. Mit Tieren kannst du eben umgehen. Du solltest wirklich den Hof übernehmen«, sagte Joseph.

Sie zuckte zusammen. Seit ihrem letzten Gespräch hatte sie das Thema nicht mehr angeschnitten. Bernhard schaute fragend, aber sie schüttelte nur leicht den Kopf.

Toni klopfte an die Tür.

»Ich habe Insekten und Hühnerherzen mitgebracht. Außerdem hat mir der Besitzer des Tierladens noch ein paar Tipps für die Vogelaufzucht gegeben. Hier ein paar Federn und Fellstückchen, damit der Vogel …«

»Amadeus, er heißt jetzt Amadeus«, warf Julia ein.

»Toller Name für eine krächzende Dohle. Also, Amadeus braucht das für seine Verdauung. Wenn er etwas größer ist, müssen wir ihm noch Grit geben.«

»Ich sehe schon, Amadeus hat es wirklich gut getroffen«, sagte Bernhard. »Darf ich Julia heute Abend entführen? Wir haben uns lange nicht gesehen, und ich möchte sie gern zum Essen ausführen.«

»Passen Sie gut auf meine Enkeltochter auf.«

Joseph klopfte Bernhard auf die Schulter.

»Aber sicher doch. Sie müssen sich keine Sorgen machen. Sie ist bei mir in den besten Händen.«

Toni runzelte die Stirn und atmete hörbar ein. Julia warf ihm einen warnenden Blick zu und er schwieg.

Kapitel 28

1943

Durch das Fenster blinzelten Sonnenstrahlen herein, aber in Annemarie wütete ein Anfall von heftigem Heimweh. Sie zog sich die Bettdecke über den Kopf. Die Sehnsucht nach ihrem Zuhause, ihrer Familie und vor allem nach Aaron wurde von Tag zu Tag stärker. Selbst ihren Bruder vermisste sie. Sie waren im Streit auseinandergegangen. Das war etwas, was ihr schwer zu schaffen machte. Sie strich sich über den Bauch. Ihr Zustand war nicht mehr zu leugnen.

»Hallo, Kleines«, flüsterte sie. »Bleib ruhig noch eine Weile da drin. Dort ist es sicher.«

Annemarie versuchte, sich vorzustellen, wie die Geburt ablaufen und wie sie als Mutter bestehen würde. Es gelang ihr einfach nicht. Sie war doch selbst noch so jung. Was sollte sie einem Menschenkind mit auf den Weg geben? Sie sehnte sich nach ihrer Mutter. Diese war vertraut damit, wie sich eine Frau in solch einer Situation fühlte und was zu tun war, wenn das Kleine auf die Welt kam. Ihre Tante hatte nie ein Kind entbunden und würde ihr sicher keine große Hilfe sein. Annemarie rollte sich zusammen wie früher als kleines Mädchen, wenn sie krank war. *Mutter, ich brauche dich. Ich will nach Hause.*

Die Tür öffnete sich und Tante Hildegard fegte ins Zimmer wie ein Herbststurm.

»Guten Morgen, junge Dame. Aufstehen bitte. Es ist schon spät«, tönte sie und zog Annemarie die Bettdecke weg. »Was meinst du, wie viel Schlaf du noch bekommen wirst, wenn das Kind erst geboren ist?«

Annemarie hatte ihre Arbeit für heute erledigt. Sie hatte das Tafelsilber geputzt, die Böden gewischt und den Staub von sämtlichen Oberflächen entfernt. Sie schaute aus dem Fenster. Das Wetter war zu verlockend, um in der Wohnung zu bleiben. Sie zog ihren Mantel an und schlüpfte aus der Tür. Der naheliegende Park bot eine willkommene Abwechslung und um die Mittagszeit waren nur wenige Spaziergänger unterwegs. Sie vermisste die Nadelbäume ihrer Heimat, aber dafür konnte sie hier Eicheln und Kastanien sammeln. In den Taschen ihres Mantels befand sich bereits eine umfangreiche Beute. Sie liebte es, Männchen daraus zu basteln. Die Blätter der Bäume färbten sich bereits gelb, doch noch war es mild. Sie setzte sich auf eine Parkbank am Teich, beobachtete die Enten und verlor sich in ihren Gedanken. Als sie die Kirchenglocken läuten hörte, sprang sie auf und eilte zurück.

»Wo hast du denn so lange gesteckt?«, fragte Hildegard aufgelöst. »Mach dich schnell frisch. Die Gäste sind schon da. Hast du denn den Empfang völlig vergessen?«

Annemarie murmelte eine Entschuldigung und ging in ihr Zimmer. Nachdem sie sich umgezogen hatte, trat sie in den Salon. Die Gäste drehten sich zu ihr um und beäugten sie neugierig von oben bis unten, vor allem aber ihren Bauch. Schützend zog sie ihre Strickjacke enger um sich. Am liebsten hätte sie sich wieder in ihr Bett verkrochen. Hildegard stellte sie all ihren Freunden vor, aber sie merkte sich nicht einen einzigen Namen. Als die Aufmerksamkeit nicht mehr auf ihr lag, zog sie sich in eine Ecke zurück und nippte an einem Glas Saft. Hoffentlich war dieser Abend bald vorbei.

Ein Herr mit mächtigem Körperumfang und knallroter Glatze kam auf Annemarie zu und zeigte auf ihren Bauch. Dann drehte er sich zu Hildegard um.

»In nächster Zeit bekommst du hier ordentlich Leben ins Haus, was?«

»Ja, ja, das wird eine Umstellung«, antwortete ihre Tante und zuckte mit den Schultern. »Und das, wo ich doch mit Kindern gar nichts anfangen kann. Aber als Familie muss man zusammenhalten.«

Annemarie zuckte zusammen. Sie hatte geglaubt, ihre Tante hätte nur deswegen keine Kinder, weil sie nie einen passenden Ehemann gefunden hatte. Hildegard war tatsächlich das komplette Gegenteil ihrer Mutter. Unfassbar, dass die beiden Schwestern waren.

»Das hätte ich ja fast vergessen. Du hast einen Brief erhalten«, sagte Hildegard, nachdem sich alle Gäste verabschiedet hatten und drückte ihr einen Briefumschlag in die Hand. Annemarie erkannte es sofort. Das war Post von ihrer Mutter. Der gleiche cremefarbene Umschlag wie der, den sie ihr zum Abschied in die Hand gedrückt hatte. Der erste Brief seit sie hier angekommen war. Was es wohl für Neuigkeiten gab? Vielleicht ein Lebenszeichen vom Vater? Mit zittrigen Fingern riss Annemarie den Umschlag auf. Nur ein Bogen Papier war darin. Anders als erwartet, war dies jedoch nicht die Schrift ihrer Mutter.

Kapitel 29

2000

Julia eilte den Wanderweg entlang. Seit Wochen verbrachte sie jede freie Minute auf der Alm, um ihrem Großvater bei Amadeus' Aufzucht zu helfen. Die Dohle hatte einen beachtlichen Appetit entwickelt und verlangte ständig nach Aufmerksamkeit. Franzl stürmte ihr von weitem entgegen und sprang aufgeregt jaulend an ihr hoch. Sie beugte sich nach unten und umarmte den zappelnden Hund. Der Arme musste sich momentan mit dem zweiten Platz zufriedengeben, seit der Vogel eingezogen war.

»Das mache ich wieder gut, versprochen«, sagte sie und steckte ihm ein Stückchen Käse zu. »Wir müssen nur erst Amadeus flügge bekommen. Dann bist du wieder mein Herzblatt.«

»Wenn die Dohle krächzt, bist du zur Stelle. Amadeus hat es gut«, sagte ihr Großvater zur Begrüßung.

Als er ihr betretenes Gesicht sah, lachte er.

»War doch nur ein Scherz, Kleines. Ich hab dich halt gern um mich.«

»Du weißt, wie gern ich hier bin, Großvater. Wenn …«

»Nun hör schon auf, dich zu rechtfertigen. Geh lieber zu Amadeus. Toni gibt ihm schon Musikunterricht.«

»Ich habe ihn schon so lange nicht mehr spielen gehört.«

»Er glaubt wohl, Amadeus wird dadurch musikalischer.«

»Ganz bestimmt. Aus ihm wird sicher mal eine Nachtigall«, antwortete Julia.

Toni stand vor der Voliere, in die Amadeus umgezogen war, nachdem er der Schale entwachsen war und ein vollständiges Gefieder bekommen hatte. Er spielte eine flotte Melodie auf seiner Geige. Der Vogel legte den Kopf schief und schien ihm gespannt zu lauschen. Julia verkniff sich ein Lachen. Sie wollte ihn nicht unterbrechen. Er trat nach wie vor nicht gern vor Publikum auf, was sie nicht nachvollziehen konnte. Die Gäste der Alm würden seiner Musik sicher mit Vergnügen zuhören.

Als Toni das Stück beendete, applaudierte sie, woraufhin die Dohle zustimmend krächzte. Toni drehte sich abrupt um und ließ Geige und Bogen sinken.

»Spiel doch bitte weiter. Amadeus ist ein begeisterter Zuhörer wie es ausschaut.«

»Und du?«

Sie senkte den Blick.

»Ich auch«, flüsterte sie.

Er setzte seine Geige an und spielte eine Melodie, die Julia noch nie zuvor gehört hatte. Verspielt und romantisch klangen die ersten Takte. Dann erhöhte er das Tempo. Auf leidenschaftliche Gefühle folgte ein dramatischer Höhepunkt. Am Ende wiederholte sich das Thema vom Anfang, nun aber mit einem melancholischen Unterton.

Amadeus schien das Stück ebenfalls zu gefallen. Er saß direkt am Gitter. Seine schwarzen Knopfaugen leuchteten und er gab keinen Ton von sich.

Die letzte Note war verklungen. Julia schwieg. Diese Musik hatte etwas in ihr zum Klingen gebracht und für eine Gänsehaut auf ihren Armen gesorgt.

»Hat es dir nicht gefallen?«

Fragend schaute Toni sie an. Er hatte rote Flecken im Gesicht und kleine Schweißperlen glänzten auf seiner Stirn.

»Im Gegenteil! Es war einfach wundervoll«, antwortete sie. »Wer hat das Stück komponiert?«

Toni räusperte sich mehrfach und wischte sich mit dem Handrücken den Schweiß von der Stirn.

»Um ehrlich zu sein, das war ich.«

»Du? Wow!«

»Traust du mir so etwas nicht zu?«

»Doch, doch, natürlich.«

Toni sah ihr fest in die Augen. Eine eigenartige Spannung lag in der Luft. Dies schien selbst Amadeus zu spüren, der keinen Krächzer von sich gab, sondern die beiden stumm beobachtete.

Wir sind doch nur Freunde, oder sind wir das überhaupt? Es ist noch nicht lange her, da haben wir uns nur gestritten und sind uns aus dem Weg gegangen. Was hat sich geändert?

Julia wich einen Schritt zurück und glaubte, Enttäuschung in Tonis Blick zu sehen.

»Weißt du denn schon, wie es mit Amadeus weitergehen soll?«, fragte Toni, als sie ein paar Tage später zusammen im Gastraum saßen. Er verhielt sich wieder absolut normal und Julia war dankbar dafür. Sie hatte momentan andere Sorgen.

»Ich habe noch einmal mit der Dame von der Vogelauffangstation telefoniert. Sie werden ihn in einigen Wochen aufnehmen, wenn er etwas stärker ist und besser fliegen kann. Er muss ja mit den anderen Vögeln mithalten können.«

»Das ist sicher der richtige Weg.«

»Ja, natürlich.« Julia seufzte. »Er wird mir schrecklich fehlen. Aber dort lebt er mit anderen Dohlen zusammen, die dann gemeinsam ausgewildert werden. Er soll seine Freiheit zurückerhalten und unter seinesgleichen leben können. Vielleicht gründet er eines Tages seine eigene Dohlenfamilie.«

Julia hockte vor der Voliere und sprach mit Amadeus. Er beobachtete sie aufmerksam mit seinen schwarzen Äuglein und ließ ab und zu ein Krächzen verlauten. Das Abschiednehmen würde ihr schwerfallen, auch wenn es unausweichlich war. Er sollte endlich Artgenossen kennenlernen. Sie war sich nur nicht sicher, ob er überhaupt wusste, dass er eine Dohle war. Wenn sie mit ihm sprach, hatte sie das Gefühl, als würde er jedes ihrer Worte genau verstehen.

»Julia, komm schnell!«, rief Toni.

Sie sprang auf und lief in die Hütte. Ihr Großvater lag auf dem Boden und hatte die Augen geschlossen. Toni kniete an seiner Seite.

»Um Himmels willen! Was ist passiert?«

Er legte Joseph ein Kissen unter den Kopf.

»Er ist einfach umgefallen. Ich glaube, er hat starke Schmerzen. Er lässt sich nichts anmerken, der alte Sturkopf, aber ich habe starke Medikamente in seinem Zimmer gefunden. Wahrscheinlich nimmt er nicht genug.«

»Was machen wir jetzt? Sollen wir ihn ins Krankenhaus bringen?«

Joseph stöhnte und öffnete langsam die Augen.

»Nicht ... Krankenhaus ... hier bleiben ...«

»Schon gut, Großvater. Wir legen dich jetzt erst mal ins Bett. In Ordnung?«

Joseph nickte fast unmerklich und schloss erneut die Augen. Toni und Julia trugen ihn behutsam ins Schlafzimmer. Toni reichte ihm ein Glas Wasser und die Tabletten. Bald war er eingeschlafen.

»Ich fürchte, es wird jetzt ernst. Wir müssen uns überlegen, wie wir das mit seiner Pflege arrangieren«, sagte Toni.

Julia saß stocksteif auf der Bank und knetete ihre Hände. All die Erinnerungen an ihre Mutter kamen hoch. Jahrelang hatte sie gegen den Krebs gekämpft und angenommen, sie hätte ihn besiegt. Julia schickte gerade die ersten Bewerbungen an Fotostudios heraus, da kam der Tumor zurück. Dieses Mal ließ ihre Mutter noch mehr Chemotherapiezyklen und Bestrahlungen über sich ergehen. Die Haare fielen ihr aus, ihr war ständig übel und sie vertrug nur noch wenige Speisen. Oft hatte sie nicht einmal mehr die Kraft für einen Spaziergang. Damit ihre Mutter die Sonne genießen konnte, schob Julia sie mit dem Rollstuhl durch Garmisch. Mehr oder weniger war sie jedoch an ihr Haus gebunden. Der Vater war weiterhin arbeiten gegangen, die Pflege war kostspielig. Die meiste

Zeit waren sie und ihre Mutter allein gewesen und sie betreute sämtliche Amtsgeschäfte.

»Hörst du mir überhaupt zu?«

Sie schreckte aus ihren Gedanken auf.

»Tut mir leid. Aber das alles erinnert mich an meine Mutter.«

»Wir können das auch ein anderes Mal besprechen, wenn du möchtest.«

Toni griff nach ihrer Hand und zog sie zu sich. Er strich eine Träne von ihrer Wange und gab ihr einen sanften Kuss auf den Mund.

Kapitel 30

1943

Meine liebe Freundin,
entschuldige bitte meine Handschrift, aber ich muss mich
beeilen. Deine Mutter gab mir die Adresse. Sie weiß, sie kann mir
vertrauen.
Deine Familie steckt in großen Schwierigkeiten. Die Polizei hat
die Menschen entdeckt, die ihr versteckt hattet. Deine Mutter und
Joseph sitzen im Gefängnis und warten auf ihre Anklage.
Ich bitte dich von ganzem Herzen: komm nicht zurück. Du bist
hier nicht sicher.
Auf ein Wiedersehen in Frieden, deine Ursula

Annemarie las den Brief wieder und wieder und versuchte verzweifelt, die Informationen zu begreifen. *Was ist bloß passiert? Warum sind Mutter und Joseph im Gefängnis? Wohin wurden die Goldsteins gebracht? Lebt Aaron noch?*

Sie bekam Kopfschmerzen von all diesen Fragen und warf sich vor, ihre Familie im Stich gelassen zu haben. Seelenruhig saß sie hier im Warmen und ließ sich von Hildegard versorgen. Es fehlte ihr an nichts. Essen, Kleidung, alles konnte ihre Tante besorgen. Die wenigen Male, die sie in einem Luftschutzbunker verbracht hatte, stellten sich als Fehlalarme heraus. Bis jetzt war Ingolstadt von Bomben verschont geblieben.

Ihre Tante betrat den Raum.

»Liebes, du bist ja ganz blass. Schlechte Nachrichten?«

Annemarie rannen die Tränen über die Wangen.

»Um Himmels willen, Kleines. So schlimm?«

Sie nickte und stammelte: »Schli… schlimmer.«

Tante Hildegard setzte sich und legte den Arm um sie.

»Möchtest du mir den Brief zeigen?«

Annemarie faltete das Blatt eilig zusammen.

»Nein, das geht nicht.«

»In Ordnung.« Ihre Tante seufzte. »Aber dann kann ich dir nicht helfen.«

»Das kannst du auch nicht. Niemand kann das. Es ist alles aus. Alles.«

Annemarie schlug die Hände vor das Gesicht.

***

Joseph lag auf der harten Pritsche in seiner Zelle und rieb die Hände aneinander. Die Bettdecke war klamm und löchrig. Feucht-kalte Luft drang durch das vergitterte Loch in der Wand, wo vor langer Zeit einmal eine Fensterscheibe gewesen war, und es roch nach Schimmel und Urin. Seit Tagen harrte er hier aus. Niemand kam und sprach mit ihm. Am schlimmsten waren die Nächte, in denen ihn rabenschwarze Gedanken heimsuchten. Sein Hass hatte seine Mutter und ihn in dieses abscheuliche Verlies gebracht. Sobald er die Augen schloss, sah er die Szene wieder vor sich.

Er war zur Polizeistation unten im Ort gegangen. Erst hatte er nur einen anonymen Brief einwerfen wollen, aber dann nahm er seinen ganzen Mut zusammen und betrat die Wache. Der Polizei-wachtmeister nickte verständnisvoll, als Joseph ihm seine Geschichte auftischte. Er erzählte ihm, die Goldsteins hätten sich mit dem Namen Auerbach vorgestellt und ein paar Monate zur Miete bei ihnen wohnen wollen. Die Familie Bergmüller benötigte die zusätzlichen Einnahmen dringend, da der Vater an der Front sei. Dass es sich bei den Auerbachs um Juden handelte, hätten sie erst jetzt mitbekommen. Natürlich wisse er, das Vermieten an Juden sei strafbar. Daher habe er sich ja gleich gemeldet. Der Poli-zeiwachtmeister machte sich einige Notizen und schickte ihn dann nach Hause.

Am selben Abend polterten Faustschläge gegen die Tür und mehrere Polizisten der Gestapo stürmten die Hütte, während die Familie gerade beim Abendessen saß. Es ging alles so schnell. Nachdem die Goldsteins abgeführt worden waren, trat der Wacht-meister ein, dem Joseph seine Geschichte erzählt hatte.

»So, so, die rechtschaffene Familie Bergmüller. Erklären Sie mir bitte, warum Sie Juden beherbergen.«

Er schlug mit dem Schlagstock gegen sein rechtes Bein und ließ seinen Blick durch die Hütte wandern.

»Aber, Herr Polizeiwachtmeister«, sagte Joseph. »Das habe ich Ihnen doch schon erzählt. Die haben sich unter falschem Namen hier eingeschlichen.«

Er ignorierte den entsetzten Blick seiner Mutter.

»Junge, ich glaube dir kein Wort. Diesen Leuten sieht man das Jüdischsein doch schon an der Nase an, im wahrsten Sinne des Wortes. Frau Bergmüller, was haben Sie dazu zu sagen?«

Der Wachtmeister musterte die Mutter von oben bis unten und schlug mit dem Stock auf die Tischplatte. Sie schaute zu Boden und schwieg.

»Sie kommen jetzt beide mit.«

»Aber, aber …«

»Joseph, sag nichts mehr«, bat ihn die Mutter, als der Wachtmeister sie am Arm packte und hinausführte.

Kapitel 31

2000

»Es tut mir leid. Ich weiß nicht, was in mich gefahren ist«, sagte Toni und stand auf. Er trat ans Fenster und schaute hinaus.

Hat er mich gerade wirklich geküsst? Oder habe ich das alles nur geträumt? Julia schüttelte den Kopf, in der Hoffnung, damit den Wirrwarr darin zu vertreiben. Doch es half nichts. Noch immer spürte sie seine Lippen auf ihren. Toni berührte ihre Schulter und sie zuckte zusammen.

»Sag bitte etwas, Julia.«

Sie stand auf und verließ die Hütte. Franzl folgte ihr schwanzwedelnd. Der Vollmond warf sein silbriges Licht auf die Weide. Sie liebte den Mond, aber der hatte alles durcheinandergebracht. *Es kann nur an ihm liegen. Heißt es nicht, manche Menschen verlieren bei Vollmond den Verstand?*

***

Joseph richtete sich auf. Er musste lange geschlafen haben. Die Nacht war bereits hereingebrochen, Mondlicht erhellte das Zimmer. Die Schmerzen waren verschwunden und sein Magen knurrte. Er stand auf und zog sich seinen Bademantel über. Er würde eine Kleinigkeit essen. Vielleicht war Julia noch da.

Er öffnete die Tür, warf einen Blick in den Gastraum und schloss sie wieder. Langsam schlurfte er zum Bett zurück und setzte sich auf die Bettkante. Seufzend fuhr er sich durch die Haare. *Warum hast du das bloß gemacht, Toni?* Er hatte darauf vertraut, seine Schwärmerei für Julia würde sich geben, weil sie nun mit Bernhard befreundet war. Aber er hatte sich geirrt. Zum Glück hatte seine Enkeltochter den Jungen abgewiesen.

Was sollte er unternehmen? Er wollte nicht über die Vergangenheit reden. Einmal war er versucht gewesen, Julia einzuweihen.

Doch der Mut verließ ihn. Warum die Erinnerungen wieder heraufbeschwören? Er war nach Jahrzehnten mit sich ins Reine gekommen. Annemarie hatte ihm nie verziehen, was er ihr angetan hatte. Aber wozu noch Julias Zorn auf sich ziehen? Er erinnerte sich daran, mit welcher Enttäuschung seine Tochter ihn angesehen hatte, als er ihr die Geschichte erzählte. Solch einen Blick würde er kein zweites Mal ertragen.

***

Julia bat ihre Chefin, sie in den nächsten Wochen freizustellen, damit sie mehr Zeit mit ihrem Großvater verbringen konnte.

»Sie sind eine gute Enkelin. Ich hoffe, Ihr Großvater weiß das zu schätzen«, sagte sie zum Abschied und umarmte Julia mit Tränen in den Augen. »Sie wissen ja, dass Sie jederzeit zurückkommen können.«

Das Gehalt würde ihr fehlen. Sie musste ihren Vater bitten, die Miete für die nächsten Wochen auszusetzen. Vor diesem Gespräch graute ihr seit Tagen.

Zögernd betrat sie den Flur. Stimmen waren aus dem Wohnzimmer zu hören. Ihr Vater war nicht allein. Offenbar war Christina schon zurück von der Arbeit. *So ein Glück*, dachte Julia und trat in die Wohnstube.

Verdammt, was macht Sebastian hier?

Ihr ehemaliger Freund hockte wie ein Häuflein Elend neben Christina und schien geweint zu haben. Julias Vater saß stocksteif in seinem Sessel und betrachtete ihn mit grimmiger Miene.

Christina hielt Sebastians Hand und sagte gerade: »Ach, das wird schon wieder.«

Julia traute ihren Augen nicht. Was machte der Kerl hier? Sie räusperte sich.

»Mit dir haben wir ja gar nicht gerechnet«, begrüßte Christina sie.

»Was will er hier?«, fragte sie mit dem eisigsten Tonfall, den sie aufbringen konnte.

154

Sebastian stand auf und kam auf sie zu.

»Bleib, wo du bist. Ich will nicht mit dir reden. Unser letztes Gespräch ist mir noch in guter Erinnerung. Hat dich Saskia etwa abserviert? Bist du deswegen hier?«

Sebastian zuckte zusammen und schaute sie an wie ein geprügelter Hund.

»Sag schon. Was willst du? Ich habe nicht viel Zeit.«

Sie verschränkte die Arme und wippte mit dem Fuß.

»Julia, bitte hör mir zu. Es tut mir unendlich leid, was ich angerichtet habe.«

»Das sollte es auch. Du kannst jetzt gehen.«

Sebastian schaute hilfesuchend zu Christina.

»Ich halte mich raus«, sagte diese und verließ das Zimmer. Als sie an Julia vorbeiging, flüsterte sie ihr zu: »Sei nicht so hart zu ihm. Er bereut es zutiefst. Jeder hat eine zweite Chance verdient.«

Ihr Vater erhob sich aus dem Sessel.

»Du solltest dir das genau überlegen, Julia. Wer einmal betrügt, der wird es auch wieder tun. Bewahr dir deinen Stolz«, sagte er und folgte seiner Frau.

Mit diesen Worten ihres Vaters hätte sie nicht gerechnet. Wann hatte er das letzte Mal auf ihrer Seite gestanden? Sie hörte ihn noch draußen auf dem Flur: »Red dem Mädchen nicht so einen Quatsch ein. Sie hat einen Besseren verdient.«

Das habe ich ganz sicher, dachte sie. *Bernhard, Toni, alle sind tausendmal besser als dieser Kerl!*

»Ich will, dass du jetzt gehst«, sagte sie zu Sebastian. »Ich habe eine Weile gebraucht, um über dich hinwegzukommen und ich wäre ein paar Mal beinahe eingeknickt und hätte gebettelt, zu dir zurückkommen zu dürfen. Zum Glück bin ich stark geblieben.«

»Liebst du mich gar nicht mehr, nicht mal ein bisschen?«

Julia betrachtete ihn genauer und empfand beinahe Mitleid mit ihm. Die Haare waren zu lang und er schien sich seit einigen Tagen nicht rasiert zu haben. Auf seinem Sweatshirt prangte ein Fleck. Seine Augen waren rot gerändert, als bekäme er zu wenig Schlaf.

Dann aber erinnerte sie sich daran, wie sie sich wochenlang nach der Trennung gefühlt hatte. Es schadete ihm nicht, denselben Schmerz zu spüren.

»Ich habe dich geliebt, sehr sogar. Aber jetzt bin ich darüber hinweg.«

Kurz überlegte sie und fügte dann hinzu:»Außerdem gibt es einen neuen Mann in meinem Leben.«

Sebastian schaute sie an, als hätte sie ihm ein glühendes Schwert ins Herz gejagt. Mit hängendem Kopf verließ er das Haus. Julia sank erschöpft auf das Sofa.

Kaum war die Tür ins Schloss gefallen, kehrte ihr Vater ins Wohnzimmer zurück.

»Ich bin sehr stolz auf dich.«

Diese Worte hatte sie noch nie von ihm gehört.

»Danke, Papa. Ich muss noch etwas mit dir besprechen.«

»Steht es wirklich so schlecht um ihn?«, fragte ihr Vater, nachdem sie ihm über Josephs Erkrankung und ihren Plan berichtet hatte.

Julia nickte.

»Er wird immer schwächer und er braucht starke Schmerzmittel. Toni hilft, wo er kann. Er ist momentan Tag und Nacht auf der Alm. Ich bin froh, dass Großvater nicht allein dort oben leben muss.«

»Du weißt ja, ich habe kein gutes Verhältnis zu deinem Großvater, aber ich bin dir sehr dankbar, dass du dich so um ihn sorgst. Vor allem, nachdem du dasselbe mit deiner Mutter durchgemacht hast. Ich weiß, ich war dir keine große Hilfe. Ich hoffe, du kannst mir das irgendwann mal verzeihen.«

Julia glaubte, ihren Ohren nicht zu trauen. Was war in ihren Vater gefahren? Wurde der sonst so sture und hartnäckige Mann noch feinfühlig?

»Ach, Papa.«

Sie umarmte ihn, das erste Mal seit der Beerdigung ihrer Mutter.

Kapitel 32

1943

Hildegard betrat das Zimmer.

»Du musst etwas essen.«

Annemarie stöhnte und drehte sich zur Seite.

»Ich habe keinen Hunger. Lass mich bitte schlafen.«

»Du bist schwanger und musst etwas zu dir nehmen.« Ihre Tante stellte das Tablett auf den Nachtschrank. »Außerdem muss frische Luft ins Zimmer. Wann hast du denn das letzte Mal gelüftet?«

Mit einem Ruck riss Hildegard die Vorhänge auf und öffnete das Fenster. Annemarie schloss die Augen. Essen, aufstehen, frische Luft, was hatte das alles überhaupt noch für einen Sinn? Der Vater war an der Front verschollen, Mutter und Joseph saßen im Gefängnis, Aaron und seine Familie waren verschwunden. Und was tat sie? Sie versteckte sich wie ein Hasenfuß bei ihrer Tante und wartete auf die Geburt eines Kindes, dessen Zukunft unsicher war. Sie zog sich die Bettdecke über den Kopf.

»Junges Fräulein, ich darf doch bitten«, schimpfte Hildegard und zog ihr die Decke weg. »Steh jetzt auf und wasche dich. Dann wirst du frühstücken und deinem gewohnten Tagesablauf nachgehen. Willst du dich auch so hängenlassen, wenn das Kind geboren ist?«

»Nein, Tante, natürlich nicht. Es tut mir leid«, murmelte sie und setzte sich auf.

Hildegard nahm am Bettrand Platz und schloss sie in die Arme.

»Sag mir doch bitte, was dich bedrückt.«

Annemarie schüttelte den Kopf. Sie würde ihr nichts von dem Inhalt des Briefes erzählen.

»Dann lasse ich dich jetzt in Ruhe essen. Du kannst jederzeit mit mir reden. Das weißt du, oder?«

Ihrer Tante zuliebe trank sie den Tee und würgte die Scheibe Brot hinunter, die hauchdünn mit einem eigenartig schmeckenden

Streichfett bestrichen war. Wann würde sie die sonnengelbe Butter wieder essen können, die ihre Mutter herstellte?

Eine Weile später klopfte es zaghaft an der Tür. Annemarie legte ihr Buch beiseite. Wer mochte das sein?

»Ja, bitte?«

»Erschrick nicht.«

Die Stimme kannte sie doch.

»Deborah, was machst du denn hier?«

Annemarie sprang vom Bett und lief ihrer Freundin in die Arme. »Wie bist du entkommen?«, fragte sie. »Und was ist mit deiner Familie?«

Bitte lass sie noch am Leben sein, flehte sie innerlich.

Deborah löste sich aus der Umarmung und setzte sich auf das Bett. Erst jetzt bemerkte Annemarie, wie blass ihre Freundin aussah. Unter ihren Augen zeichneten sich dunkle Flecken ab und sie war abgemagert. Sie musste grässliche Wochen hinter sich haben, während Annemarie sich von ihrer Tante verwöhnen ließ.

»Als die Polizei kam, konnte ich gerade noch rechtzeitig aus der Hintertür fliehen. Ich bin so schnell gerannt, wie noch nie in meinem Leben. Tagelang habe ich mich im Wald versteckt und mich von ein paar Beeren und Blättern ernährt. Erst als alles ruhig blieb, habe ich mich zur Alm zurückgewagt. Niemand war mehr da. Selbst die Kühe und Hühner hatten sie mitgenommen.«

Annemarie lief ein Schauer über den Rücken. Sie sah die Hütte, den Stall und die Weiden vor sich, alles verwaist.

»Woher wusstest du, wo ich bin und wie bist du hierher gekommen?«, fragte sie.

»Deine Mutter und Joseph haben sich gestritten und ich habe zufällig gehört, dass du in Ingolstadt bist. Ich bin mit dem Zug gefahren. Dank meiner helleren Haare sehe ich auf den ersten Blick nicht wie eine Jüdin aus. Zum Glück bin ich nirgendwo kontrolliert worden. Und dann habe ich hier so lange herumgefragt, bis ich das Haus deiner Tante gefunden habe.«

Annemarie schloss Deborah erneut in die Arme.

»Wie konnte das nur alles passieren?«, fragte sie mit Tränen in den Augen.

»Joseph, es war Joseph. Er hat ja deutlich gemacht, dass er uns nicht mochte. Aber ich hätte nie gedacht, dass er unsere ganze Familie ausliefern würde.«

»Meine Mutter und er sitzen im Gefängnis. Wusstest du das?«

Deborah schlug die Hände vor das Gesicht.

»Oh nein! Deine arme Mutter. Das hat sie nicht verdient. Wir müssen ihr helfen. Aber wie?«

»Ich weiß es nicht. Es ist aussichtslos. Und Aaron …, deine Eltern …«

»Diese Lager. Ich habe gehört, dass die alle Juden dorthin schicken werden. Schreckliche Dinge passieren da. Die wollen uns vernichten.«

Deborah begann zu schluchzen.

Hildegard klopfte an und betrat das Zimmer.

»Ich möchte jetzt endlich wissen, was hier los ist. Annemarie, woher kennst du das Mädchen? Und warum weint ihr beide? Sagt mir sofort, was passiert ist.«

Deborah schaute sie erschrocken an und schüttelte den Kopf.

»Wir können meiner Tante vertrauten«, sagte Annemarie und legte den Arm um Deborahs Schulter. »Sie würde nichts tun, was uns schadet.«

Ihre Freundin schniefte und schüttelte erneut den Kopf. »So wie Joseph? Ihm hast du auch vertraut.«

Kapitel 33

2000

»Dich bekommt man ja gar nicht mehr zu sehen!« Elisabeth schob die Unterlippe vor wie eine schmollende Dreijährige und verschränkte die Arme vor der Brust. »Hast du etwa einen neuen Mann und ich weiß nichts davon?«

»Ich vermisse dich doch auch«, antwortete Julia und lächelte schuldbewusst. »Aber momentan müsste ich mich klonen können. Für einen Mann habe ich schon gar keine Zeit. Die Alm, mein Großvater, Ama…«

»Wie geht es Joseph denn?«, unterbrach Elisabeth sie. »Ich habe ein ganz schlechtes Gewissen, weil ich mich nie bei ihm blicken lasse, aber du weißt ja, mein Geschäft.«

»Ist schon in Ordnung. Du musst dich nicht entschuldigen. Ich weiß ja, dass du immer an deine Großeltern erinnert wirst.«

»Danke, meine Liebe. Ich könnte auch langsam darüber hinweg-kommen. Alte Menschen werden nun mal krank. Außerdem mag ich Joseph gern.«

»Hör auf, dich zu rechtfertigen.« Julia legte ihre Hand auf Elisabeths Schulter. »Apropos neuer Mann. Ich muss dir jemanden vor-stellen. Du würdest ihn sicher gern kennenlernen.«

Elisabeth holte tief Luft.

»Also doch! Ich habe es geahnt. Welche Augenfarbe, wie groß ist er? Ist er attraktiv?«

Julia lächelte und schwieg. Sie liebte es, ihre Freundin zappeln zu lassen.

»Nun sag schon! Lass mich hier nicht so hängen!«, jammerte Elisabeth.

»Ja, er sieht unglaublich gut aus. Diese dunklen intelligenten Augen. Schlau und musikalisch ist er und ein guter Zuhörer noch dazu.«

Julia hatte Mühe, sich das Lachen zu verkneifen, als ihre Freundin die Augenbrauen hochzog und sie mit leuchtenden Augen anstarrte.

»Los, sag schon! Wer ist es?«

»Sein Name ist Amadeus und er ist äußerst liebenswert. Leider kann er nicht mehr allzu lange bei uns bleiben. Er braucht seine Freiheit.«

»Amadeus? Das ist aber ein außergewöhnlicher Name in der heutigen Zeit. Wann wirst du ihn mir denn vorstellen?«

»Komm doch morgen Nachmittag bei uns vorbei. Großvater würde sich auch sehr freuen. Er fragt oft nach dir.«

Elisabeth seufzte.

»In Ordnung. Aber nur, wenn ich auch diesen Amadeus bewundern kann.«

»Klar, der fliegt schon nicht weg.«

»Wehe, du verrätst ihr vorher etwas. Sie soll erst mal bei Joseph vorbeischauen. Ich will sie noch ein wenig auf die Folter spannen«, sagte Julia, nachdem sie Toni in ihren Plan eingeweiht hatte.

»Auf ihr Gesicht bin ich jetzt schon gespannt. Mit einem Vogel rechnet sie sicher nicht.«

»Ich glaube auch nicht, dass ihre Sterne ihr das verraten werden«, antwortete Julia und grinste. »Joseph freut sich schon so auf sie. Als wir Kinder waren, kamen wir fast jeden Tag nach Schulschluss hier hoch. Die Ferien haben wir immer auf der Alm verbracht. Ihre Eltern wussten manchmal kaum noch, wie sie aussah. Joseph hat sie sehr ins Herz geschlossen.«

»Julia, wegen neulich …«

Toni bekam rote Flecken im Gesicht und wich ihrem Blick aus. Sie winkte ab.

»Ich möchte jetzt nicht darüber reden. Belassen wir es dabei, dass nichts passiert ist. In Ordnung?«

Toni nickte zögerlich. War das etwa Enttäuschung, die sie da in seinem Gesicht sah?

»Schön, dich endlich wiederzusehen, Elisabeth. Wie ich hörte, bist du eine erfolgreiche Schneiderin. Hast sogar deinen eigenen Laden«, sagte Joseph.

»Ach, das ist doch kaum der Rede wert.«

Elisabeth lief rot an. Sie stopfte Franzl ein Käsestückchen nach dem anderen ins Maul. Der freute sich sichtlich über die außergewöhnliche Zuwendung.

»Der Laden ist winzig und ich muss aufpassen, nicht über meine Stoffballen zu stolpern.«

»Jeder fängt mal klein an. Du bringst es sicher noch weit.«

Elisabeths Besuch schien Joseph gut zu bekommen. Seine Augen strahlten und er hing an ihren Lippen. Julia war erleichtert, dass ihre Freundin die Befangenheit vor alten Menschen überwunden hatte. Der Tod ihrer Großeltern damals hatte ihr einen schweren Schlag versetzt und seitdem fürchtete sie den Umgang mit Älteren.

»Danke, dass du mich gezwungen hast, ihn zu besuchen«, sagte Elisabeth.

Sie saßen auf der Bank vor der Hütte und betrachteten das Gemälde vor sich. Die Sonne färbte den Himmel in ein grelles Pink und am Horizont bildeten sich erste dramatische Wolkengebilde. Die Gipfel des Wettersteingebirges ragten wie Messerspitzen empor. Hoffentlich würde es heute kein Gewitter geben. Amadeus hasste Blitz und Donner. Dann saß er verschreckt in der Voliere und zitterte am ganzen Körper.

»So, und nun möchte ich aber endlich diesen Amadeus kennenlernen«, sagte Elisabeth, als ob sie Julias Gedanken gelesen hätte, und sprang auf.

Julia führte ihre Freundin auf die Rückseite der Hütte.

»Wo habt ihr den armen Kerl denn untergebracht? Doch nicht etwa im Stall?«

Amadeus krächzte fordernd. Sein Hunger war schier unersättlich. Toni stand in der Voliere und fütterte ihn mit Würmern.

Sobald Amadeus einen fetten Regenwurm vertilgt hatte, verlangte er lauthals nach Nachschub.

»Darf ich vorstellen? Das ist Amadeus.«

Elisabeth schaute verdutzt, riss dann die Augen weit auf und boxte Julia lachend in die Seite.

»Du miese Kröte. Du hast mich eiskalt erwischt. Bei dem Namen hätte ich aber auch drauf kommen können. Wer bitte heißt denn heutzutage Amadeus?«

Julia betrat das Schlafzimmer ihres Großvaters, um sich von ihm zu verabschieden. Die Vorhänge waren zugezogen und ein süßlicher Geruch hing im Raum, der sie an verdorbene Äpfel erinnerte. Sie riss das Fenster auf und schaltete die Nachttischlampe an. Joseph lag im Bett und krümmte sich vor Schmerzen.

»Großvater, warum sagst du denn nichts? Ich hole dir schnell deine Tabletten.«

»Die helfen nicht mehr«, keuchte er.

»Du hättest uns Bescheid geben müssen. Ich rufe jetzt den Arzt.«

»Nein, Julia, bitte nicht. Es wird sicher gleich besser.«

»Sei doch vernünftig. Ich verstehe, dass du nicht ins Krankenhaus möchtest, aber ich kann dich doch nicht mit diesen Schmerzen hier liegen lassen.«

Toni kam ins Zimmer.

»Ich nehme einfach mehr Morphium. Dann schlafe ich allerdings wie ein Stein. Nicht, dass ihr gleich den Bestatter holt.«

Joseph lächelte gequält. Toni hob drohend den Zeigefinger.

»Das ist jetzt nicht der richtige Moment für deine Scherze, alter Mann.«

»Vielleicht war das gar kein Scherz.«

Julia atmete tief durch. Ihr Großvater würde doch keine Dummheiten machen?

Wenige Minuten, nachdem er die Tropfen eingenommen hatte, schlief er ein. Sein Atem ging ruhig und gleichmäßig und der verkrampfte Gesichtsausdruck verschwand.

»Kann ich dich mit ihm allein lassen?«

Sie schloss sanft die Tür und zog ihre Jacke über.

»Warum übernachtest du nicht hier?«, fragte Toni und griff nach ihrer Hand.

»Bitte lass das.« Sie wich einen Schritt zurück. »Ich kann dir nicht geben, was du willst.«

Kapitel 34

1943

»Deborah hat bei uns gewohnt, mit ihrer Familie.«

Ihre Freundin warf ihr einen erschrockenen Blick zu und atmete laut hörbar aus. Annemarie spürte, wie sich die Klammer um ihr Herz löste. Jetzt war es endlich heraus. Keine Geheimnisse mehr. Obwohl, da war ja noch die Sache mit Aaron.

»Deborah«, murmelte Hildegard. »Der Name klingt irgendwie jüdisch.«

Annemarie nickte stumm. Ihre Tante schüttelte den Kopf und seufzte.

»Ich verstehe. Meine Schwester konnte mal wieder nicht Nein sagen.«

»Die Goldsteins kennen wir schon lange. Es sind so nette Menschen. Wir konnten doch nicht zulassen, dass sie abtransportiert werden.«

»Gibt es noch etwas, was du mir erzählen möchtest?«

Es wurde so still im Zimmer, dass sie das Husten einer Fliege hätte hören können. Annemarie wich dem fordernden Blick ihrer Tante aus und knetete ihre Finger. Obwohl der Raum kühl war, spürte sie die Hitze in sich aufsteigen. Hilfesuchend schaute sie zu ihrer Freundin. Doch Deborah stand am Fenster und starrte hinaus.

»Annemarie, Kind, so rede doch mit mir. Ich will dir nichts Böses, aber ich muss alles wissen. Wie soll ich dir sonst helfen?«

»Deborahs Bruder Aaron, er ist der Vater meines Kindes«, flüsterte sie.

Tante Hildegard fuhr sich mit beiden Händen durch die Haare.

»Ach herrje! In was für eine Situation hast du dich nur hineinmanövriert, Kind? Meine Schwester hätte besser auf dich achtgeben sollen.«

»Joseph ist schuld«, sagte Annemarie. Tränen liefen ihr über die Wangen und sie wischte sie trotzig weg. »Er hat uns verraten und jetzt sind die Goldsteins verschwunden und meine Mutter und er sitzen im Gefängnis.«

Hildegard schwieg und starrte auf den Fußboden. Annemarie zitterte am ganzen Körper und ballte die Fäuste. Ihre Fingernägel bohrten sich schmerzhaft ins Fleisch.

»Tante, du musst uns helfen«, flehte sie. »Deborah hat doch niemanden mehr. Wir müssen Mutter aus dem Gefängnis holen. Und Aaron …«

Hildegard riss die Augen weit auf.

»Bist du vollkommen närrisch? Wenn wir uns einmischen, kommen die noch auf die Idee, wir hätten etwas damit zu tun. Dann landen wir alle im Gefängnis.«

»Siehst du? Ich habe dir gesagt, dass wir niemandem vertrauen können«, raunte Deborah.

»Junges Fräulein, nun mal langsam«, sagte Hildegard. »Ich werde mir etwas einfallen lassen, aber wir müssen geschickt vorgehen.«

Annemarie fiel ihr um den Hals.

»Danke, liebe Tante, danke.«

Hildegard seufzte.

»Mit dieser Familie handele ich mir nur Ärger ein. Aber ich kann meiner Nichte keinen Wunsch abschlagen.«

»Denk doch an Mutter. Kannst du sie dir im Gefängnis vorstellen?«, fragte Annemarie.

Kapitel 35

2000

Julia und Joseph saßen auf der Bank vor der Hütte. Es war ein anstrengender Tag mit vielen Gästen gewesen. Julias Füße schmerzten vom stundenlangen Laufen und Stehen. Die letzten Sonnenstrahlen strichen über die Gebirgskette der Zugspitzgruppe gegenüber. Stille kehrte ein auf der Alm, die nur durch das gelegentliche Muhen einer Kuh und die heiseren Rufe eines Tannenhähers unterbrochen wurde.

»Habt ihr euch gestritten, Toni und du?«, fragte Joseph.

»Ach, Großvater, ich wollte dir eigentlich nichts davon erzählen.«

Sie spürte die aufkommende Hitze in ihrem Gesicht und beugte sich nach unten, um Franzl den Bauch zu kraulen.

»Du kannst mir alles anvertrauen. Das weißt du doch, oder?«

»Ich glaube, er empfindet mehr für mich als nur Freundschaft.«

»Und du?«

Sie blickte auf.

»Du scheinst nicht überrascht zu sein.«

»Ich hatte schon den Verdacht.«

Julia seufzte.

»Er ist wirklich nett und ich mag ihn auch. Aber er ist ein Freund, mehr nicht.«

Joseph atmete hörbar auf.

»Ist irgendwas, Großvater? Geht es dir nicht gut?«

»Nein, nein, alles bestens. Toni wird schon darüber hinwegkommen. Hast du eigentlich mal wieder was von Bernhard gehört?«

Julia lachte auf.

»Ich habe kein Glück mit Männern. Sebastian hat mich betrogen, für Toni empfinde ich nichts außer Freundschaft. Tja, und Bernhard mag mich so sehr, dass er seinen Aufenthalt in Afrika noch verlängern möchte.«

Ihr Großvater griff nach ihrer Hand.

»Ach, meine Kleine. Du bist noch jung. Du findest schon noch den Richtigen.«

Na hoffentlich, dachte sie.

In den höchsten Tönen hatte Bernhard geschwärmt von der Natur, dem Licht und der erstaunlichen Tierwelt. »*Der Bildband wird sich wie geschnittenes Brot verkaufen.*« Sie gönnte ihm die Reise, keine Frage. Aber sie hatte sich darauf gefreut, dass er bald wiederkommen würde. Sie vermisste ihn. Und vor allem wollte sie prüfen, ob Bernhard der Mann war, mit dem sie sich eine ernsthafte Beziehung vorstellen konnte.

Julias Handy klingelte. Ein Anruf von Bernhard. *Wenn man vom Teufel spricht.*

»Entschuldige, Großvater, da muss ich rangehen.«

Sie stand auf und ging ein wenig abseits. Franzl folgte ihr. Sie nahm das Gespräch an. Im Hintergrund waren das Hupen von Fahrzeugen, Fahrradklingeln und Rufe zu hören. Er schien sich mitten im Getümmel zu befinden.

»Bist du sauer auf mich? Wenn du mich brauchst, dann komme ich eher zurück.«

Ja, ja, bitte.

»Natürlich nicht. Du träumst schon so lange von diesem Auftrag. Ich komme klar. Wenn du wieder da bist, lasse ich dich so schnell nicht mehr gehen.«

»Ich vermisse dich. Wie geht es deinem Großvater?«

»Er würde es nie zugeben, aber es geht ihm schlechter. Die Medikamente wirken nicht mehr. Aber er weigert sich, ein Krankenhaus aufzusuchen.«

»Toni hilft dir doch, oder? Du musst das nicht allein durchstehen.«

»Er hilft, wo er kann. Den Hof könnte ich allein gar nicht halten.«

»Ach, Julia, ich wünschte, du wärst bei mir. Es würde dir sicher auch sehr gut gefallen. Irgendwann machen wir diese Reise gemeinsam.«

Sie schluckte und kniff die Augen fest zusammen. *Jetzt bloß nicht losheulen!*

»Bist du noch dran?«

»Ich vermisse dich so«, sagte sie mit belegter Stimme. »Und ich freue mich darauf, wenn du wieder da bist.«

»Ich liebe dich und wenn ich zurück bin, dann sage ich es dir persönlich.«

Was hat er gesagt? Er liebt mich?

»Bernhard?«

Ein Knacksen in der Leitung, dann war es still. Das Gespräch war unterbrochen. Verdammte Fernverbindung!

Kapitel 36

1943

Therese starrte an die Wand ihrer Zelle. Wie lange saß sie schon hier? Tage und Nächte strichen gleichgültig an ihr vorüber. Sie bemerkte den Unterschied kaum. Nur wenig Licht drang durch das winzige vergitterte Fenster. Die eisige Luft jedoch fand einen Weg hinein. Ihr Vorgänger hatte seine Initialen und das Jahr 1939 in den Stein eingekerbt. Striche markierten die Tage, die er hier verbrachte. Es waren zahlreiche. Wie viele davon würde sie in die Wand ritzen müssen?

Seit ihrer Ankunft hatte sie nur wenig geschlafen. Ihre Augen brannten und tränten, doch sie wagte kaum, sie zu schließen. Ein einziger Alptraum verfolgte sie, der schrecklicher war als die Gefängniszelle, Hunger und Kälte zusammen. Sie sah wieder die angsterfüllten Gesichter der Goldsteins vor sich, die aus der Hütte abtransportiert wurden, angetrieben mit Stockschlägen und Tritten. Levins ausdrucksloser Blick war kaum zu ertragen. Er schien jegliche Hoffnung verloren zu haben. Sie hörte die Schreie der bewaffneten Polizisten, die flehentlichen Bitten von Rachel, ihre Familie zu verschonen und Levins wie in Trance gemurmelten hebräischen Worte. Nur Deborah war nirgendwo zu sehen. Hatte das Mädchen fliehen können? Statt sie aufwachen zu lassen, wechselte der Traum in das Lager. In der Hölle konnte es nicht grausamer zugehen. Nie hatte sie eines der Gefangenenlager mit eigenen Augen gesehen, von denen manche im Ort erzählten. Sie erspähte Baracken, gefüllt mit verhungernden und gequälten Menschen, die schlimmer als Tiere behandelt wurden, Stacheldrahtzäune, bewaffnete Wachleute mit boshaft bellenden Hunden und Leichen, Berge von Leichen. Das war der Moment, wo sie schreiend aufwachte, jedes Mal. Doch es war kein erleichtertes Erwachen. Ein Gefühl sagte ihr, dass die Realität noch weitaus schrecklicher war.

Therese zitterte am ganzen Körper, weniger vor Kälte als vor Erschöpfung. Sie dachte an Joseph. Was hatte ihren Sohn dazu getrieben, zwei Familien ins Elend zu stürzen? Sie war sich sicher gewesen, ihn zu einem anständigen Christenmenschen erzogen zu haben. Dieser ganze Hass, der den Juden entgegenschlug, daran hatte er sich nie beteiligt. Seit der Verhaftung hatte sie ihn nicht mehr gesehen. Sie stellte sich vor, dass er in einer ähnlichen Zelle saß und an sie dachte, ein schmerzvoller Gedanke.

Sie stand auf und versuchte, einen Blick aus dem Fensterchen zu erhaschen. Doch es war zu weit oben, so dass sie nur ein kleines Stück vom Himmel sehen konnte. Grau war dieser, dunkelgrau wie ihre Gefühle. Sie liebte ihren Sohn. Aber zugleich fühlte sie eiskalte Wut in sich aufsteigen. Er hatte nicht nur die Goldsteins verraten, die seinetwegen sterben würden. Nein, er hatte seine eigene Familie ausgeliefert.

Therese betete, dass Annemarie nicht zurückkäme, sondern bei ihrer Schwester Hildegard bleiben würde. Sie würde es nicht ertragen, ihre Tochter und das ungeborene Enkelkind in einer dieser Zellen zu wissen. Oder Schlimmeres.

Schläge krachten gegen die stählerne Zellentür. Therese fuhr zusammen.

»Therese Bergmüller, treten Sie an die Tür.«

Ein bewaffneter Aufseher öffnete die Tür und musterte sie von oben bis unten. Sie verschränkte die Arme vor der Brust, um sich vor seinen Blicken zu schützen.

»Besuch für Sie. Mitkommen.«

Er schob sie vor sich her, ihren rechten Oberarm fest im Griff. Der Warteraum war ein unpersönlicher Ort ohne Fenster mit kahlen grauen Wänden. In der Mitte standen ein Tisch und zwei Stühle.

»Hinsetzen!«, fuhr der Aufseher sie an.

Er verließ den Raum und schlug die schwere Tür hinter sich zu. Sie setzte sich auf den Stuhl und fixierte die Tür. Wer würde sie aufsuchen? Die Spannung war unerträglich. Jeder Nerv vibrierte in ihrem Körper. Ihr Herz flatterte.

Ein leises Klicken schreckte sie auf. Die Klinke wurde heruntergedrückt und ein Mann trat ein.

»Grüß dich, Therese.«

Sie glaubte, ihren Augen nicht zu trauen. Werner? Ihr Werner, den sie seit Monaten an der Front als verschollen vermutete?

Kapitel 37

2000

Julia streckte sich und gähnte. Sie hatte so fest geschlafen wie schon lange nicht mehr. Heute war ihr freier Tag. Toni würde sich allein um ihren Großvater und um Amadeus kümmern.

Als sie Elisabeth am Abend zuvor erzählt hatte, was sie für diesen Tag plante, war dieser der Mund offen stehen geblieben.

»Du hast was?«, fragte sie.

»Du hast richtig gehört. Ich habe mich zu einer geführten Bergtour angemeldet.«

»Aber warum? Du musst dir nichts beweisen, Jule. Es ist nicht schlimm, wenn man vor etwas Angst hat. Du bist doch nicht James Bond.«

»Ich möchte aber endlich meine Höhenangst überwinden. Wenn Bernhard …«

»Ach, daher weht der Wind. *Bernhard.*«

Elisabeth sprach den Namen nur widerstrebend aus und rümpfte die Nase. Julia bedrückte es, dass ihre Freundin bisher an jedem ihrer Freunde etwas auszusetzen hatte, aber sie ließ sich nichts anmerken.

»Er hat mir erzählt, er möchte unbedingt mal mit mir eine Tour gehen. Ich kann doch nicht ewig so ein Angsthase sein.«

»Na, dann wünsche ich dir maximalen Erfolg. Aber beschwere dich hinterher nicht bei mir, ich hätte dich nicht gewarnt.«

»Magst du nicht mitkommen, quasi als moralische Unterstützung?«

Elisabeth lachte auf und verschränkte die Arme.

»Vergiss es! Ich mache ja einiges mit, aber in den Bergen kraxel ich nicht herum.«

Mit dem Bergführer war die Mittenwalder Hütte als Treffpunkt vereinbart. Julia parkte ihren Wagen an der Seilbahnstation und schaute hinauf zum Gipfel der Westlichen Karwendelspitze. Ein mulmiges Gefühl beschlich sie. War es wirklich eine kluge Idee gewesen, sich für diesen Ausflug anzumelden? Sie nahm ihr Handy aus dem Rucksack und suchte die Nummer von Markus, dem Bergführer. Noch konnte sie absagen. *Ich bin tatsächlich ein Häschen. Zittere schon auf dem Parkplatz, wenn ich die Berge nur sehe. Jetzt ist Schluss damit! Ich packe das! Denen werde ich es zeigen!* Sie setzte den Rucksack auf, lief über die Straße und hinein in den Wald. Es roch würzig nach Kiefernnadeln und Erde. Außer ein paar vereinzelten Vogelrufen war nichts zu hören. Der Anstieg zur Hütte war einfach und ohne Hindernisse. Trotzdem pochte ihr Herz wie eine Trommel. Sie wünschte, Franzl wäre bei ihr. In letzter Zeit hatte sie sich viel zu wenig mit ihm beschäftigt.

Julia setzte sich auf die Terrasse der Mittenwalder Hütte und nippte an einer Tasse Kaffee. Noch waren Markus und die anderen Teilnehmer der Tour nicht zu sehen. Sie sehnte einen kräftigen Regenschauer herbei, der die Wanderung unmöglich machen würde. Doch es sah nicht so aus, als hätte Petrus ein Einsehen mit ihr. Der Himmel war wolkenlos und es rührte sich kein Lüftchen.

»Julia, was machst du denn hier?«
Ihr rutschte die Tasse aus der Hand. Auf der neu gekauften sandfarbenen Wanderhose breitete sich ein unansehnlicher Fleck aus. *Verdammt! Was wollen die denn hier? Und wieso sind die immer noch zusammen?* Hatte Sebastian sie angelogen, als er bei ihr zu Hause aufkreuzte?
Saskia und er schlenderten händchenhaltend auf sie zu. Eilig wischte Julia an ihrer Hose herum, aber der Kaffeefleck wurde dadurch nur noch größer. Warum hatte sie sich keine schwarze Hose gekauft?
»Guten Morgen, ich bin Markus.«
Der Bergführer trat an den Tisch. Julia atmete auf. Rettung in letzter Sekunde.

»Ihr habt mich heute gebucht. Ich hoffe, ihr seid fit und bereit für den Aufstieg zur Karwendelspitze?«

»Kommen denn nicht noch mehr Teilnehmer?«, fragte Julia. Innerlich betete sie, sie wäre nicht allein mit Saskia und Sebastian, doch Gott schien sie nicht gehört zu haben.

Markus schüttelte den Kopf. »Keine Bange, Julia, wir werden Rücksicht nehmen. Es ist ja deine erste Tour, oder?«

»Ich habe seit meiner Kindheit Höhenangst«, antwortete sie.

»Ich hoffe, du hast starke Nerven mitgebracht.«

Julia bemerkte Saskias hämisches Grinsen und verfluchte sie in Gedanken. Sie ließ sich jedoch nichts anmerken. Diesem Drachen würde sie nicht noch mehr Angriffsfläche bieten.

»Na klar, das ist mein Job. Macht euch langsam bereit. In ein paar Minuten gehen wir los.«

»Ist alles in Ordnung?«, fragte Markus.

»Ich weiß nicht, ob das eine gute Idee war«, flüsterte Julia.

»Wir gehen langsam, Schritt für Schritt. Ich bin immer bei dir. Zur Not halte ich auch gern deine Hand.«

»Können wir jetzt los oder kneifst du?«, fragte Saskia.

»Sehr witzig …«

Julia warf ihr einen finsteren Blick zu.

»Würdest du das bitte unterlassen? Ich dulde solche Kommentare bei meinen Touren nicht«, wies Markus Saskia zurecht.

Diese hob die Hände und lachte.

»Hey, das war doch nur Spaß.«

»Sich über die Angst anderer lustig zu machen, ist kein Spaß für mich. Und jetzt sollten wir langsam los.«

Ihr Brustkorb fühlte sich an, als wäre er in einem Schraubstock eingeklemmt. Ihr Herz pochte heftig und sie befürchtete, es würde herausspringen. Am liebsten würde sie umkehren. *Warum verbringe ich meinen freien Tag nicht mit Elisabeth im Café oder mit einem spannenden Buch auf der Couch? Oder mit Franzl im Wald?*

Sie ballte die Fäuste. Nein, sie würde dieser lähmenden Angst, die sie seit Peters Tod begleitete, heute den Kampf ansagen. Sie hatte schon immer Höhenangst gehabt, aber als ihr Bruder nicht mehr nach Hause kam, wurde es noch schlimmer.

»Sieh mal, hier kommst du am besten entlang.«

Markus wies auf eine Stelle am Felsen. Nirgendwo waren Seile oder Griffe zu sehen. Der nackte Stein breitete sich vor ihr aus wie eine unüberwindliche Wand. In Julias Magen tobte ein wütendes Tier. Sie wischte sich den Schweiß von der Stirn.

»Julia, schau mich an«, sagte Markus mit ruhiger Stimme. »Du kannst direkt am Felsen hoch kraxeln. Der Fels ist trocken und deine Schuhe halten dich.«

Er zeigte nach oben.

»Siehst du? So wie es Saskia macht.«

Sie betrachtete den vermeintlichen Weg, dann wieder Markus. Sie schüttelte heftig den Kopf und kämpfte gegen den Kloß in ihrem Hals.

»Julia, los, du bekommst das hin!«, rief Sebastian und streckte ihr die Hand entgegen.

Sie rührte sich nicht vom Fleck. Markus trat dicht an sie heran, legte seine Hände auf ihre Schultern und sah ihr fest in die Augen. Das wilde Tier beruhigte sich. Julia atmete tief durch.

»Konzentrier dich nur auf mich. Die anderen sind egal. Wir machen das zusammen.«

Mit geübten Handgriffen band er ein Seil um seine Hüfte und das andere Ende um ihre.

»So, jetzt sind wir verbunden. Es kann dir nichts passieren. Ich gehe immer einen Schritt voraus und du machst es mir nach. In Ordnung?«

Langsam setzte sie einen Fuß vor den anderen und folgte Markus.

»Schau nie nach unten, immer nur auf den Weg vor dir. Erst überlegen, dann den nächsten Schritt machen«, sagte er, als sie einen Moment zögerte.

Sie nickte und kraxelte weiter. Als sie auf dem oberhalb liegenden engen Pfad angekommen war, fiel sie Markus erleichtert um den Hals. Saskias gemurmeltes »*Die macht sich ja ganz schön ran*« und Sebastians »*Halt einfach mal die Klappe!*« waren im Moment nebensächlich. Sie war stolz auf sich. Ihre erste Bergtour nach Jahren und sie war nicht durchgedreht und abgestürzt.

»Das hast du wirklich super gemacht«, sagte Markus. »So schaffen wir auch den Rest des Weges.«

»Ich danke dir, Markus. Wenn wir am Gipfel ankommen, spendiere ich dir ein Bier. Ach was, nicht nur ein Bier, eine gewaltige Schweinshaxe noch dazu.«

»Lass mal. Das ist doch mein Job. Aber zu einem Bierchen sage ich natürlich nicht nein.«

Saskia quengelte: »Können wir jetzt endlich weitergehen?«

Niemand reagierte. Wutschnaubend drehte sie sich um und marschierte voran, ohne sich noch einmal nach ihnen umzusehen.

»Tut mir leid. Sie ist leider nicht sonderlich feinfühlig«, sagte Sebastian.

»Mag sein, aber es ist ein Armutszeugnis, dass du dich für sie entschuldigst«, konterte Julia.

Er zuckte mit den Schultern und eilte hinter Saskia her.

»Ihr kennt euch wohl gut?«, fragte Markus.

Sie winkte ab.

»Egal. Lass uns weitergehen, ehe mich mein neu gefasster Mut wieder verlässt.«

Kapitel 38

1943

Therese sprang auf, um ihren verloren geglaubten Mann in die Arme zu nehmen.

»Werner, du lebst!«

Doch er wich vor ihr zurück, als ob sie eine Fremde wäre. Sie hielt inne und betrachtete ihn. Die ehemals dunkelbraunen Haare waren mit grauen Strähnen durchzogen. Tiefe Falten hatten sich rund um die Augen und den Mund gegraben und ließen ihn hart und verbittert erscheinen. Er trug seine Uniform, die etliche Abzeichen und Orden mehr aufwies als an dem Tag, an dem er an die Front aufgebrochen war. Stocksteif stand er vor ihr und blickte sie gleichgültig an. Dieser Blick war schwerer zu ertragen, als ein Schlag ins Gesicht.

»Ist es wahr, was dir vorgeworfen wird?«

Seine Stimme war scharf wie die eines Richters. Therese schwieg und schaute zu Boden.

»Ich besuche dann meinen Sohn.«

Sie hob den Kopf. Ein Fünkchen Hoffnung flammte in ihr auf, auch wenn es sie schmerzte, dass er von *seinem* Sohn gesprochen hatte. Sie war offensichtlich in seinen Augen nichts mehr wert.

»Ich werde dafür sorgen, dass er bald entlassen wird. Er ist ja noch ein Kind und hat guten Willen gezeigt. Er soll nicht für die Fehler seiner Mutter büßen müssen.«

Therese nickte und schwieg.

»Was fällt dir ein, in meinem Heim solche minderwertigen Verbrecher aufzunehmen? Hast du denn jeden Anstand verloren?«, fuhr Werner sie unvermittelt an.

»Die Goldsteins sind keine Verbrecher. Du kennst sie doch auch. Das sind ehrbare Menschen, die immer anständig ihr Geschäft betrieben haben.«

»Schweig!«, spuckte er ihr entgegen.

Langsam und mit hinter dem Rücken verschränkten Armen schritt er auf und ab. Sie kannte das. Es war seine Art, nachzudenken. Er musste immer in Bewegung sein. Nichts hasste er mehr als Stillstand.

»Werner, glaub mir doch«, flehte sie ihn an. »Ich wollte nur helfen. Du weißt, ich bin ein friedfertiger Mensch.«

»Friedfertig? Eine Verräterin bist du. Du hast Judenschweine in meinem Haus versteckt, in einem deutschen Offiziershaus. Weißt du eigentlich, was du angerichtet hast?«

Therese zuckte zusammen und schwieg. Nie zuvor hatte ihr Mann in solch einem Tonfall mit ihr gesprochen. Die Worte bohrten sich in ihren Magen wie ein Messer.

»Wo ist eigentlich unsere Tochter?«, fragte er und schaute sie durchdringend an. »Ich habe sie daheim nicht angetroffen.«

Therese würde ihm nicht verraten, wo sich Annemarie aufhielt. Sie fürchtete, er würde seine Tochter umbringen, wenn er von ihrem gemeinsamen Kind mit Aaron erfuhr. Der Mann, der vor ihr stand, war nicht mehr der Werner, den sie vor zwanzig Jahren geheiratet hatte. Er war ein Soldat, dem Führer hörig, verloren, in Dunkelheit lebend.

Er packte sie an beiden Armen und drückte sie fest gegen die Wand. Sein Gesicht war ihrem so nah, dass sie den Alkohol riechen konnte.

»Sag mir sofort, wo Annemarie ist!«

Sie schwieg weiterhin. Eher würde sie sterben, als ihre Tochter zu verraten. Sie hatte schon ihren Sohn und ihren Mann verloren, nicht noch ihre Annemarie und das Enkelkind.

Werner ließ sie los und schlug ihr mit der flachen Hand ins Gesicht. Ihre Wange brannte wie Feuer. Da folgte der nächste Schlag, dieses Mal mit der Faust und mit solch einer Wucht, die sie auf den harten Steinfußboden stürzen ließ.

»Wo ist sie?«, brüllte er.

Mit einer Hand fasste Werner ihren Hals und zog sie hoch. Ihre Knie zitterten so stark, dass sie zusammengesunken wäre, wenn er sie nicht gehalten hätte.

»Sprich endlich!«

Doch Therese schwieg weiterhin. Werner drückte zu. Sie riss den Mund auf, um Luft zu bekommen, aber es reichte nicht. Sie hörte ihr eigenes Röcheln. Es klang wie ein verendendes Tier. Vor ihren Augen flimmerte es. Sie spürte ihre Beine nicht mehr. Die Tür wurde aufgestoßen und jemand schrie. Schritte näherten sich. Sie stürzte zu Boden.

Lieber Gott, bitte beschütze meine Annemarie, war ihr letzter Gedanke, bevor sie bewusstlos wurde.

Kapitel 39

2000

»Eine schöne Gruppe habe ich heute zusammengestellt«, sagte Markus und schüttelte den Kopf. »Das ist mir auch noch nicht passiert.«

Saskia und Sebastian waren nicht mehr zu sehen. Julia war froh darüber und schwieg. Saskias Seitenhiebe hatten ihr stärker zugesetzt, als sie für möglich gehalten hätte. So ein unverschämtes Weib! Sebastian würde früher oder später einsehen, an was für eine Schnepfe er geraten war. Vor ein paar Wochen war er noch bei ihr gewesen und hatte sie angebettelt, zurückkommen zu dürfen. Lange hatte sein Liebeskummer nicht angehalten.

Markus riss sie aus ihren Gedanken.

»Du machst das wirklich gut. Ein paar weitere Touren und du wirst deine Höhenangst im Griff haben.«

»Das glaube ich nicht, aber danke für deine netten Worte.«

»Das sind nicht nur nette Worte. Du bist heute so weit gekommen. Das schafft nicht jeder mit dieser Phobie.«

Markus schien Recht zu haben. Ihre Angst war kaum noch zu spüren, nur ein zartes Kribbeln im Magen war geblieben. Markus hielt sich dicht hinter ihr. Das gab ihr Sicherheit. Ihre Augen richtete sie jedoch immer fest auf den Weg vor ihr. Die Aussicht würde sie von einem sichereren Standpunkt aus genießen.

Ein letzter Schritt, dann fiel sie auf die Knie. Das Plateau war erreicht. Einige Wanderer beäugten sie neugierig, aber die Blicke waren ihr egal. Sie hatte eine wahrhaft grandiose Leistung erbracht. Ihr Bruder wäre stolz auf sie gewesen, und ihr Vater erst. Sie musste es ihm heute noch erzählen.

»Gratuliere!«

Sebastian reichte ihr die Hand.

»Wo ist denn deine Saskia?«, fragte Julia und ließ sich von ihm hochziehen.

Wenn er ihren schnippischen Unterton bemerkt hatte, ignorierte er ihn gekonnt.

»Sie war schon beim Gipfelkreuz und jetzt sitzt sie irgendwo da unten vorm Restaurant und sonnt sich. Aber ich wollte auf dich warten.«

»Ich möchte auch zum Gipfelkreuz«, sagte Julia. »Schließlich brauche ich ein Beweisfoto. Sonst glaubt mir das mein Vater nie.«

Der Aufstieg zum Kreuz war durchgehend mit Seilen gesichert. Julia griff mit beiden Händen danach und zog sich hoch. Markus musste sie nicht mehr unterstützen. Wenn ihr vor ein paar Wochen jemand gesagt hätte, sie würde freiwillig zwischen den Felsen herumkraxeln, sie hätte ihn ausgelacht.

»Wow, was für ein herrlicher Ausblick!«

Vorsichtig drehte sie sich um die eigene Achse und genoss das Panorama. Berge, soweit das Auge reichte. Hier an der Grenze zu Österreich schien es nur noch Gipfel zu geben. Bis zum Horizont erstreckte sich das Felsenmeer aus grauem Kalkstein.

Eine Gruppe Wanderer erreichte ebenfalls den Ausblick. Fröhlich plappernd drängten sie sich an Julia vorbei ans Gipfelkreuz. Sie war gezwungen, näher an den Rand heranzutreten und sah sich bereits in die Tiefe stürzen. Ihr Herz schlug schneller und eine leichte Übelkeit stieg auf. Markus schien zu spüren, was in ihr vorging und nickte ihr zu.

»Schaffst du es allein hinunter?«, fragte er.

Julia streckte ihm den nach oben gerichteten Daumen entgegen. Sie wollte ihm folgen, doch Sebastian hielt sie zurück.

»Warte kurz, Julia. Es tut mir alles so leid. Das musst du mir glauben.«

Er atmete tief ein und schaute sie mit einem flehenden Blick an, der Franzl Konkurrenz gemacht hätte. Dann griff er nach ihrer Hand.

»Ich liebe dich noch immer.«

Julia schluckte und schloss die Augen, doch das verstärkte nur noch das Übelkeitsgefühl. Hatte sie gerade richtig gehört? Was fiel ihm ein, sie in dieser Situation mit seinen Liebesschwüren zu überfallen? Bevor sie etwas entgegnen konnte, redete er schon weiter.

»Ich habe einen Fehler gemacht. Aber du sollst wissen, dass ich es zutiefst bereue. Wenn es eine Möglichkeit gibt, es wieder gutzumachen, sag es mir.«

Julia schüttelte den Kopf und lief los. Sie wollte nur noch weg von ihm. Markus war bereits unten angekommen und winkte ihr zu.

»Du kannst mich doch nicht einfach so stehen lassen!«

Sie ignorierte seine Rufe und fasste nach dem Seil, um den Abstieg zu beginnen. Die Felsen waren von den vielen Wanderschuhen glatt poliert. Sie musste sich konzentrieren, um nicht abzurutschen. Ihre Handinnenflächen brannten wie Feuer, so sehr klammerte sie sich an das Seil.

»Julia, ich liebe dich!«

Das Echo seiner Worte hallte durch die Talsenke.

»Vielleicht hat es nun auch Saskia gehört«, murmelte sie vor sich hin.

Sie drehte sich nach ihm um.

»Hör bitte damit …«

In diesem Moment rutschte ihr Fuß auf dem blanken Felsen ab und das Seil glitt ihr aus den schweißnassen Händen. Sie hörte noch, wie Markus und Sebastian gleichzeitig nach ihr riefen. Dann verspürte sie einen ungeheuren Schmerz, als sie auf dem Stein aufschlug. Im nächsten Moment wurde es dunkel.

Kapitel 40

1943

Der Schlüssel rasselte im Schloss und die Tür wurde mit solch einer Wucht aufgestoßen, dass sie gegen die Wand schlug. Joseph zuckte zusammen und setzte sich auf.

»Du kannst gehen«, sagte der Wärter, ohne eine Miene zu verziehen.

Als sich Joseph nicht rührte, verdrehte er die Augen. »Bist du taub, Junge? Du bist entlassen. Raus mit dir. Die Zelle wird benötigt.«

Am Ausgang erhielt Joseph seine Kleidung zurück. Keine zehn Minuten später trat er durch das Tor des Gefängnisses und stand auf dem Bürgersteig. Er atmete tief durch und hielt das Gesicht in die wärmende Sonne. Er war wieder frei und nicht mehr umgeben von den einengenden Gitterstäben vor dem Zellenfenster. Er konnte sein Glück kaum fassen. *Kein Prozess? Ob Mutter auch so glimpflich davonkommt?* Ein Stich fuhr ihm ins Herz beim Gedanken an sie.

Etliche Menschen drängten sich an ihm vorbei, aber sie sahen ihn nicht an. Joseph fragte sich, ob sie spürten, was er getan hatte. Er schaute auf die andere Straßenseite. Dort stand sein Vater. Er lebte!

»Vater!«, rief er und rannte über die Straße. Der Pritschenwagen, auf dessen Ladefläche ein paar Soldaten saßen, bremste gerade noch rechtzeitig.

»Mensch, pass doch auf!«, brüllte der Fahrer. »Sonst hast du nicht viel von deiner Freiheit.«

Joseph umarmte seinen Vater und drückte sein Gesicht in dessen Mantel. Tief atmete er den Geruch nach Wollwaschmittel und Tabak ein, den er so vermisst hatte.

»Ich hatte solche Angst, du wärst an der Front gefallen. Wir haben so lange nichts von dir gehört. Wo warst du denn die ganze Zeit?«

»Genug Rührseligkeiten, Junge.« Sein Vater schob ihn hastig von sich. »Es gab eine Nachrichtensperre. Wir durften keine Post mehr nach Hause schicken. Aber nun bin ich wieder da.«

Joseph schaute sich um.

»Wo ist Mutter?«

»Deine Mutter hat schwere Schuld auf sich geladen. Schlimm genug, dass sie dich mit in die Sache reingezogen hat. Sie wird sich einem Prozess stellen müssen.«

»Vater, das habe ich nicht gewollt«, sagte Joseph.

So sehr er auch versuchte, die Tränen zurückzuhalten, es gelang ihm nicht.

»Hör auf zu heulen, Joseph! Du bist ein Mann und wirst hier nicht in der Öffentlichkeit wie ein Mädchen flennen. Es war gut, dass du dem Ganzen ein Ende bereitet hast. Juden in unserem Hause, das ist die Höhe!«

Verstohlen wischte Joseph sich mit dem Ärmel über die Augen und schniefte. Er fühlte sich nicht wie ein Held. Ein Verräter war er. Er hatte seine Familie zerstört.

»Wo ist Annemarie?«, fragte sein Vater.

Den Fehler begehe ich nicht noch einmal. Meine Schwester werde ich nicht ausliefern. Er ahnte, was sein Vater mit ihr anstellen würde, wenn er von dem ungeborenen Kind erfuhr, einem halbjüdischen Kind.

»Sie ist verschwunden. Ich habe nichts von ihr gehört.«

Sein Vater sah ihn durchdringend an. Joseph hatte das Gefühl, er würde direkt in seinen Kopf schauen und seine Gedanken lesen, aber er hielt dem Blick stand.

»Sagst du die Wahrheit? Deine Mutter wusste angeblich auch von nichts.«

»Das ist die Wahrheit, Vater. Eines Tages war sie weg, sie hat nur ihren Koffer mitgenommen.«

***

Therese schlug die Augen auf. Sie lag in einem Krankenhausbett, ihre Arme waren fixiert. Links und rechts von ihr sowie auf der gegenüberliegenden Seite befanden sich weitere Betten. Die meisten davon waren belegt. Schwestern eilten hin und her wie ein Schwarm Bienen, um die Patientinnen zu versorgen. Therese versuchte, ihnen etwas zuzurufen, aber ihr Hals war ausgetrocknet und sie bekam einen Hustenanfall. Eine Lernschwester näherte sich ihrem Bett.

»Frau Bergmüller, bitte sprechen Sie nicht. Trinken Sie etwas.«

Das Wasser war trübe und lauwarm, doch trotzdem genoss sie die Flüssigkeit. Was war geschehen? Hatte sie nicht gerade im Besucherraum gesessen? Sie fühlte einen Verband an ihrem Hals.

Die Schwester setzte die Tasse ab und murmelte:»Eine Schande, dass das Schwein damit ungeschoren davonkommt ...«

Therese flüsterte krächzend:»Was haben Sie da gesagt?«

»Nichts, nichts. Ich habe gar nichts gesagt. Ruhen Sie sich aus, Frau Bergmüller. Das wird schon wieder.«

Kapitel 41

2000

»Julia, Julia! Ist alles in Ordnung?«

Sie hörte Sebastians Worte wie durch meterdicken Nebel. Um sie herum herrschte Finsternis, als wäre sie in einen tiefen Brunnen gefallen. Eine Hand berührte sie am Hals, jemand drückte ihre Finger. Sie versuchte zu schreien, aber es gelang ihr nicht. Ihre Beine und Arme gehorchten ihr ebenfalls nicht. Sie schien zur Bewegungslosigkeit verdammt. Was war passiert und wo befand sie sich?

»Sie ist bewusstlos«, sagte Markus. »Ich fühle einen Puls. Sie hat ganz schön was abbekommen. Hilf mir mal. Ich muss mir die Kopfwunde anschauen.«

Ein unerträglicher Schmerz schoss durch ihr rechtes Bein, als sie bewegt wurde. Sie schrie auf. Langsam lichtete sich der Nebel, die Schmerzen blieben. Sie wünschte sich in die Bewusstlosigkeit zurück.

»Julia, hörst du mich?«

Sie öffnete die Augen. Markus kniete neben ihr und drückte ihr sein Halstuch auf die Stirn. Sebastian hatte das Handy am Ohr. Er hatte diese roten Flecken im Gesicht, wie immer, wenn er aufgeregt war.

»Ich bin es, Markus. Erkennst du mich?«

Julia versuchte zu nicken.

»Autsch!«

Sie biss die Zähne zusammen, um nicht loszuheulen.

»Mein Kopf tut so schrecklich weh und mein rechtes Bein auch.«

Markus tastete ihr Bein behutsam ab. Sie schrie erneut auf.

»Tut mir leid. Es könnte gebrochen sein, aber das wird das Röntgenbild im Krankenhaus zeigen. Die Bergwacht ist bald da. So lange musst du leider noch durchhalten.«

Julia blinzelte. Durch den Tränenschleier hindurch sah sie Sebastians besorgtes Gesicht. Er beugte sich zu ihr herunter und griff nach ihrer Hand.

»Was hast du denn für einen Mist angestellt?« Saskia stand mit verschränkten Armen über ihr und schüttelte theatralisch den Kopf. Julia schloss die Augen. Diese Zicke sollte verschwinden. »Julia? Alles in Ordnung? Mach doch bitte die Augen wieder auf«, flehte Sebastian und beugte sich zu ihr. Sie spürte seinen Atem.

»Willst du sie etwa küssen?«

»Saskia, halt einfach deinen Mund«, sagte Markus genervt. »Wenn du dich nützlich machen willst, geh wieder runter zum Plateau und zeige den Rettungskräften den Weg. Der Hubschrauber müsste jeden Moment kommen.«

Trotz ihrer Schmerzen musste Julia sich das Lachen verkneifen. Saskia klappte den Mund auf und zu wie ein Fisch auf dem Trockenen.

»Sebastian, warum lässt du zu, dass der Typ so mit mir redet?«

Er ignorierte sie. Daraufhin trat Saskia den Rückzug an.

»Ich glaub es ja nicht«, sagte Markus ein paar Minuten später. »Die haut doch tatsächlich ab. Deine Freundin ist unmöglich.«

Sebastian lief rot an und murmelte: »Sie ist nicht meine Freundin, nicht mehr.«

»Du wirst bald wieder auf dem Damm sein«, sagte er und drückte sanft Julias Hand. »Dann musst du nie wieder auf einen Berg. Du musst doch keinem was beweisen. Es weiß doch auch so jeder, was für eine wunderbare Frau du bist. Und ich Blödmann habe das nie begriffen.«

Seine Augen schimmerten feucht. Julia wich seinem Blick aus. Sie wollte nichts sagen, was sie später bereuen könnte. Sebastian stand genauso unter Schock wie sie. Ein merkwürdiges Gefühl überkam sie. Es fühlte sich an, als würde sie federleicht werden und davonschweben.

»Toni und Großvater, jemand muss ihnen Bescheid geben«, flüsterte sie.

»Ich gehe dann sofort zur Hütte und schaue, wie ich ihnen helfen kann. Mach dir keine Sorgen.«

»Danke, Sebastian. Vielen Dank.«

Das Brummen eines Helikopters näherte sich. Die Kopfschmerzen verstärkten sich und das Bild vor ihr verschwamm wie bei einem zu feuchten Aquarellbild. Ihr rechtes Bein schmerzte nicht mehr. Vielmehr fühlte es sich an, als wäre es gar nicht mehr da. *Wo ist mein Bein?*, dachte sie noch, dann verschluckte die Dunkelheit sie erneut. Zuvor hörte sie noch Sebastians Worte: »Ich liebe dich, Julia.«

Kapitel 42

1943

Seit Tagen lag Therese auf der Krankenstation. Immer wieder schreckte sie aus fiebrigen Alpträumen auf. Sobald sie erwachte, verschwand der Verfolger im Nebel. Ihr war abwechselnd heiß und kalt und sie zitterte am ganzen Körper. Die Schwester erneuerte in kurzen Abständen die Wadenwickel und tupfte ihre Stirn mit kaltem Wasser ab. Nur langsam sank das Fieber.

Therese saß im Bett und löffelte eine dünne Suppe. Es war nicht das, was sie eine Suppe genannt hätte, aber nach den kraftzehrenden Tagen war es eine Wohltat, wieder essen zu können.

»Ich sehe, es geht Ihnen schon ein wenig besser, Frau Bergmüller.«

Die Schwester lächelte und reichte ihr eine dünne Scheibe Brot.

»Nehmen Sie bitte. Sie müssen zu Kräften kommen.«

Als sich die junge Frau zum Gehen wendete, hielt Therese sie sanft am Handgelenk fest.

»Wie ist Ihr Name, junge Frau?«

»Ich heiße Bernadette.«

»Schwester Bernadette, würden Sie mir bitte einen Gefallen tun?«

Die Schwester schaute sich in alle Richtungen um. Dann nickte sie.

»Ich muss einen Brief schreiben. Könnten Sie mir bitte Papier und einen Stift bringen und ihn dann für mich aufgeben?«

»Sie wissen, dass alle Briefe von der Gefängnisleitung kontrolliert werden?«

Therese nickte.

»Aber natürlich nur die von den Insassen, nicht die vom Personal«, sagte Bernadette und zwinkerte.

Beim nächsten Wechseln der Wadenwickel steckte sie ihr einen Bogen Papier und einen Bleistift zu. Langsam und mit zitternden Fingern schrieb Therese eine Nachricht an ihre Tochter.

Meine liebe Annemarie,
ich bin mir nicht sicher, ob du bereits gehört hast, dass ich im
Gefängnis bin. Mach dir bitte keine Sorgen um mich. Bald wird
sich alles aufklären und ich werde wieder daheim sein. Dein Vater
ist von der Front zurückgekehrt und er ist ein Anderer geworden.
Er wird dich suchen und er darf auf keinen Fall erfahren, dass du
ein Kind erwartest. Bitte Hildegard, dich in Sicherheit zu bringen.
Sie wird wissen, was zu tun ist.
Sei gegrüßt bis zu unserem Wiedersehen, deine Mutter

Therese rang Bernadette das Versprechen ab, den Brief so rasch
wie möglich bei der Post aufzugeben. Sie wusste, wie viel die
Schwester für sie riskierte und sie war dankbar dafür. In diesen
Zeiten gab es kaum noch Menschen, die etwas aus reiner Nächs-
tenliebe taten. Würde Annemarie sicher sein? Und was würde aus
Joseph werden? Er war ein Kind und hatte die Konsequenzen
seines Handelns nicht überblickt. Sie liebte ihn, egal, was er getan
hatte. Er war ein hilfsbereiter und liebenswürdiger Junge gewesen,
aber der Krieg und der fehlende Vater in den letzten Jahren hatten
ihn verändert.

***

Joseph lag in seinem Bett und starrte mit offenen Augen in die
Dunkelheit. Der Vater war am frühen Abend ins Wirtshaus aufgebrochen und noch nicht zurückgekehrt. Die Mutter und Annemarie fehlten ihm. Es war so still hier oben, seit sie weg waren.
Die einzige Gesellschaft tagsüber waren die Kühe, die der Vater
gekauft hatte. Aber in den Nächten übermannte ihn die Einsamkeit.
Er hatte ein Gefängnis verlassen und war in einem anderen
angekommen. Die Gedanken an seinen Verrat raubten ihm den
Schlaf.
Der Vater besuchte beinahe jeden Abend das Wirtshaus und
betäubte sich mit Alkohol. Seit er wieder daheim war, schlug er oft
ohne Vorwarnung zu. Der Krieg hatte ihn in einen verbitterten und

brutalen Säufer verwandelt. Joseph übernahm die ganze Arbeit auf der Alm und das wenige Geld, was er verdiente, wanderte in die Taschen des Wirtes.

***

Annemarie hielt die winzige Johanna auf dem Arm und beruhigte sie. Sie war ein zufriedenes Kind, aber sobald die Flugzeuge dicht über die Häuser hinweg flogen, schrie sie vor Angst. Sie war in Hildegards Wohnung zur Welt gekommen. Krankenhäuser waren nicht sicher. Sie konnten von Bomben getroffen oder überfallen werden. Als die Hebamme eintraf, war Johanna bereits geboren. Die Kleine hatte es eilig gehabt, obwohl Annemarie ihr gern gesagt hätte, sie könne sich ruhig Zeit lassen.

Wenn niemand in Hörweite war, erzählte sie ihrer Tochter von Aaron. Sie klammerte sich an die Hoffnung, dass der Krieg bald vorbei sei und sie sich auf die Suche nach ihm begeben könnte.

»Post für dich«, rief Hildegard aus dem Hausflur. »Kein Absender. Aber die Schrift, die kommt mir bekannt vor. Der Brief kann nur von deiner Mutter sein.«

Annemarie eilte mit Johanna auf dem Arm zu ihrer Tante und zog ihr den Brief aus den Händen. Sie verschwand wieder in ihr Zimmer, setzte sich mit Johanna auf dem Schoß in den Sessel und öffnete das Kuvert mit zitternden Fingern. Ihre Mutter war ein hohes Risiko eingegangen, um ihr diese Botschaft zu schicken. Sicher hatte ihr jemand dabei geholfen.

»Was sollen wir jetzt nur machen?«, fragte sie, nachdem sie ihrer Tante den Brief vorgelesen hatte.

Diese schwieg eine Weile und drehte und wendete den Briefbogen in ihren Händen.

»Ich bringe dich erst mal zu einer Freundin. Die wohnt auf dem Land. Dort bist du vorerst sicher. Wenn ein wenig Zeit verstrichen ist, ohne dass dein Vater hier auftaucht, hole ich dich wieder zurück.«

Kapitel 43

2000

Sie hörte Stimmen, verschiedene Männerstimmen.

»Das sieht nicht gut aus.«

Worüber redeten die?

»Vorsichtig bewegen.«

»Hoffentlich behält sie keine bleibenden Schäden.«

Um sie konnte es nicht gehen. Sie hatte doch nur etwas Kopfweh und schlimmstenfalls ein gebrochenes Bein. Sie war noch einmal glimpflich davongekommen.

»Sie öffnet die Augen.«

Ein Unbekannter im Arztkittel beugte sich über sie und blendete sie mit einem hellen Licht. Sein Atem roch nach Pfefferminzbonbons. Ein Stethoskop baumelte um seinen Hals. Er lächelte und hielt ihre Hand. Ein wenig erinnerte er sie an einen dieser Darsteller in einer Vorabendarztserie.

»Hallo, Frau Huber. Sie sind im Klinikum in Garmisch. Die Bergrettung hat Sie hergeflogen. Sie haben eine Weile geschlafen. Wir schauen jetzt genauer nach, was Ihnen fehlt. Können Sie sich noch daran erinnern, was passiert ist?«

Julia öffnete den Mund, brachte aber nur ein Krächzen zustande. *Verdammt, was stimmt denn hier nicht? Was ist mit mir los?*

Sie atmete heftiger und versuchte, sich aufzurichten.

»Ganz ruhig, Frau Huber. Bleiben Sie bitte liegen.«

Der Arzt drückte sie sanft zurück auf die Liege.

»Wir machen jetzt eine MRT-Aufnahme und schauen mal, was mit Ihrem Kopf und Ihrem Bein los ist. Keine Angst, das wird schon wieder.«

Keine Angst? Ich kann nicht reden! Macht doch was!

Julia lag in der MRT-Röhre und versuchte, nicht darüber nachzudenken, wie eng und laut es darin war. Sie fühlte sich, als wäre sie in einem Lautsprecher eingeschlossen, der pausenlos Techno-Rhythmen von sich gab. Was war eigentlich passiert? Sie konnte sich noch daran erinnern, zusammen mit Markus und Sebastian am Gipfelkreuz gestanden zu haben. Irgendetwas hatte er zu ihr gesagt. Aber was? Sie war abgerutscht, weil sie unaufmerksam und wütend war. Dafür musste es doch einen Grund gegeben haben. Doch so sehr sie sich auch anstrengte, ihre Erinnerungen blieben verschwommen. Es war, als würde sie versuchen, eine leere Zitrone auszuquetschen.

»Sie ist wach«, hörte sie Sebastians Stimme und kurz darauf ihren Großvater:»Endlich.«

Vergeblich versuchte sie, ihren Kopf zu drehen. Es funktionierte nicht. Hatte sie sich einen Nerv eingeklemmt? Schmerzen verspürte sie keine, dank der Schmerzpumpe, die stetig für Nachschub an Opioiden sorgte. Sie gab ihrem Hirn den Befehl, mit den Zehen zu wackeln, aber es passierte nichts. Hatte sie überhaupt noch Zehen?

»Nicht bewegen«, sagte Sebastian. Er beugte sich zu ihr herunter und küsste sie auf die Stirn.

Ihr Großvater stellte sich auf die andere Seite des Bettes und drückte ihre Hand.

»Julia, mein Schatz. Was machst du für Sachen? Wir haben uns solche Sorgen gemacht. Toni kommt auch gleich.«

Aus ihrem Mund drang erneut dieses unheimliche Röcheln.

»Warte, trink erst mal einen Schluck.«

Sebastian hielt ihr eine Schnabeltasse an die Lippen. Sie versuchte, die Gedanken an sterbenskranke oder alte Menschen zu vermeiden, die sie mit diesem Gegenstand verband. Gierig saugte sie an der Tasse. Die kühle Flüssigkeit war eine Wohltat für ihren ausgetrockneten Hals. Sie hatte vergessen, wie wunderbar Wasser schmeckte.

Die Tür flog auf.
»Du bist wach!«

Toni stürmte an ihr Bett und küsste sie auf den Mund. Aus den Augenwinkeln sah sie Sebastians erschrockenen Gesichtsausdruck.

»Hey, hey, Junge, beruhige dich mal«, sagte ihr Großvater und zog Toni beiseite. »Julia muss erst mal richtig zu sich kommen.«

Ein Arzt betrat den Raum. Es war nicht der mit dem Pfefferminzgeruch, der sie aufgenommen und zum MRT gebracht hatte. Dieser war ein schlaksiger Typ mit Hornbrille und gegelter Frisur, der eher wie ein Computerspezialist aussah. Der Kittel wirkte an ihm wie ein Faschingskostüm. Das Namensschild wies ihn als Dr. Meyer aus.

»Frau Huber, Sie weilen ja wieder unter den Lebenden, wie ich sehe«, sagte er und zwinkerte ihr zu. »Mein Name ist Meyer und ich bin Ihr behandelnder Arzt.«

Julia war weder in der Lage, zu nicken noch mit dem Kopf zu schütteln. Ihrem Mund entwich ein »Grrr …«, ein Geräusch, welches sie an Franzl erinnerte, wenn er seinen Knochen verteidigte. Sebastian setzte sich an den Bettrand und tätschelte ihre Hand, als wäre sie ein Pferd. Sie versuchte, den Arm wegzuziehen.

»Bitte nicht bewegen, Frau Huber. Ihre Halswirbelsäule hat etwas abbekommen. Sie tragen deshalb eine starre Schiene um den Hals.«

»Grrr …«

»Ihre Stimme kommt bestimmt bald wieder. Wir mussten Sie für ein paar Tage intubieren, weil Sie nicht selbstständig atmen konnten.«

Julia riss die Augen weit auf. Wie lange war sie bewusstlos gewesen? Dr. Meyer schien ihre Gedanken gelesen zu haben.

»Sie sind seit acht Tagen auf unserer Station. Und es wird auch noch eine Weile dauern, bis Sie wieder so fit sind, dass Sie nach Hause können.«

»Wird sie wieder völlig gesund?«, fragte Sebastian.

Der Arzt zögerte einen Moment. Es waren nur wenige Sekunden, doch Julia war klar, was das für sie bedeutete. Tränen schossen ihr in die Augen. Dr. Meyer lächelte sanft.

»Machen Sie sich keine Sorgen. Es wird dauern, aber wir werden alles tun, damit sie wieder auf die Beine kommt.«

Julia fragte sich, wie oft er diese Worte schon verwendet hatte und wie oft sie in Erfüllung gingen.

»Was soll das heißen?«, hakte ihr Großvater nach.

»Momentan kann man noch nichts absehen, aber ich befürchte, sie wird eine Weile brauchen, bis sie wieder laufen kann. Sie ist nicht vollständig gelähmt, aber Genaueres kann ich erst nach weiteren Untersuchungen sagen.«

»Oh, mein Gott!«

Joseph ließ sich auf einen Stuhl neben Julias Bett sinken und verbarg sein Gesicht in den Händen.

»Es tut mir leid, dass ich aktuell keine besseren Nachrichten überbringen kann. Aber sie ist jung und hat die besten Chancen, wieder vollständig gesund zu werden.«

Dr. Meyers Telefon klingelte. Er entschuldigte sich und eilte aus dem Zimmer.

»Was soll denn jetzt aus dem Hof werden?«, fragte Joseph.

»Mach dir darum keine Sorgen«, sagte Toni. »Ich bin doch da. Die Hauptsache ist, dass Julia wieder gesund wird.«

»Natürlich! Das weiß ich selbst. Aber du schaffst das nicht alles allein. Und wer weiß, wie lange ich …«

Toni warf Joseph einen scharfen Blick zu.

»Grrr …«

Julia ballte die Fäuste und zog die Augenbrauen zusammen. Alle redeten nur *über* sie, nicht *mit* ihr. Sie war noch immer da, auch wenn sie nicht reden konnte.

»Julia, was ist los? Hast du Schmerzen?«, fragte Sebastian.

Sie seufzte und bewegte die Hand.

»Willst du etwas aufschreiben?«

Sie blinzelte. Ihre Finger umfassten zitternd den Kugelschreiber. Mit krakeligen Buchstaben wie ein Erstklässler schrieb sie: SEBASTIAN HILF TONI.

»Natürlich!« Sebastian nickte eifrig. »Ich unterstütze euch, wo es nur geht. Ihr müsst mir nur sagen, was ich tun soll.«

Julia schrieb weiter.

RUF BERNHARD AN.

»Ja, Kleines, das mache ich«, sagte Joseph. »Ist er denn immer noch in Afrika?«

Julia blinzelte erneut. Dann schrieb sie: ELISABETH. PAPA.

Die Nacht war grausam und sie wünschte sich die Bewusstlosigkeit zurück. Sie schloss die Augen und versuchte einzuschlafen, aber ihr Gehirn war nicht bereit dafür. Die Gedanken kreisten pausenlos durch ihren Kopf.

Sie dachte an Toni, seinen Kuss, an Sebastians besorgtes Gesicht und an ihren Großvater, der schwer krank war und sich nun auch noch um sie sorgte, an Bernhard, der ihretwegen seine Reise abbrechen würde. Warum war ihr Vater nicht hier? Wie ging es Franzl? Was machte Amadeus?

Sie sehnte sich nach Elisabeth. Was würde sie jetzt für ein erfreuliches Horoskop ihrer Freundin geben. *Werde ich je wieder laufen können? Was, wenn nicht? Rollstuhl? ROLLSTUHL?* Alles in ihr schrie: *Nein, nein, nein!*

Noch vor Sonnenaufgang rissen sie die ersten Geräusche auf dem Stationsgang aus ihren trüben Gedanken.

Kapitel 44

1943

Der Tag der Anklage war gekommen. Therese durfte zum ersten Mal ihre Gefängniskleidung ablegen und in ihrer eigenen Kleidung vor Gericht erscheinen. Ihr wurde ein ausgiebiges Bad gewährt. Nach dem Abtrocknen schaute sie in den Spiegel und bemerkte, wie schmal sie geworden war. Falten hatten sich tief in ihr Gesicht gegraben und ihre Haare wirkten stumpf. Sie erkannte die ältere Frau kaum wieder, die ihr da entgegenblickte.

Ein Polizist begleitete sie zum Gerichtsgebäude. Er legte ihr Handschellen an, als wäre sie eine Schwerverbrecherin. Die Menschen auf der Straße warfen ihr verstohlene Blicke zu. Therese schaute auf den Bürgersteig. Sie würde vor Scham im Boden versinken, wenn sie in ein ihr bekanntes Gesicht schauen würde.

Sie musste sich selbst verteidigen. Geld für einen Anwalt besaß sie nicht und von Werner war keine Unterstützung zu erwarten. Sie hoffte auf einen gnädigen Richter.

Der Polizist führte sie in den Gerichtssaal. Thereses Herzschlag setzte beinahe aus, als sie die vielen Menschen sah. Alle Sitzplätze waren besetzt. Die Anwesenden, die keinen Platz ergattert hatten, drängten sich in der hintersten Reihe und den Seitengängen eng zusammen. Therese erkannte einige ihrer Nachbarn und Mitglieder der Kirchgemeinde. Das waren Menschen, mit denen sie früher gescherzt und an Festtagen gefeiert hatte. Jetzt saßen sie mit versteinerten Gesichtern auf den Bänken, um ihren Untergang mit anzusehen. Sie nickte ihnen mit einem Lächeln zu, doch sie wendeten den Blick von ihr ab. Dann entdeckte sie ihn in der letzten Reihe. Werner war gekommen. Er starrte sie feindselig an. Wenigstens hatte er Joseph nicht mitgenommen. Therese nahm auf der Anklagebank Platz und kehrte ihnen den Rücken zu.

Der Staatsanwalt verlas die Anklage. Es war eine schier endlose Liste an Vergehen und der zu verhängenden Strafe. Sie verstand davon nur einzelne Worte wie Verrat, Volksschädlingsverordnung und Konzentrationslager.

»Frau Therese Bergmüller, haben Sie etwas zu Ihrer Verteidigung vorzubringen?«

Therese stand auf und blickte erst dem Staatsanwalt, dann dem Richter fest in die Augen.

»Ich habe kein Verbrechen begangen. Ich wollte nur helfen.«

Mehr gab es nicht zu sagen. Sie wusste, dass Worte sie nicht retten würden. Die Hoffnung auf ein Wunder gab sie auf. In diesen gottlosen Zeiten gab es keine Wunder. Aus guten Taten waren Verbrechen geworden, aus Freunden wurden Feinde. Der Richter nickte und zog sich zu einer kurzen Beratung zurück.

Frau Bauer, bei der sie viele Jahre lang Gemüse und Obst eingekauft hatte, trat an ihren Tisch.

»Sie sollten sich was schämen, Frau Bergmüller. Ich habe immer gedacht, Sie wären eine anständige Person. Pfui!«

Therese entgegnete nichts. Sie hörte das Raunen hinter ihrem Rücken, aber sie drehte sich nicht um, sondern richtete ihren Blick starr auf die Tür, durch die der Richter zurückkommen würde, um sein Urteil über sie zu fällen. Sie betete still. *Herr Jesus, hilf mir!*

»Im Namen des deutschen Volkes ergeht folgendes Urteil: Ich verurteile Sie, Frau Therese Bergmüller, wegen Hochverrats und Verstoßes gegen die Volksschädlingsverordnung zu einer Haft von 24 Monaten im Konzentrationslager Dachau.«

Der Hammerschlag klang in Thereses Ohren wie ein Gewehrschuss und sie wünschte, es wäre einer gewesen. Sie schloss die Augen und sackte in sich zusammen.

Kapitel 45

2000

Die Tür öffnete sich und Julias Vater trat ein. Er blieb einige Schritte entfernt von ihrem Bett stehen und betrachtete sie stumm. An seinen rotgeränderten Augen erkannte sie, dass er geweint haben musste.

»Julia, was hast du nur angestellt?«

»P... Pa...«

Ihr Vater setzte sich an die Bettkante und umarmte sie so vorsichtig, als wäre sie eine Porzellanfigur.

»Die Ärzte haben mir gesagt, dass du noch nicht richtig sprechen kannst. Aber Sebastian hat mir von dem Unfall erzählt. Du hast doch Höhenangst. Was hattest du auf dem Gipfel zu suchen?«

Julia blinzelte.

»Ach, das ist nun auch egal. Das Wichtigste ist, du wirst wieder ganz gesund.«

Ihr Vater blieb nicht lange. Sie sah ihm an, dass er es kaum ertragen konnte, sie in einem Krankenhausbett liegen zu sehen. Die Erinnerungen an seine verstorbene Frau quälten ihn noch immer und er hasste diese Hilflosigkeit. Julia verübelte es ihm nicht. Sie selbst fühlte sich wie ein wehrloser Käfer, der auf dem Rücken gelandet und dazu verdammt war, auf Hilfe zu hoffen.

Sie musste nicht lange auf den nächsten Besuch warten. Elisabeth stürzte ins Zimmer und bekam bei ihrem Anblick sofort einen Weinkrampf.

Julia fragte sich, ob es ihre Aufgabe war, ihre Besucher zu trösten. Wer lag denn hier bewegungsunfähig im Bett?

»Hrrr... Hö... Hör auf.«

Die ersten Worte, endlich. Sie hätte vor Glück in die Luft springen können, wenn sie denn hätte springen können.

»Hast du schon was von Bernhard gehört?«, fragte Elisabeth.

»Nein.« Julia räusperte sich. Ihr Hals brannte, als hätte sie einen Whisky getrunken, und das Sprechen war anstrengend. Langsam reihte sie Wort an Wort. »Mein Großvater wollte ihm Bescheid geben.«

»Mensch, Jule. Wie konnte das nur passieren? Warum hat der Bergführer nicht auf dich aufgepasst?«

»Er kann nichts dafür. Ich war unachtsam und bin abgerutscht. Es war eine einfache Stelle, aber …«

»Aber was?«

»Ich wollte so schnell wie möglich dort weg. Sebastian …«

»Was hat das denn mit Sebastian zu tun?«

»Das weißt du ja noch gar nicht. Er und Saskia hatten auch die Tour gebucht.«

Elisabeth riss die Augen weit auf.

»Das gibt es doch nicht!«

»Lass mich kurz überlegen. Es ist so ein Durcheinander in meinem Kopf. Ach ja, jetzt fällt es mir wieder ein. Sebastian hat mir gesagt, dass er mich noch liebt und ich wollte einfach nur weg von ihm.«

Elisabeth schaute sie an und schwieg.

»Das hast du wohl in deinen Karten nicht gesehen, was?«

Julia konnte sich ein Grinsen nicht verkneifen.

»Doch, das habe ich. Deswegen bin ich ja so erstaunt. Wer hätte das gedacht? Ich habe gesehen, dass es mehr als einen Mann geben wird.«

»Bitte, was?«

»Na überleg doch mal. Sebastian, Bernhard und …«

»Wer denn noch? Gibt es da noch jemanden, von dem ich nichts weiß?«

»Du scheinst doch ganz schön auf den Kopf gefallen zu sein. Toni natürlich.«

Julia schluckte und wich dem Blick ihrer Freundin aus.

»Ist alles in Ordnung mit dir?«

»Ja, ich bin nur furchtbar müde. Es wird mir gerade alles zu viel.«

Elisabeth drückte ihr einen Kuss auf die Wange und verabschiedete sich mit einem »Es wird alles wieder in Ordnung kommen.«

Sie war gerade eingenickt, als es erneut an der Tür klopfte. Bernhard steckte den Kopf herein.

»Es tut mir so leid, dass ich nicht eher hier sein konnte. Stimmt es, was Sebastian mir erzählt hat?«

Zum Glück schien Sebastian bei seiner Geschichte die Sache mit der Liebeserklärung nicht erwähnt zu haben. Es war schon kompliziert genug.

»Wirst du bleiben?«, fragte Julia und drückte seine Hand.

»Was glaubst du denn? Ich bin natürlich für dich da. Du musst mir nur sagen, wo du wohnen möchtest, wenn du entlassen wirst.«

»Am liebsten möchte ich auf die Alm.«

»Aber das ist unmöglich. Wie soll ich dich dort versorgen? Dort ist ja nichts behindertengerecht.«

Sie schluckte. Dieses Wort *behindert*, das traf doch nicht auf sie zu. Sie war nicht behindert. Das Ganze war eine kurzfristige Angelegenheit und sie würde bald wieder laufen können.

»Ich will bei meinem Großvater sein und bei Franzl und den anderen Tieren. Was soll ich unten in der Stadt?«

»Nun sei doch vernünftig. Was ist, wenn du Hilfe brauchst? Dein Großvater ist selbst zu krank und ich lasse nicht zu, dass Toni …«

Julia kniff die Augen zusammen. Was war hier los? Waren denn alle Männer um sie herum auf einmal verrückt geworden? Tonis Kuss, Sebastians Liebeserklärung und Bernhards Eifersüchteleien, sie kam sich vor wie in einer abgedroschenen Seifenoper.

»Was hast du denn gegen Toni?«

»Sag bloß, du merkst nicht, wie verliebt er in dich ist. Das habe ich bei unserem ersten Aufeinandertreffen gespürt. Soll er dich etwa waschen und anziehen?«

»Vielleicht sollten wir das ein anderes Mal besprechen. Ich bin viel zu müde für solche Entscheidungen.«

Julia schloss die Augen und hoffte, Bernhard würde das Thema beenden. Sie wollte nicht darüber nachdenken, für jeden Handgriff Hilfe zu benötigen. Ein schrecklicher Gedanke. Und sie fragte sich, warum sie beim Wiedersehen nichts gefühlt hatte, nicht das kleinste Kribbeln im Bauch, einfach nichts.

»Du solltest jetzt gehen«, sagte sie mit noch immer geschlossenen Augen. »Ich möchte nicht, dass du mir hilfst. Alles hat sich geändert und ich lasse dich gehen. Lebe dein Leben. Ich wäre nur ein Klotz am Bein.«

Bernhard schwieg. Als die Tür leise ins Schloss fiel, ließ sie den Tränen freien Lauf.

Kapitel 46

1943

Ein Tumult brach hinter ihr los. Einige klatschten Beifall, manche riefen ihr Schimpfwörter zu. Der Richter schlug erneut den Hammer nieder.

»Ruhe im Saal.« Bitte verlassen Sie jetzt das Gebäude.« Erst als es ruhig wurde, öffnete Therese die Augen. Sie erhob sich und drehte sich um. Werner stand in der Tür und starrte sie an. Ihr lief ein Schauder über den Rücken. In seinem Blick lag purer Hass. Der Polizist legte ihr erneut die Handschellen an und schob sie den Flur entlang zum vorderen Ausgang des Gerichts.

»Das geschieht dir ganz recht«, raunte Werner ihr zu. »So etwas passiert mit Leuten, die ihr Volk verraten.«

Vor dem Gerichtsgebäude wartete bereits die Presse. Sie versuchte, den Kopf abzuwenden, aber die Fotografen waren überall. *Hoffentlich bekommt Annemarie nie eine dieser Zeitungen zu sehen.* Der Polizist schob sie weiter durch die Menschenmenge.

»Aus dem Weg!«, brüllte er.

»Frau Bergmüller, was haben Sie zu dem Urteil zu sagen?«

Therese blieb stehen und schaute dem Journalisten direkt ins Gesicht. Der Polizist zerrte an ihrem Arm.

»Was ich dazu sage? Ich bin eine unschuldige Frau und habe nichts verbrochen. Schreiben Sie das in Ihre Zeitung. Ich bin ein guter Mensch und habe meine Christenpflicht erfüllt.«

Eine ältere Frau baute sich vor ihr auf und spuckte ihr vor die Füße.

»Diese Juden zu verstecken, das ist eine Schande! Ein anständiger Deutscher hilft seinesgleichen und nicht diesen Tieren.«

Therese starrte die Frau wortlos an. Überall nur noch Hass und Unmenschlichkeit. Der Polizist packte sie so fest am Arm, dass sie sich dem Griff nicht mehr entziehen konnte, und drängte sie weiter. Die Journalisten und der sensationslustige Mob verfolgten sie bis zum Gefängnis.

Bis zum Transport ins Lager blieben ihr nur noch wenige Tage. Sie versuchte, nicht darüber nachzudenken, was sie dort erwarten würde. Ihre Gedanken galten allein ihren Kindern. Sie hoffte, dass Annemarie die Geburt mittlerweile gut überstanden hatte und sie betete für Josephs Zukunft. Ob sie sie je wiedersehen würde?

Der Schlüssel klapperte im Schloss und die Zellentür wurde geöffnet.

»Mitkommen!«

Sie hasste es, dass immer nur in abgehackten Sätzen und einzelnen Worten mit ihr gesprochen wurde. Nicht einmal einen zusammenhängenden Satz war sie mehr wert. Der Gefängniswärter lief dicht hinter ihr. Sie spürte seinen nach Zwiebeln und Rauch riechenden Atem in ihrem Nacken.

»Wo bringen Sie mich hin?«, fragte sie zaghaft.

Sie erhielt keine Antwort. Den Weg kannte sie. Das war der Gang, der zum Besucherzimmer führte. Ruckartig blieb sie stehen. Noch eine Begegnung mit Werner würde sie nicht durchstehen. Der Wärter schob sie weiter.

Ihr Besucher saß stocksteif auf einem Stuhl.

»Joseph? Mein Sohn!«

Therese stürzte auf ihn zu und fiel schluchzend vor ihm auf die Knie. Sie umfasste sein Gesicht mit den Händen. Er hatte ihr weismachen wollen, er wäre schon erwachsen. Jetzt aber sah sie nur ein verängstigtes Kind vor sich, welches einen furchtbaren Fehler begangen hatte.

»Mutter, es …, es … Ich habe das nicht gewollt.«

Tränen rannen über seine Wangen. Er wischte sie mit dem Hemdsärmel weg und schniefte. Das erinnerte sie an glücklichere Zeiten, als er noch ein kleiner Bub war und sich trostsuchend an sie klammerte, weil er gestürzt war oder einen Alptraum hatte.

Therese schossen Fragen über Fragen durch den Kopf, aber für Vorwürfe und Anklagen fehlte ihr die Kraft. Es blieb nur das Abschiednehmen. Sie hielt sich für eine recht belastbare Frau, aber sie glaubte nicht, stark genug für ein Leben in einer Baracke zu sein, hinter Stacheldraht, auf engstem Raum mit anderen Menschen, zwei Jahre lang.

»Mutter, sag doch etwas. Schrei mich an, schlag mich, aber mach bitte etwas.«

Therese streichelte ihm über die Wange. Dann setzte sie sich ihm gegenüber.

»Joseph, ich war immer stolz auf dich. Was geschehen ist, ist geschehen. Vielleicht weißt nicht einmal du, warum. Aber versprich mir bitte eines.«

»Alles, Mutter, alles.«

»Achte auf deine Schwester.«

»Natürlich, Mutter.«

»Und noch eins. Wenn dieser Krieg vorbei ist, gib Annemarie und ihrem Kind ein gutes Zuhause. Versuche, Aaron zu finden. Das Kind sollte seinen Vater kennen.«

***

Joseph nickte. Die Schuldgefühle nagten an ihm, fraßen sich in sein Inneres und verursachten Magenschmerzen. Was hätte er alles gegeben, um die ganze Sache ungeschehen zu machen. Doch mit diesem Schmerz musste er allein fertig werden.

»Bitte grübel nicht so viel«, sagte seine Mutter und strich ihm über den Kopf. »Wir können die Zeit nicht zurückdrehen, so sehr du dir das auch wünschen magst. Du kannst es nur in Zukunft besser machen. Werde nicht wie dein Vater, Joseph. Werde ein guter Mann, ein guter Ehemann und Vater.«

Die Tür öffnete sich und der Gefängniswärter trat ein.

»Die Besuchszeit ist vorbei.«

»Nein, nein, bitte nicht«, flehte Joseph.

Der Wärter schüttelte den Kopf und nickte Therese zu. Seine Mutter schloss ihn in die Arme. Er klammerte sich an sie und fühlte sich wieder wie ein kleiner Junge. Doch er fand keinen rechten Trost mehr in der Umarmung.

»Ich liebe dich, Mutter.«

»Ich liebe dich auch, mein Sohn. Vergiss mich nie.«
»Nie, Mutter, nie. Es tut mir so leid.«

***

Therese drehte sich um und verließ den Raum. Hinter sich hörte sie die lauten Schluchzer und bemühte sich, die Fassung zu bewahren. Sie hatte sich vorgenommen, erhobenen Hauptes den Gang ins Lager anzutreten.

Kapitel 47

2000

Julia schlug die Augen auf. Ihr Großvater saß an ihrem Bett und lächelte müde.

»Großvater, was ist los? Geht es dir nicht gut?«

Er sah ausgezehrter aus als vor ihrem Unfall. Seine Augen waren trübe, er war aschfahl.

»Du solltest dir nicht um mich Sorgen machen. Mir geht es so, wie es einem in meinem Alter halt geht. Dieser Krebs wird mich umbringen, aber nicht heute und nicht morgen.«

»Red bitte nicht so.«

»Julia, hör mir gut zu«, sagte er ernst. »Es gibt da etwas, was du wissen musst. Aber versprich mir, es niemandem zu erzählen.«

»Ich verspreche es.«

Ihr Großvater senkte den Blick.

»Die ganze Geschichte will ich nicht erzählen. Damit habe ich abgeschlossen. Eines musst du jedoch erfahren: du darfst keine Beziehung mit Toni eingehen.«

Julia schüttelte den Kopf. Sie hatte nicht vor, sich auf Toni einzulassen. Aber was meinte ihr Großvater damit, dass sie es nicht *dürfte*? Bevor sie ihm diese Frage stellen konnte, hob er die Hand.

»Ich weiß, das klingt absurd, aber es hat einen guten Grund.«

»Und der wäre?«

Ihr Großvater stöhnte, als hätte er eine schwere Last zu tragen.

»Toni und du seid miteinander verwandt«, sagte er beinahe tonlos.

Was behauptete ihr Großvater da? Verwandt? Träumte sie oder war das real?

»Toni ist der Enkel meiner Schwester Annemarie. Damit ist er mein Großneffe«, erklärte er.

Es war das erste Mal, dass ihr Großvater erwähnte, eine Schwester zu haben. Er sprach nie über seine Kindheit oder Familie.

»Weiß Toni das?«

Joseph schüttelte den Kopf.

»Annemarie hat ihrer Tochter Johanna, also Tonis Mutter, nie von mir erzählt. Unsere Wege haben sich früh getrennt. Wir haben uns nur noch einmal getroffen. Da war Johanna noch sehr klein.«

»Aber woher weißt du, dass Toni dein Großneffe ist?«

»Vor zehn Jahren habe ich durch einen Notar von Annemaries Tod erfahren. Sie hat mir ihr Tagebuch und einige Erinnerungsstücke hinterlassen. Seit dem Krieg hat sie in Ingolstadt gelebt, aber Johanna ist später mit ihrem Sohn nach Garmisch gezogen. So habe ich Toni ausfindig gemacht.«

»Aber warum hattest du keinen Kontakt zu deiner Schwester mehr? Das ist ja traurig.«

»Darüber möchte ich wirklich nicht sprechen. Außerdem ist das alles sehr lange her. Die alten Wunden sind verheilt.«

Das war eine faustdicke Lüge. Ihr Großvater schaute sie an und sie sah die tiefe Traurigkeit in seinen Augen. Irgendetwas Furchtbares musste vorgefallen sein.

»Du musst es Toni sagen. Meinst du nicht, er hat ein Recht zu erfahren, dass er zur Familie gehört?«

»Nein, auf keinen Fall!« Ihr Großvater hob die Hände. »Ich habe es nur dir erzählt und auch nur, weil ich denke, dass er in dich verliebt ist.«

Julias Kopfschmerzen kehrten zurück.

»Großvater, ich bin müde. Ich muss mich etwas ausruhen. Lass uns später weiterreden.«

Sie spürte noch, wie er ihr einen Kuss auf die Stirn hauchte, dann fiel sie in einen traumlosen Schlaf.

Kapitel 48

1943

Der Wind fuhr ihr mit eisigem Griff in die Kleidung, als sie das Gefängnisgebäude verließ. Therese besaß keinen Mantel, nur ihr Kleid und eine dünne Wollstrickjacke, die sie bei der Verhaftung trug. Sie schlang die Arme um ihren Oberkörper, um sich ein wenig vor der Kälte zu schützen. Zusammen mit weiteren Häftlingen stieg sie auf einen Lastkraftwagen. Auf der überdachten Ladefläche waren links und rechts Holzbänke angebracht. Wer keinen Platz bekam, musste auf dem Boden sitzen. Die Plane an der Rückseite wurde geschlossen und sie saßen im Dunkeln. Niemand sah, wie sie abtransportiert wurden. Es hätte sich genauso gut um Schweine auf dem Weg zum Schlachthaus handeln können.

Die Häftlinge drängten sich dicht aneinander, keiner redete. Jeder war mit seinen Gedanken beschäftigt. Der Wagen ruckelte über die Straßen. Thereses Zeitgefühl ließ sie im Stich. Sie hätte nicht sagen können, ob sie seit Stunden oder Tagen auf der harten Bank ausharrte.

Zwischendurch wurde die Fahrt immer wieder unterbrochen, doch niemand kam, um ihnen Wasser anzubieten oder die Möglichkeit zu geben, ihre Notdurft zu verrichten. Es roch nach Exkrementen und Schweiß, aber Therese ignorierte es. Sie waren alle in derselben Notlage und sie wollte niemanden bloßstellen, indem sie die Nase rümpfte. Das war das letzte bisschen verbleibende Menschlichkeit.

Der Wagen blieb erneut stehen. Kälte und Angst vor dem, was kommen würde, ließen Therese am ganzen Leib zittern. Sie wollte stark sein, aber ihr Körper versagte.

Mit einem Ruck wurde die hintere Plane aufgerissen.

»Alle aussteigen!«, brüllte ein Aufseher.

Er hielt einen Schlagstock in der Hand und schwang ihn über ihre Köpfe hinweg, während die Häftlinge heruntersprangen. An seiner linken Seite zerrte ein bellender und vor Wut geifernder Schäferhund an der Leine. Wer zu langsam vom Wagen stieg, bekam den Stock auf dem Rücken zu spüren. Therese erhob sich von der Bank. Durch das lange bewegungslose Sitzen waren ihre Beine eingeschlafen und sie stürzte zu Boden. Ein Mithäftling half ihr auf und stützte sie beim Heruntersteigen von der Ladefläche.

»Los, schneller!«

Der Hund sprang auf sie zu. Sie roch seinen fauligen Atem. Sie blieb stehen und starrte in das geöffnete Maul des Tieres. Prompt erhielt sie einen Schlag auf ihren Rücken. Sie brüllte vor Schmerz. Wieder fuhr der Stock auf sie nieder. Sie biss die Zähne zusammen und unterdrückte einen erneuten Schrei.

Das Eingangstor war geschlossen. Ein Schriftzug war in den oberen Torbogen eingelassen. *Arbeit macht frei.* Noch begriff sie die Unsinnigkeit dieser Worte nicht.

Sie trat mit den anderen Häftlingen auf den Appellplatz, wo sie bereits von mehreren Aufsehern erwartet wurden. Die Frauen mussten sich auf der linken Seite aufstellen, die Männer auf der rechten. Die Aufseher musterten sie wie Schlachtvieh. Wessen Name aufgerufen wurde, musste nach vorn treten.

»Du da!«, rief eine Aufseherin mit einem grobschlächtigen Gesicht und streng zu einem Knoten gebundenen Haaren und wies mit dem Finger auf sie.

Therese trat nach vorn und fragte sich, was diese Auslese zu bedeuten hatte. Sie drehte sich zu denjenigen um, die nicht aufgerufen worden waren. Es waren allesamt alte oder kränklich aussehende Frauen und Männer.

Sie lief neben einer anderen Gefangenen in Richtung der Baracken. Ein grauer flacher Steinbau drängte sich an den nächsten. Häftlinge in gestreifter Gefängniskleidung standen davor, von Krankheit und Entbehrung gezeichnet. Mit stumpfem Blick musterten sie die Neuankömmlinge. Die Frau neben ihr stolperte und wäre beinahe gestürzt, wenn sie nicht beherzt zugegriffen hätte.

Schon sauste der unerbittliche Stock wieder auf sie hernieder. Therese drehte sich um und sah, dass sie von der Aufseherin mit dem bulligen Gesichtsausdruck geschlagen worden war.

»Lauf gefälligst schneller!«

Therese richtete ihren Blick starr nach vorn und wagte nicht einmal mehr einen Seitenblick. Die Aufseherin trieb sie in eine der Baracken und blieb in der Tür stehen. Jeder Häftling musste sich selbst einen Platz zum Schlafen suchen. Viele der Schlafplätze in den dreistöckigen Holzbetten waren bereits besetzt. Therese fand eine freie Schlafstatt im hinteren Bereich der Baracke. Sie setzte sich und schaute sich im Raum um. Die Häftlinge, die schon länger hier zu sein schienen, waren allesamt mager und sahen kränklich aus. Einigen Frauen waren die Haare ausgegangen, andere hatten wunde Stellen im Gesicht und an den Armen. Alle starrten mit ausdruckslosem Blick vor sich hin.

Eine Frau näherte sich ihr. Ihre Kleidung war verdreckt und sie verströmte einen entsetzlichen Geruch. Auf ihrem Kopf wuchsen nur noch vereinzelte Haarbüschel und ihre Augen waren eingesunken.

»Hast du was dabei, was zu essen oder eine Zigarette?«

Therese verneinte und die Frau schlurfte wieder zurück zu ihrem Schlafplatz.

»Was hast du angestellt?«, fragte ein Mädchen zwei Betten weiter. Sie war vermutlich kaum älter als vierzehn.

»Ich habe Menschen geholfen, eine jüdische Familie bei mir versteckt. Und du?«

Was sollte das Kind denn schon verbrochen haben? Sie war noch so jung und hätte in diesem Moment in der Schule sitzen sollen.

»Meine Mutter und ich haben Flugblätter verteilt. Wir wollten nicht mit ansehen, wie unsere Nachbarn abtransportiert werden. Wir hatten viele jüdische Freunde.«

»Wo ist denn deine Mutter?«

Das Mädchen senkte den Blick.

»Typhus, gleich im ersten Winter. Sie hat nicht mehr länger kämpfen wollen.«

»Wie lange bist du denn schon hier?«

»Knapp drei Jahre müssten es jetzt sein.«

Therese schaute erschrocken und das Mädchen lachte.

»Ich bin zäher als ich aussehe. Du musst hier hart sein, um durchzukommen. So viele Strafen, so großer Hunger.«

In diesem Moment betrat die Aufseherin die Baracke und schrie: »Kontrolle! Alle aufstehen!«

Therese schaute zu, was die anderen Frauen machten und tat es ihnen gleich. Sie würde hier nur überleben, wenn sie die Regeln so schnell wie möglich lernte.

Kapitel 49

2000

Julia saß auf der Bank vor der Hütte ihres Großvaters und genoss die wärmenden Sonnenstrahlen des Spätsommers. Zu ihren Füßen lag Franzl und schlief. Es wirkte alles so idyllisch. Nur der Rollstuhl neben ihr erinnerte sie daran, noch nicht wieder gescheit laufen zu können. Ein paar kraftzehrende Schritte mit zwei Krücken oder stützenden Armen schaffte sie. An Spaziergänge war nicht zu denken. Ihr Physiotherapeut meinte, dass ihr Dickkopf sie sicher wieder auf die Beine bringen würde. Aber Geduld müsse sie haben. Und genau daran mangelte es ihr.

Sie vermisste Elisabeth und ihren Humor. Kurz nach Julias Unfall hatte sie ein Angebot aus München erhalten, das sie unmöglich ablehnen konnte. Ihr Traum, Modedesignerin zu werden, schien sich zu erfüllen. Ihre Freundin hatte tatsächlich in Erwägung gezogen, ihretwegen in Garmisch zu bleiben. Aber Julia hatte sie ermahnt, nicht einmal daran zu denken.

Ihr Großvater setzte sich neben sie.

»Julia, ich weiß, du willst das nicht hören, aber mir geht es nicht gut. Lange werde ich nicht mehr hier sein.«

Sie rührte sich nicht.

»Mädchen, wir müssen das jetzt klären, solange ich noch in der Lage dazu bin.«

»Was wollen wir denn klären? Ich kann die Hütte nicht übernehmen. Als Krüppel bin ich keine Hilfe. Toni hat ja jetzt schon alle Hände voll zu tun, auch mit deiner Unterstützung. Und einen weiteren Mitarbeiter können wir uns nicht leisten.«

»Du bist kein Krüppel. Du wirst wieder laufen können, haben die Ärzte gesagt. Willst du das hier wirklich alles aufgeben?«

Julia ballte die Fäuste. Ihr Großvater hatte ihren wundesten Punkt getroffen. Natürlich wollte sie nichts weniger, als ihr Zuhause zu verlieren. Aber sie konnte kaum von Toni verlangen, alles allein zu bewältigen, bis sie gesund war. Und ob sie wirklich wieder auf die Beine kam, das stand in den Sternen. Nicht einmal Elisabeths Horoskop hatte ihre Zukunft sehen können.

»Ich werde Toni die Hälfte des Grundstücks vererben und dann kann er entscheiden.«

»Du wirst was?«

Sie starrte ihren Großvater entgeistert an. Wie konnte er das in Erwägung ziehen? Sie war seine Enkelin. Toni gehörte doch überhaupt nicht richtig zur Familie.

»Er ist mein Großneffe. Also werdet ihr euch das Erbe teilen müssen.«

***

Toni stand in der offenen Haustür. Seine Hände zitterten. Hatte er das richtig verstanden? Verwandt mit Joseph? Was zum Teufel war überhaupt ein Großneffe? Und wieso wusste er im Gegensatz zu Julia nichts davon? Das würde bedeuten, dass er ebenfalls mit ihr verwandt war, oder?

Ein pochender Schmerz stieg hinter der Stirn auf und bohrte sich durch sein Hirn. Langsam drehte sich Toni um und ging aus der Hintertür in Richtung Stall. Er nahm die Geige aus dem Kasten und versuchte, ein paar Takte zu spielen, aber es gelang ihm nicht.

Seit Julias Unfall hatte er jeden Tag hart daran gearbeitet, um besser zu werden. Er hatte sich erneut in der Geigenbauschule in Mittenwald beworben und war angenommen worden. Seit Tagen wartete er auf den richtigen Moment, um ihr davon zu berichten. Er hatte sich bereits ausgemalt, wie sie sich für ihn freuen und seinen Kuss erwidern würde.

Doch mit einem Mal platzte dieser Traum. Warum tat Joseph ihm das an? Warum hatte er ihn eingestellt und ihm nie gesagt, dass sie aus einer Familie stammten? Unsanft legte er die Geige in den Kasten zurück. Er würde Joseph zur Rede stellen und der würde ihm Fragen beantworten müssen.

Kapitel 50

1943

Thereses Alltag im Lager war geprägt von Arbeit, Schlägen, Hunger und Zwang. Das Schlimmste war der Hunger. Er verursachte Schmerzen, als ob sich glühende Lava durch die Eingeweide schob. Sie fror den ganzen Tag und ihre Hände zitterten. Sie saß auf dem Bett und löffelte die wässrige Suppe aus ihrem Blechnapf. Ein paar Kartoffelstückchen und graue Fleischfetzen schwammen in der trüben Flüssigkeit. Wenigstens hatte sie noch einen Kanten altbackenes Brot ergattern können, den sie in die Suppe tunkte. Es schmeckte muffig, aber es füllte ihren Magen. Das Mädchen, das sich ihr als Marie vorgestellt hatte, setzte sich neben sie.

»Wenigstens bekommen wir heute mal etwas Warmes zu essen«, sagte sie lächelnd und kippte sich die restliche Suppe in den Mund.

»Wie kannst du so optimistisch sein, Marie?«

»Wenn ich es nicht wäre, wäre ich schon lange tot. Und den Gefallen will ich den Nazis nicht tun. Ich überlebe das hier. Lange kann es nicht mehr dauern.«

Therese wünschte, sie könnte Maries Zuversicht teilen. Das war wohl das Privileg der Jugend.

Die Blockwärterin kam herein und schwang den Schlagstock. Diejenigen, die ihr Bett nicht ordnungsgemäß hergerichtet hatten, konnten mit einer deftigen Prügelstrafe rechnen. Sie schritt den Gang entlang, schlug dabei den Stock gegen die Bettgestelle und warf einen prüfenden Blick auf jeden Schlafplatz. Vor einem Bett blieb sie stehen.

»Wer schläft hier?«, brüllte sie.

Eine junge Frau, die aus Polen hierher verschleppt worden war, trat zitternd vor. Die Wärterin packte sie am Oberarm und zerrte sie vor die Baracke.

»Alle raus!«

Die Bewohnerinnen der Baracke bildeten einen Halbkreis um die Polin und mussten mit ansehen, wie diese von der Wärterin verprügelt wurde. Ihre Schreie hallten über das Gelände und Therese hätte sich am liebsten die Ohren zugehalten. Die junge Frau war auf die Knie gesunken und die Wärterin schlug immer wieder mit dem Schlagstock auf ihren Rücken, den Nacken, den Kopf ein. Zwischendurch schaute sie prüfend in die Gesichter der Häftlinge. Wer den Blick abwendete, riskierte ebenfalls Schläge. Die Schreie verstummten. Die Wärterin ließ ihr Opfer am Boden liegen und entfernte sich hocherhobenen Hauptes. Therese beugte sich zu der jungen Frau herunter und berührte sie an der Schulter. Es war zu spät. Blut lief ihr aus Ohren und Mund und ihre Augen blickten starr in die Ferne. Am nächsten Morgen lag sie noch immer dort.

»Das machen die öfter. Soll eine Lektion für uns alle sein«, sagte Marie trocken.

Therese fragte nicht, wie oft Marie diese Prozedur schon mit angesehen hatte. Gewöhnte man sich je an eine solche Grausamkeit? Es war wohl eher eine Art Schutzwall, damit man nicht den Verstand verlor.

»Weißt du denn, wie sie hieß?«

»Nein«, sagte Marie und zuckte mit den Achseln. »Wir haben sie ja nicht verstanden. Keiner in unserer Baracke spricht ihre Sprache.«

Therese weinte sich an diesem Abend in den Schlaf. Sie vergoss Tränen für sich selbst, die ermordete Polin, die Häftlinge, für die ganze Welt, die vor einem Abgrund stand.

Kapitel 51

2000

»Wieso bin ich dein Großneffe? Was ist das überhaupt? Und warum hast du mir nie etwas gesagt?«, bombardierte ihn Toni und baute sich vor ihm auf.

Joseph seufzte. So hatte er sich das nicht vorgestellt. Der Junge hätte erst nach seinem Tod davon erfahren sollen. Er wollte nicht mehr über die Vergangenheit reden. Die Qualen der Schuld hatten ihn sein ganzes Leben lang begleitet. Wann hörte das endlich auf?

Franzl winselte und sprang an Toni hoch. Dieser hob die Hand und der Hund legte sich sofort wieder auf den Boden und entspannte sich.

»So antworte mir doch.«

Toni verschränkte die Arme und starrte ihn herausfordernd an.

»Beruhige dich erst mal. Du kannst auch anständig mit meinem Großvater reden«, sagte Julia. »Du siehst doch, wie es ihm geht.«

Toni schnaufte und schüttelte den Kopf.

»Ich will einfach nur die Wahrheit wissen. Scheinbar ist dir das nicht so wichtig.«

»Kinder, würdet ihr euch bitte …«

Ein glühender Schmerz fraß sich durch Josephs Eingeweide. Er schrie auf und krümmte sich. Dieser scheußliche Krebs. Warum holte der Tod ihn nicht endlich?

***

»Großvater, was hast du denn?«

Sie versuchte, ihn zu stützen, doch er reagierte nicht, sondern sank in sich zusammen. Toni stürmte in die Hütte, um die Morphiumtropfen zu holen.

»Beeil dich!«, rief Julia ihm nach.

Panik stieg in ihr auf. *Bitte nicht, lieber Gott, bitte lass ihn nicht gehen.* Sie verfluchte sich selbst für ihre egoistischen Gedanken. Aber sie war noch nicht bereit, Abschied zu nehmen.

Joseph atmete flach und reagierte nicht. Toni öffnete ihm vorsichtig den Mund und tropfte ihm das Schmerzmittel auf die Zunge.

»Die Schmerzen müssen ihn bewusstlos gemacht haben«, sagte er und zeigte auf Julias Rollstuhl. »Kann ich den ausleihen?«

»Was hast du vor?«

»Ich muss ihn zum Auto transportieren und dann bringe ich ihn ins Krankenhaus.«

»Lass mich hier bitte nicht allein, Toni.«

»Aber wie willst du …?«

Julia stemmte sich an ihren Krücken hoch und versuchte einige zittrige Schritte.

»Bist du sicher, dass du es selbst bis zum Auto schaffst?«

»Sind doch nur ein paar Hundert Meter.«

Sie schnaufte und schwitzte, als würde sie einen Marathon hinter sich bringen. Doch sie lief und das war die Hauptsache. Nach einer gefühlten Ewigkeit saßen sie endlich im Auto und fuhren hinunter ins Klinikum. Joseph lag auf der Rückbank und stöhnte vor Schmerzen.

Dr. Merten, der ihn seit Monaten behandelte, schüttelte fassungslos den Kopf, als er sie in Empfang nahm.

»Warum kommen Sie um Himmels willen erst jetzt?«

Julia blätterte in einer Zeitschrift, ohne die Bilder und Worte wahrzunehmen, und wippte mit den Füßen. Alles hier erinnerte sie an den Tod ihrer Mutter und an ihren Unfall vor ein paar Monaten. Der Geruch nach Desinfektionsmittel und Medikamenten bereitete ihr Übelkeit. Toni nahm ihre Hand und drückte sie sanft.

»Du hast doch nichts dagegen, oder? Ich meine, weil wir irgendwie verwandt sein sollen?«

Sie rang sich ein Lächeln ab.

»Nein. Ich kann es nur selbst noch nicht glauben. Keine Ahnung, wie das hier alles zusammenpasst, aber ich hoffe, Großvater wird es uns noch erzählen. Irgendetwas Schlimmes muss damals passiert sein.«

»Aber er hätte es uns eher sagen müssen. Meine Güte, Julia. Wenn ich nur daran denke, dass ich in dich verliebt bin, also war. Ach, ich weiß doch auch nicht.«

»Wir sollten abwarten, was er uns erzählt. Wenn er uns etwas erzählt. Ich hoffe nur, er …«

Julia schnürte es die Kehle zu. Sie sprach das gefürchtete Wort nicht aus.

Ihr Handy piepte. Eine Antwort von Elisabeth. Sie war zurzeit in Garmisch zu Besuch und war sofort auf die Alm gekommen, um zu helfen, als sie von Josephs Zusammenbruch erfahren hatte. Sie hatte zwar keine Ahnung, wie man mit Kühen umging, aber die konnten auch eine Nacht auf der Weide bleiben. Nur Franzl und Amadeus sollten nicht allein sein.

Alles in Ordnung hier oben. Gib mir bitte Bescheid, wenn Joseph aufgewacht ist. Ich drücke fest die Daumen. Die Sterne sind leider momentan nicht günstig, aber ich hoffe auf ein Wunder.

Elisabeth und ihre Sterne. Julia hoffte, dass sie sich dieses Mal irrten. Ihr Großvater durfte nicht sterben. Das würde sie nicht zulassen. Doch wann war man bereit, einen geliebten Menschen gehen zu lassen? Sie lehnte ihren Kopf an Tonis Schulter und ließ die Tränen fließen.

Kapitel 52

1944

Das neue Jahr fegte mit dem Ostwind herein. Therese hatte mittlerweile einen Wintermantel ergattert. Die Besitzerin des Mantels lag eines Morgens tot in ihrem Bett und sie griff zu, ehe es eine andere tat. Seit Monaten litt sie an einem hartnäckigen Husten, der sie besonders in den Nächten quälte und wertvollen Schlaf kostete. Jeden Tag lief sie mit den Häftlingen aus ihrer Baracke schon vor dem Morgengrauen zu einer nahegelegenen Fabrik. Bis weit nach Anbruch der Dunkelheit schufteten sie dort im Akkord für die Rüstungsindustrie.

Sie zog den Kragen des Mantels hoch. Der Schneesturm war unbarmherzig und sie schob die vor Kälte schmerzenden Hände tief in die Taschen. Schritt für Schritt kämpften sich die Frauen durch den hohen Schnee zurück zum Lager. Therese rang mit der Erschöpfung. Ihre Augen brannten und jeder Muskel in ihr schrie vor Schmerz. Vor ihr stürzte eine Gefangene und als sie ihr helfen wollte, kassierte sie einen heftigen Schlag.

»Liegenlassen!«, brüllte die Aufseherin.

Therese stöhnte auf, ließ aber den Arm der Frau nicht los. Wieder und wieder sauste der Stock auf ihren Rücken. Sie riss die Frau hoch und zog sie mit sich. Sie klammerten sich aneinander wie Ertrinkende, bis sie das Lager erreichten.

Dunkle Rauchschwaden strömten aus dem Schornstein. Der Geruch war schauderhaft, aber man gewöhnte sich daran. Jeder wusste, was da verbrannte. Niemand verlor ein Wort darüber. Sie hofften, niemals selbst zu einer Rauchwolke zu werden.

***

Annemarie saß auf dem Sofa und sah der kleinen Johanna beim Spielen zu. Ihr zarter Engel mit den blonden Löckchen saß auf dem

Fußboden und spielte selbstvergessen mit ein paar Zinnsoldaten. Joseph war ohne Vorankündigung hier aufgetaucht. Was hatte er sich nur dabei gedacht? Monatelang kein Lebenszeichen ihrer Familie und auf einmal stand er vor der Tür und bat um ein Gespräch.

»Red bitte mit mir, Schwesterchen.«

Seine Stimme hatte sich verändert, rauer und männlicher war sie geworden. Doch noch immer sah Annemarie den wütenden Jungen vor sich, der ihre Familie verraten und Johanna den Vater genommen hatte.

Hildegard kam mit einem Tablett herein und stellte das Teeservice ab.

»Ich danke dir«, sagte Annemarie und nahm einen Schluck Tee.

Hildegard schaute sich noch einmal um, bevor sie den Raum verließ.

»Ich bin in der Küche, wenn irgendetwas ist.«

Annemarie warf ihr einen dankbaren Blick zu.

»Bitte sag doch etwas. Es tut mir alles so leid«, flehte Joseph.

»Was erwartest du von mir? Soll ich dir etwa verzeihen? Du bist schuld, dass Mutter im Lager ist und Johanna ohne Vater aufwachsen muss.«

»Ich wollte das nicht, nicht so.«

»Das ist doch keine Entschuldigung. Du bist kein kleines Kind mehr. Und du hättest wissen müssen, was uns drohte. Du bist nur frei gekommen, weil Vater alle Hebel in Bewegung gesetzt hat. Und Mutter hat er fallen lassen.«

Annemarie war den Tränen nah beim Gedanken an ihre Mutter, aber sie wollte Johanna nicht verängstigen und wischte sich über die Augen.

»Ich würde alles tun, um es rückgängig zu machen. Das kannst du mir glauben.«

»Dann tu, was du kannst und versuche, Mutter aus dem Lager zu bekommen und suche Aaron und seine Familie.«

»Du weißt, das ist unmöglich.«

»Gerade noch hast du gesagt, du würdest alles tun und nun kneifst du schon wieder? Du bist ein elender Feigling.«

Joseph beugte sich zu seiner Nichte hinunter. Johanna sah ihn mit ihren großen blauen Augen an und lächelte zaghaft.

»Fass sie ja nicht an«, sagte Annemarie scharf und er zuckte zurück. Johanna stülpte die Unterlippe nach vorn und begann zu weinen. »Jetzt siehst du, was du angerichtet hast.«

Annemarie nahm ihre Tochter auf den Arm. Die Kleine drückte sich eng an sie. Sie trat ans Fenster. Der Himmel war fahl und schickte Millionen von Schneeflocken zu Boden.

»Bitte geh jetzt. Ich möchte dich nie wiedersehen. Solltest du Aaron finden, dann sag ihm bitte, wo wir sind.«

»Willst du das wirklich? Ich bin doch dein Bruder, der einzige, der dir geblieben ist.«

»Lieber bleibe ich allein zurück.«

Sie schaute sich nicht um, als Joseph die Wohnung verließ. Als die Tür leise ins Schloss fiel, begann sie zu weinen. Sie liebte ihren Bruder über alles, aber verzeihen konnte sie ihm nicht. Er trat auf die Straße, ohne den Blick nach oben zu wenden. Sie schaute ihm hinterher, bis er um die Ecke verschwand.

Kapitel 53

2000

Ein Arzt betrat den Warteraum. Er sah aus wie eine ältere Version von George Clooney in der Serie *Emergency Room*.

»Frau Huber? Sie sind doch die Enkeltochter von Herrn Bergmüller?«

Julia nickte.

»Ich bin Dr. Weißmann und habe die Behandlung Ihres Großvaters übernommen.«

Er streckte ihr die Hand entgegen und lächelte. Seine perfekten geraden und weißen Zähne vervollständigten das Bild eines Schauspielers in einer amerikanischen Arztserie.

»Wie geht es ihm?«, fragte Julia.

»Er ist bei Bewusstsein, aber sehr schwach. Sie können jetzt zu ihm.«

Toni hatte am Empfang einen Rollstuhl ausgeliehen und schob Julia an das Bett ihres Großvaters. Bei seinem Anblick kämpfte sie gegen die Tränen. Seine Haut war blass und wirkte so dünn wie Pergament. Sein Gesichtsausdruck war gezeichnet von Schmerzen. Jetzt erst sah sie, wie viel er abgenommen hatte. Sie fasste nach seiner Hand.

»Großvater? Wir sind hier. Hörst du mich?«

Ihr Großvater öffnete die Augen und drehte langsam den Kopf zu ihr. Der Mund verzog sich zu einem matten Lächeln. Sein Blick war glasig.

»Ihr Lieben«, flüsterte er mit brüchiger Stimme. »Danke, dass ihr mich hergebracht habt. Ich habe kaum noch Schmerzen.«

»Das ist gut, Großvater. Es wird dir bald besser gehen.«

Joseph seufzte.

»Ich glaube nicht, dass ich hier noch einmal lebend herauskomme.«

Julia zog die Augenbrauen zusammen.

»Sag doch so was nicht!«

»Ich weiß, du möchtest das nicht wahrhaben. Das ist eine Tatsache. Toni, sag du es ihr.«

Sie drehte sich zu Toni, der am Bettende stand.

»Der Krebs deines Großvaters ist so weit fortgeschritten, dass er nicht mehr gesund werden kann, Julia. Das weißt du doch. Die Ärzte können nichts mehr für ihn tun, außer ihm die Schmerzen zu nehmen.«

»Nein! Nein, nein, nein!«

Sie wiegte sich vor und zurück, hielt sich die Hände vor das Gesicht und schluchzte. Nicht jetzt, nicht auf diese Weise. Was hatte sie bloß verbrochen, dass ihr nun schon der dritte Mensch vom Krebs genommen wurde? Das war nicht fair! Sie brauchte ihren Großvater.

»Meine Kleine, bitte beruhige dich doch«, sagte Joseph. »Schau mal, ich bin alt und habe mein Leben gelebt. Es ist in Ordnung, wenn ich jetzt gehe. Ich bin froh, wenn ich keine Schmerzen mehr habe und zu meiner Gerda heimkehren darf.«

Sie schüttelte den Kopf und hielt sich die Ohren zu. Sie wusste, dass sie sich wie ein kleines Kind verhielt, aber sie konnte nicht anders. Toni hockte sich vor sie. Er zog ihre Hände von den Ohren und hielt sie fest.

»Julia, ich weiß, es tut weh. Ich bin für dich da, in Ordnung? Aber wir sollten die verbleibende Zeit mit Joseph nutzen. Du wolltest ihn doch etwas fragen.«

Toni hatte recht. Sie war unmöglich und verschwendete wertvolle Zeit mit ihrem kindischen Verhalten. Sie nickte und putzte sich lautstark die Nase.

»Großvater, erzähl uns deine Geschichte«, bat sie ihn.

»Warum quält ihr mich damit? Ich möchte nichts darüber erzählen. Das bereitet mir mehr Schmerzen als dieser Krebs.«

»Aber meinst du nicht, wir haben ein Recht zu erfahren, was es mit der Familiengeschichte auf sich hat?«

»Es existiert ein Tagebuch von meiner Schwester. Der Notar hat es mir damals in die Hand gedrückt. Sobald ich nicht mehr bin, könnt ihr es lesen.«

Kapitel 54

1945

Kälte und Hunger raubten Therese die Kraft. Der Husten war so hartnäckig, dass sie sich oft übergab. Wenn sie das Erbrochene nicht schnell genug aufwischte, erhielt sie Prügel von der Blockwärterin. Ihr Rücken war eine einzige Wunde.

Sie lag auf ihrem Bett und wälzte sich von einer Seite auf die andere. Obwohl sie müde war, hielten die Schmerzen und ihre Gedanken sie wach. Sie sah Annemarie vor sich. Wie es ihr und dem Kind erging? Hildegard würde ihre Tochter und das Enkelchen beschützen. Da war sie sicher. Blut war trotz allem dicker als Wasser.

Ihre Zunge klebte am Gaumen und der Hals brannte beim Schlucken. Wann hatte sie das letzte Mal etwas getrunken?

Marie trat an ihr Bett und legte die Hand auf ihre Stirn. Erschrocken riss sie die Augen auf und schüttelte den Kopf.

»Du glühst ja!«

Sie brachte ihr eine Handvoll Schnee und bedeckte damit ihre Stirn. Dann eilte sie erneut nach draußen.

»Hier, das hilft gegen den Durst«, sagte sie und hielt ihr ein wenig Schnee an die Lippen. Gierig sog Therese das kühle Weiß auf.

Marie pflegte gute Beziehungen zum Personal und hatte erreicht, dass Therese heute nicht zur Arbeit gehen musste. Dankbar lächelte sie Marie an, bevor diese mit den anderen Häftlingen hinaus in die Kälte verschwand. Sie schloss die Augen und fiel in einen tiefen traumlosen Schlaf.

Zitternd schreckte sie auf. Sie wusste nicht, wie lange sie geschlafen haben mochte, aber die Frauen waren noch nicht zurück. Ihre Blase drückte und sie würde allein zur Latrine gehen müssen. Sie zog ihren Wintermantel über und schleppte sich den Gang entlang. Ihre Beine waren kraftlos und sie kam nur langsam voran. Vor dem Eingang der Latrine brach sie zusammen.

»Was machst du denn für Sachen?«, fragte Marie und beugte sich mit besorgtem Blick über sie.

Therese wendete den Kopf hin und her. Sie lag noch immer im Schnee vor der Latrinentür. Ihre Kleidung war durchnässt und sie bebte am ganzen Körper. Sie roch den scharfen Geruch ihres eigenen Urins.

»Wo bin ich? Wo ist Annemarie?«

Marie zog Therese vom Boden hoch und mit der Hilfe einer anderen Gefangenen gelangte sie wieder in ihr Bett. Marie half ihr beim Entkleiden und wickelte sie in ihre Decke. Sie fühlte ihre Stirn.

»Dein Fieber ist noch weiter gestiegen. Kein Wunder nach deinem Ausflug. Ich bin sofort wieder zurück.«

Rasch eilte Marie vor die Barackentür und holte so viel Schnee, wie sie tragen konnte. Sie bedeckte Thereses Unterschenkel damit und kühlte ihre Stirn. Therese erinnerte sich an ihre Kindheit. Ihre Mutter hatte sich genauso liebevoll um sie gekümmert, wenn sie krank war.

***

Die ganze Nacht wälzte sich Therese unruhig in ihrem Bett herum. Sie schrie und weinte im Fieberwahn und sprach mit ihren Kindern. Jede Stunde holte Marie Schnee herein und bedeckte ihren fiebrigen Körper damit. Am nächsten Morgen schlief Therese endlich ruhig, doch ihre Atmung war flach und es rasselte in den Lungen. Einen Arzt würde hier niemand rufen, das war Marie klar. Sie konnte nichts für ihre Freundin tun.

»Raus aus dem Bett, aber sofort!«, brüllte die Blockwärterin.

Marie bettelte, dass Therese auch heute nicht arbeiten müsste, aber die Wärterin schlug ihr mit der flachen Hand ins Gesicht.

»Entweder sie steht auf und geht arbeiten oder …«

Marie zog Therese vom Bett und stützte sie. Doch deren Beine knickten ein und sie schaffte nicht einen Schritt. Marie ließ sich mit ihrer Freundin zu Boden sinken. Die Tränen liefen ihr über die Wangen und sie betete stumm um Hilfe.

»Raus mit dir!«

Die Wärterin gab Marie einen Stoß. Schluchzend verließ sie die Baracke, ohne sich noch einmal umzudrehen. Sie hatte schon so viele Menschen in den Tod gehen sehen, aber an niemandem hing ihr Herz so wie an Therese. Sie war wie eine Mutter zu ihr gewesen.

Am Abend stürzte Marie zu Thereses Lagerstatt. Doch dort saß bereits ein neuer Häftling, eine ältere Frau, die sie mit furchtsamem Blick musterte. Sie warf sich auf ihre Matratze und zog sich die Decke über den Kopf. *Hoffentlich bist du jetzt an einem besseren Ort, Therese,* dachte sie und weinte stumm, bis sie vor Erschöpfung einschlief.

Kapitel 55

2000

Julia saß in ihrem Rollstuhl in der Cafeteria des Krankenhauses und blickte hinaus in die Parkanlage. Der Regen prasselte an die Fensterscheibe. Die Blätter der Kastanienbäume verfärbten sich bereits gelb. Sie dachte an Weihnachten und fragte sich, ob ihr Großvater das Fest dieses Jahr noch erleben würde.

»Hier, dein Kaffee.«

Toni ließ sich neben ihr auf einen der Plastikstühle fallen.

»Was machen wir denn jetzt?«, fragte sie, während ihr Blick sich an ein Eichhörnchen heftete, das am Stamm einer Kastanie hochflitzte.

»Wir können gar nichts machen, außer abwarten und hoffen, dass Joseph keine schlimmen Schmerzen mehr erleiden muss.«

»Ich meine eher wegen des Tagebuchs, von dem Großvater erzählt hat.« Julia blies in ihre Kaffeetasse. »Hat denn deine Mutter nie etwas erwähnt?«

Toni schüttelte den Kopf.

»Sie hat sich über die Vergangenheit ihrer Familie immer ausgeschwiegen. Ich glaube nicht, dass sie von dem Tagebuch überhaupt wusste. Meine Oma Annemarie hat mir auch nie etwas erzählt von einem Bruder.«

»Kanntest du denn deinen Großvater, also Annemaries Mann?«

»Sie war wohl nie verheiratet. Sie hat meine Mutter allein großgezogen. Ich weiß nicht, wer mein Opa ist. Es gab immer Gerüchte, sie hätte ein gebrochenes Herz, aber keiner wusste etwas Genaues.«

»Diese Geheimniskrämerei macht mich noch verrückt.« Julia knallte die Tasse auf den Tisch. »Mir reicht es, ich gehe jetzt zu Großvater und …«

»Bitte lass ihn«, unterbrach Toni sie. »Ich kann dich gut verstehen, mir geht es ja genauso. Aber er ist schwerkrank. Wir sollten ihn nicht aufregen. Was auch immer passiert ist, er hat sicher längst dafür gesühnt. Und wir werden das Tagebuch meiner Oma lesen, obwohl ich mir gerade nicht sicher bin, ob ich das wirklich will.«

»Bist du denn nicht neugierig, woher deine Familie kommt? Vielleicht steht da auch drin, wer dein Großvater ist.«

Die Tage vergingen. Abwechselnd saßen Julia und Toni an Josephs Krankenbett. Sebastian hatte mittlerweile Elisabeth auf der Alm abgelöst, die wieder zurück in ihren Job musste. Er fühlte sich in seiner Rolle als Teilzeit-Almbetreiber recht wohl.

»Als ob du nie etwas anderes gemacht hättest«, witzelte Julia, als sie ihn dabei beobachtete, wie er sich um Josephs Lieblingskuh kümmerte. Er hatte auch die Pflege von Amadeus übernommen. Lange würde der Vogel nicht mehr bei ihnen bleiben. In den nächsten Tagen mussten sie ihn in die Wildvogelauffangstation bringen, wo er sich mit anderen Artgenossen über den Winter auf die Auswilderung vorbereiten würde. Im Frühjahr durfte er dann über die Gipfel der Alpen fliegen. Julia vermied es, an den Tag des Abschieds zu denken.

Toni stürzte in den Stall. »Die Klinik hat angerufen. Wir sollen sofort kommen. Joseph geht es schlechter.«

Der Weg dahin war nicht weit, aber die Fahrt kam Julia schier ewig vor. Gleichzeitig wünschte sie sich, sie würden nie dort ankommen. Sie hatte Angst, dem Unausweichlichen ins Auge zu schauen. Toni setzte sie in einen Rollstuhl und schob sie bis zur Station, auf der ihr Großvater lag. Täuschte sie sich oder stach ihr der typische Krankenhausgeruch heute stärker in die Nase? Die weißen Wände wirkten abweisend und schmucklos. Warum kam hier niemand auf die Idee, sie in fröhlichen Farben zu streichen, um der Trostlosigkeit etwas entgegenzusetzen? Toni legte seine Hand auf ihre Schulter und sie griff danach. Was würde sie nur ohne ihn machen? Er war ihr Fels in der Brandung.

Toni öffnete die Tür zu Josephs Zimmer und schob Julia an sein Bett. Ihr Großvater lag auf dem Rücken und seine Augen waren geschlossen. Er atmete flach und ungleichmäßig, ein leises Rasseln war zu vernehmen. Mit den Händen zupfte er an der Bettdecke. Sein Gesicht war entspannt und er schien nicht zu leiden. Sie hoffte, er hatte seinen Frieden mit der Vergangenheit gemacht. Was auch immer vorgefallen war, sie würde ihren Großvater nicht verdammen. Er war in harten Zeiten aufgewachsen, die sie nur aus Lehrbüchern und Filmen kannte. Es stand ihr nicht zu, darüber zu urteilen.

»Großvater, hörst du mich?«, fragte sie ihn und streichelte seine Hände. Seine Augenlider flatterten, dann schaute er sie direkt an. Sein Blick war klar. Ein Fünkchen Hoffnung keimte in ihr auf, aber insgeheim wusste sie, dass dies nichts zu bedeuten hatte. Ein zartes Lächeln umspielte seine Lippen.

»Durst«, krächzte er.

Sofort sprang Toni auf und hielt ihm die Tasse an den Mund. Nach ein paar Schlucken ließ sich Joseph auf das Kissen zurücksinken.

»Das Sprechen ist zu anstrengend«, stieß er mit brüchiger Stimme hervor.

»Du musst nichts sagen, Großvater.«

»Es tut mir leid. Ich hätte es euch erzählen müssen.«

»Nein, schon gut. Wir verstehen das. Du musst nicht darüber sprechen.«

»Lest es, das Tagebuch.«

»Willst du das wirklich, Joseph?«, fragte Toni. »Wir würden es verstehen, wenn nicht.«

»Doch, lest es. Ihr sollt erfahren, was ich getan habe, was für ein Mensch ich damals war. Ich hoffe, ihr könnt mir vergeben.«

Joseph schloss die Augen. Das Atmen fiel ihm schwerer. Eine Krankenschwester trat ins Zimmer, um einen Blick auf ihn zu werfen. Julia hörte, wie sie Toni zuraunte: »Es wird nicht mehr lange dauern.«

»Annemarie, Gerda, Mutter, ich bin bald da«, rief Joseph plötzlich und streckte beide Arme empor. Sein Atem rasselte und setzte immer wieder aus. Als sich seine Brust nicht mehr hob, öffnete Toni das Fenster. Julia sah ihn erstaunt an.

»Man sagt, dass die Seele so besser ihren Weg in den Himmel findet.«

Kapitel 56

1945

Aarons Beine zitterten. Die Haftkleidung schlackerte an seinem Körper, als wäre er eine Vogelscheuche. Er versuchte, die Schaufel zu heben, aber seine Arme gehorchten ihm nicht. Schweiß lief ihm in die Augen. Gleich würden die Schläge auf ihn niederprasseln. Es war nur eine Frage der Zeit, bis der Aufseher mitbekam, dass er nicht arbeitete. Schwäche wurde auf das Schlimmste bestraft. Der Häftling neben ihm stieß ihn an und bedeutete ihm mit einem Nicken, weiterzuarbeiten. Tagelang hatte es nichts zu essen gegeben, außer einer wässrigen Suppe. Kein Brot, kein Gemüse, Fleisch schon gar nicht.

Aaron sank auf den Boden und legte die Hände vor das Gesicht. Tränen der Erschöpfung und der Hoffnungslosigkeit rannen ihm über die Wangen. Wie es wohl seiner Annemarie und dem Kind ging? War es ein Junge oder ein Mädchen? Welchen Namen hatte sie ihm oder ihr gegeben? Und war es nicht letztendlich töricht, in diese zerstörerische Welt einen neuen Menschen zu setzen?

Vor ein paar Monaten hatte er noch gehofft, sie wieder in die Arme schließen zu können, aber die Hoffnung war mit jedem Tag geschwunden, bis nichts davon übrig blieb. Seine Eltern waren nach der Einlieferung getrennt worden und er hatte sie seither nicht mehr gesehen. Den ganzen Winter über erlebte er, wie ein Gefangener nach dem anderen starb, von denen einige im Laufe der Zeit zu Freunden geworden waren. Am Morgen verabschiedete man sich von jemandem und am Abend lag schon ein neuer Häftling in dessen Bett. Hier zählte ein Menschenleben nichts.

Dieser Krieg würde nie enden, niemand würde kommen, um sie zu retten. Warum ließen die Deutschen zu, dass mitten unter ihnen so etwas passierte?

»Weitermachen, du fauler Jude!«

Aaron stand auf, war jedoch nicht imstande, die Schaufel auch nur einen Zentimeter vom Boden zu heben. Der erste Schlag ging auf seinen geschundenen Rücken nieder.

»Wirst du wohl arbeiten?«

Wieder und wieder schlug der Aufseher zu. Aaron ließ die Schaufel fallen und sank auf die Knie.

»Bitte nicht …«

Arbeit macht frei. Jetzt verstand er, was damit gemeint war. Eine letzte Träne rollte ihm die Wange herunter.

Kapitel 57

2000

Julia betrat die Trauerhalle. Sie benötigte nur noch eine Krücke. Seit ihr Großvater gestorben war, hatte sie jeden Tag hart trainiert. Diese Anstrengung hatte sich ausgezahlt. Der Rollstuhl war Vergangenheit und sie konnte auf eigenen Beinen zu seiner Beerdigung gehen. Immer wieder war sie kurz davor gewesen aufzugeben, aber dann stellte sie sich vor, im Rollstuhl an Großvaters Grab gefahren zu werden und arbeitete noch erbitterter an ihrer Rehabilitation.

»Es sind so viele Menschen da«, sagte sie zu Sebastian. Er nahm ihre Hand und lächelte sie aufmunternd an. In den letzten Wochen waren sie einander wieder etwas nähergekommen.

Obwohl ihr Großvater sich durch seine Erkrankung zunehmend zurückgezogen hatte, seine Gemeinde und alten Freunde hatten ihn nicht vergessen. Sämtliche Bankreihen waren besetzt. Selbst der Bürgermeister war erschienen. Der Pfarrer begrüßte alle Trauergäste und sprach ein paar wohlmeinende Worte über Joseph. Mitten in der Schweigeminute quietschte die Eingangstür der Halle. Julia drehte sich um. Elisabeth winkte ihr zu und eilte den Gang entlang.

»Entschuldigung, ich stand im Stau«, flüsterte sie ihr zu.

»Wer möchte gern noch etwas über den Verstorbenen sagen?«, fragte der Pfarrer.

Julia erhob sich von ihrem Platz und humpelte nach vorn ans Pult. Alle Augen richteten sich gespannt auf sie. Sie räusperte sich und hielt einen Moment inne. Ihr Blick schweifte über die Gäste. In der hintersten Reihe saß eine ältere, ihr unbekannte Dame. Es war sicher niemand aus dem Ort. Vielleicht eine frühere Freundin der Familie? Die Frau lächelte und nickte ihr zu.

Julia beugte sich näher ans Mikrofon.

»Mein Großvater war ein liebenswerter und fleißiger Mensch. Seit ich denken kann, war er immer für mich da. Ich könnte mir keinen besseren Großvater vorstellen. Ich hoffe, er ist jetzt bei meiner Mutter und meiner Großmutter und muss keine Schmerzen mehr erleiden.«

Sie setzte sich wieder. Einige andere Trauergäste hielten ebenfalls Reden. Sie war jedoch mit ihren Gedanken nicht bei der Sache. Diese Unbekannte ging ihr nicht aus dem Kopf. Hatte sie vielleicht etwas mit Josephs geheimnisvoller Vergangenheit zu tun? Auf dem Weg zum Grab drehte sich Julia immer wieder um, um nach ihr Ausschau zu halten, konnte sie aber in der Menschenmenge nicht entdecken.

Die Urne wurde in die Erde gelassen.

»Der HERR ist mein Hirte, mir wird nichts mangeln. Er weidet mich auf einer grünen Aue und führet mich zum frischen Wasser …«

Während der Pfarrer den dreiundzwanzigsten Psalm vorlas, warf Julia ein Schäufelchen Erde auf die Urne und legte eine gelbe Rose neben die Grabstelle. *Mach's gut, Großvater. Ich hoffe, du hast jetzt deinen Frieden.*

Der Großteil der Trauergäste war bereits gegangen. Julia nahm sich noch einen Moment Zeit zum Abschiednehmen. Plötzlich legte sich eine Hand auf ihren Unterarm.

»Junge Frau, Sie müssen wohl Josephs Enkelin sein.«

Es war die ältere Dame aus der hintersten Reihe.

»Ich bin Deborah.«

Deborah? Der Name kam Julia nicht bekannt vor. Ihr Großvater hatte nie eine Deborah erwähnt.

»Ich bin eine ehemalige Freundin von Joseph. Unsere Wege trennten sich jedoch ziemlich abrupt, wenn ich das so sagen darf.«

»Julia, kommst du? Die anderen warten bereits.«

Sebastian legte den Arm um ihre Schultern.

»Entschuldigen Sie bitte meine Manieren.« Er reichte Deborah die Hand. »Ich bin Sebastian, Julias …, ein Freund.«

»Möchten Sie nicht mit zum Essen kommen?«, fragte Julia. »Dann könnten Sie mir erzählen, wie Sie Joseph kennengelernt haben.«

Deborah schüttelte den Kopf.

»Bedaure, nein. Aber ich bin für ein paar Tage im Ort, in dem Hotel am Riessersee. Kommen Sie doch morgen Mittag dort vorbei. Dann können wir ungestört reden.«

»Ich möchte zu gern wissen, wer diese Deborah ist«, sagte Toni, der sich neben Julia platziert hatte. »Irgendwie habe ich das Gefühl, sie zu kennen, aber ich weiß nicht, woher.«

»Vielleicht hat sie etwas mit der Sache zu tun, wegen der Großvater solche Schuldgefühle hatte.«

Kapitel 58

1966

Annemarie stand vor dem Eingangstor zum ehemaligen Konzentrationslager Dachau und betrachtete die Inschrift. *»Arbeit macht frei«*. Ihr Herz zitterte wie das eines Mäuschens auf der Flucht vor der Katze. Obwohl sie nie selbst ein Lager von innen gesehen hatte, kamen Erinnerungen hoch. Vor einigen Monaten hatte sie einen Artikel über die Vernichtungsaktion der Nazis in einer Zeitung gelesen. Die Bilder, die den Bericht ergänzten, verfolgten sie bis heute. Ihre Mutter und Aaron waren zu einem Teil dieser menschenverachtenden Geschichte geworden. Sie hatten die letzten Monate ihres Lebens hier verbracht, zwei Menschen von unfassbar vielen, die dieses Leid ertragen mussten. Sie hatte überlebt, weil sie sich versteckte wie ein Feigling. Aber was hätte sie tun sollen? Johanna im Stich lassen? Wem hätte es genützt, wenn auch sie hier gestorben wäre?

Annemarie kniff die Augen fest zusammen, um die Tränen zu verdrängen. Ihre Mutter hatte fleißig gearbeitet und war am Ende nur durch den Tod frei geworden. War es das, was die Nazis mit diesem Spruch meinten?

»Frau Bergmüller?«

Eine ältere Dame trat an sie heran und lächelte. Annemarie öffnete die Augen und nickte.

»Ich bin Frau Maier. Wir hatten telefoniert. Kommen Sie, ich bringe Sie zum Archiv.«

Gemeinsam betraten sie den Raum, in dem sich Tausende Akten in Regalen bis unter die Decke stapelten. Hier lagerten Dokumente über all die Menschen, die in diesem Lager gearbeitet hatten und die, die hier den Tod fanden. Annemarie war überwältigt, welche Unmengen an Unterlagen diese Maschinerie des Todes hinterlassen hatte. Die deutsche Gründlichkeit war an dieser Stelle nur schwer zu ertragen. Hinter jedem Aktendeckel verbarg sich ein

Menschenleben, welches mit Füßen getreten und ausgelöscht worden war.

»Ich habe die Akte Ihrer Mutter bereits herausgesucht«, sagte Frau Maier und wies auf einen Tisch. »Nehmen Sie sich Zeit. Ich sitze vorn am Eingang. Melden Sie sich bitte, wenn Sie meine Hilfe benötigen.«

»Danke«, murmelte Annemarie und setzte sich.

Sie betrachtete den Ordner, der den letzten Beweis für die Existenz ihrer Mutter bildete. *Therese Bergmüller* stand auf dem Einband. Sie schlug die Akte auf und blickte in das Gesicht ihrer Mutter. Das Foto musste direkt nach der Aufnahme im Lager geschossen worden sein. Sie sah gesund und kräftig aus, trug aber bereits die typische gestreifte Kleidung der Gefangenen. Dann folgten die Häftlingsnummer und das Verbrechen: Hochverrat und Verstoß gegen die Volksschädlingsverordnung.

Annemarie hielt kurz inne und atmete tief ein und aus. Da war es wieder, das Herzstolpern, das sie seit einigen Monaten begleitete. Sie blätterte weiter. Jedes einzelne Vergehen in der Haft wurde aufgezählt, chronologisch und akribisch beschrieben. Dahinter war die jeweilige Strafe aufgeführt, darunter Stockschläge, Essensentzug, kalte Duschen, Strafarbeit. Ihre Mutter war dabei entdeckt worden, wie sie anderen Häftlingen half, einen Mantel oder Essen entwendet hatte. Sie hatte sich geweigert, eine Gefangene auf dem Vorplatz liegen zu lassen, die vor Entkräftung zusammengebrochen war. Sie hatte ihre Suppe mit einer anderen Frau geteilt. Die Einträge zogen sich über viele Seiten.

Annemarie blätterte zur letzten Seite. »Verstorben, Typhus, 02.02.1945«. Sie hielt die Tränen nicht mehr zurück. Ihre sanfte und hilfsbereite Mutter, erniedrigt, gedemütigt und knapp drei Monate vor Kriegsende gestorben. Das war Josephs Schuld. Dieser verdammte Mistkerl! Sie würde ihm nie verzeihen, selbst wenn er auf Knien vor ihr rutschte. Sie hatte keinen Bruder mehr.

Kapitel 59

2000

Sebastian bot Julia an, über Nacht bei ihr auf der Alm zu bleiben. Sie spürte seine Enttäuschung, als sie ablehnte. Sie waren nicht offiziell wieder zusammen. So wollte sie es auch belassen. Die Zukunft würde zeigen, ob ihre Beziehung noch eine Chance hatte. Jedes Mal, wenn sie auf den Wecker schaute, waren nur wenige Minuten vergangen. Sie wälzte sich ruhelos herum. Franzl winselte.

»Du kannst wohl auch nicht schlafen?«, flüsterte sie.

Ihre Gedanken wanderten zu Deborah. Wer war diese Frau und welche Vergangenheit teilte sie mit ihrem Großvater? Würde sie das Rätsel lösen? Wenn es doch nur schon Mittag wäre. Aber die Zeit kroch dahin wie eine Schildkröte und dachte nicht daran, für sie eine Ausnahme zu machen.

Seufzend schwang sie sich aus dem Bett und schlich in die Küche. Sie machte sich ein Glas Milch warm und gab etwas Honig hinein. Heiße Honigmilch war das Geheimrezept ihrer Mutter gegen Schlaflosigkeit. *Ach, Mama, wenn du bloß hier wärst …*

»Kannst du auch nicht einschlafen?«

Toni schlurfte barfuß in die Küche. Seine Haare waren zerzaust. Offensichtlich hatte auch er einen Kampf gegen sein Kissen geführt und verloren. Er griff nach dem Teekessel und setzte Wasser auf. Gemeinsam saßen sie schweigend am Küchentisch, bis die Morgendämmerung einsetzte. Mit ihm war Schweigen nie ein Problem. Sie mussten nicht reden, um sich zu verstehen.

»Ich gehe mal zu den Kühen«, sagte er. »Du möchtest sicher mit Amadeus allein sein«, fügte er augenzwinkernd hinzu.

Julia nickte. Bei dem Gedanken an den Vogel wurde ihr das Herz schwer. Sie hatten die Auswilderung nach ihrem Unfall aufgeschoben. Aber es war Zeit, dass Amadeus unter seinesgleichen lebte. Morgen würde er in die Vogelauffangstation umziehen.

»Wie geht es dir, mein Kleiner?«

Julia öffnete die Tür der Voliere. Amadeus hüpfte näher heran und krächzte bettelnd. Sie hielt ihm einen Mehlwurm vor den Schnabel, den er eilig hinunterschlang. Er war nun beinahe ausgewachsen. Sie bekam einen Kloß im Hals, als sie ihren gefiederten Freund betrachtete. Warum nur hatten sie so lange mit der Auswilderung gewartet? Was passierte, wenn Amadeus nicht mit den anderen Dohlen zurechtkam? Was, wenn er nie lernte, in Freiheit zu überleben? Sie war egoistisch gewesen, ihn bei sich zu behalten, nur weil sie schwach war und Abschiede hasste. Sie wischte sich eine Träne aus dem Augenwinkel und schaute auf die Uhr. Fast Mittag. Das Treffen mit Deborah! Was war das nur mit der Zeit? Mal schlich sie schneckengleich und dann raste sie an einem vorbei, als wäre sie auf der Flucht.

Julia betrat die Lounge des Hotels. Sie hatte weiter hart daran gearbeitet, wieder normal laufen zu können und benötigte nicht einmal mehr einen Stock. Deborah saß bereits in einem der bequemen Sessel und winkte sie zu sich.

»Schön, Sie zu sehen, Julia.«

»Danke, dass Sie sich die Zeit für mich nehmen, Frau ...«

»Rosenthal, geborene Goldstein. Den Namen hätte ich gern behalten, aber dann habe ich meinen lieben Mann kennengelernt.«

Julia sagte der Familienname der Dame nichts. Sie wusste nur, dass es sich um jüdische Namen handelte.

»Sie fragen sich bestimmt, warum ich auf der Beerdigung von Joseph war. Es ist sehr lange her, als ich Ihren Großvater kennenlernte. Ich war noch jung. Es war Anfang der 1940er Jahre.«

»Stammen Sie denn aus Garmisch?«

»Ja, unsere ganze Familie lebte einst hier. Meine Eltern besaßen bis 1938 eine gutgehende Bäckerei im Ort. Danach ging es bergab für uns Juden, wie Sie sicher aus dem Geschichtsunterricht wissen.«

Julia nickte. Bilder tauchten vor ihrem geistigen Auge auf, von brennenden Geschäften, flüchtenden Menschen, Konzentrationslagern und Gaskammern, ausgemergelten Häftlingen und Leichenbergen.

»Die Familie Ihres Großvaters lebte damals schon oben auf der Alm«, fuhr Deborah fort. »Meine Eltern kannten Therese Bergmüller, Josephs Mutter, sehr gut. Sie kaufte immer bei ihnen ein und meine Mutter und sie verstanden sich gut. Und so kam es, dass Therese meiner Familie angeboten hat, sie vor den Nazis zu verstecken.«

Julia schluckte. Solche Geschichten kannte sie nur aus Filmen. Es waren Geschichten wie die von Anne Frank oder Oskar Schindler. Nun saß jemand vor ihr, der dies am eigenen Leib erlebt hatte.

»Das war aber sehr gefährlich, oder?«

»Natürlich, aber die ersten Monate funktionierte es wirklich gut. Wir hatten immer genug zu essen. Meine Eltern gaben den Bergmüllers Geld. Doch dann ist die Sache aus dem Ruder gelaufen.«

Deborah schwieg und Julia bemerkte Tränen in ihren Augen. Sie wartete eine Weile. Sie wollte die Frau nicht bedrängen. Aber die Neugier wuchs. Was hatte ihr Großvater damit zu tun?

»Was ist denn passiert?«

Deborah seufzte und knetete ihre Hände. *Sie muss einmal eine sehr attraktive Frau gewesen sein*, dachte Julia. *Doch ihre Augen sind so traurig.*

»Mein Bruder Aaron und Josephs Schwester Annemarie hatten sich ineinander verliebt. Schlimmer noch, Annemarie wurde schwanger und verschwand von einem Tag auf den anderen. Von da an veränderte sich Joseph immer mehr. Er beschuldigte Aaron, die Familie zerstört zu haben. Eines Abends stand die Gestapo vor der Tür.«

Julia holte tief Luft. Ihr Großvater hatte doch nicht etwa …? Nein, nicht der freundlichste und hilfsbereiteste Mensch, den sie kannte. Niemals!

»Wollen Sie damit etwa sagen, mein Großvater hat …?«

Deborah legte die Hand auf ihren Unterarm.

»Es tut mir leid. Ja, er hat uns verraten.«

Julia schloss die Augen.

»Sie haben meine Familie mitgenommen und in ein Lager gebracht. Ich bin durch Glück der Festnahme entkommen. Was mit Josephs Mutter passiert ist, habe ich erst später erfahren. Sie wurde ins Gefängnis gesteckt und zur Haft im KZ Dachau verurteilt. Joseph war nur kurz im Gefängnis. Sein Vater, der aus dem Krieg heimkehrte, hatte gute Beziehungen.«

»Aber was ist mit Ihrer Familie passiert?«

»Meine Eltern sind wohl kurz nach der Ankunft im Lager ermordet worden. Aaron hat länger durchgehalten, aber dann wurde er krank. Er hat es nicht geschafft.«

Deborah tupfte sich mit einem Stofftaschentuch die Tränen aus den Augenwinkeln.

»Das ... Das ist ja furchtbar!«, stammelte Julia.

»In den ersten Jahren nach dem Krieg habe ich Joseph gehasst. Er hat mir alles genommen, was ich liebte. Aber dann bin ich erwachsen geworden und habe mein eigenes Leben in Israel aufgebaut. Später habe ich Kontakt zu Annemarie aufgenommen, weil wir damals wie Schwestern waren.«

»Das tut mir alles so leid, Frau Rosenthal.«

»Nennen Sie mich bitte Deborah.«

»Wie haben Sie von Josephs Tod erfahren? Seine Schwester ist ja auch schon verstorben.«

»Aber ihre Tochter Johanna nicht, Tonis Mutter. Wir haben den Kontakt gehalten. Sie ist doch meine Nichte und ein Teil von Aaron. Toni wird sich nicht mehr an mich erinnern. Das letzte Mal war ich in Deutschland, als er fünf Jahre alt war. Doch ich durfte beiden nie von Joseph erzählen. Das Versprechen hat mir Annemarie damals abgenommen.«

In diesem Moment betrat Toni die Lounge.

»Was machst du denn hier?«, fragte Julia.

Deborah schaute ihn an und schlug die Hände vor das Gesicht.
Julia blickte ratlos zu Toni und zuckte mit den Schultern.

»Er sieht Aaron so ähnlich«, flüsterte Deborah. »Oh, mein Junge, lass dich anschauen. Ich darf dich doch duzen?«
Sie stand auf. Nun lachte und weinte sie gleichzeitig.

»Darf ich erfahren, was hier los ist?«
Deborah wollte ihn umarmen, aber er wich vor ihr zurück.

»Du wirst dich nicht mehr an mich erinnern. Du warst ein kleiner Junge, als ich dich und deine Familie das letzte Mal besucht habe. Deine Mutter hat dir scheinbar nichts von mir erzählt. Ich bin die Schwester deines Großvaters Aaron. Der, den du nie kennenlernen konntest.«
Toni ließ sich seufzend in einen Sessel sinken und stützte den Kopf auf die Hände.

»Ich verstehe gerade nur noch Bahnhof.«

Deborah wiederholte ihre Geschichte und drückte dabei immer wieder Julias Hand. *Es muss furchtbar sein, alles in Gedanken noch einmal zu durchleben. Wie kann ein Mensch nur so etwas aushalten?*

»Joseph hat Ihre Familie ins Verderben gestürzt, sagen Sie? Und meine Oma war seine Schwester? Aber warum hat mir denn nie einer etwas davon erzählt?«

»Die Menschen sind gut im Verdrängen und ich nehme mich da nicht aus. Nach Kriegsende und nach der Auflösung der Lager wollte niemand mehr etwas davon hören und sehen. Joseph wird seine Gründe gehabt haben.«
Toni nickte.

»Ich verstehe. Aber für Sie muss das alles doch am grausamsten gewesen sein. Ihre arme Familie.«

»Glaub mir, für Joseph war es nicht weniger schlimm. Er hat seine eigene Mutter verraten und ihren Tod wird er nie verwunden haben. Außerdem wollte Annemarie nichts mehr mit ihm zu tun haben. Sie haben sich nie wiedergesehen.«

»Die Dame von der Auffangstation ist da«, rief Toni.

Julia stand mit Franzl vor der Voliere und beobachtete Amadeus. Er hatte sich prächtig entwickelt. Sein Gefieder glänzte in sattem Schwarz und er war genauso groß wie ein ausgewachsener Vogel. Nichts erinnerte mehr an das schwache verängstigte Küken. Er krächzte ausgelassen und hüpfte von Ast zu Ast, während Franzl ihn nicht aus den Augen ließ.

»Du musst dich jetzt von ihm verabschieden.«

Toni stellte sich neben sie und legte den Arm um ihre Schultern.

Abschiednehmen wird nicht leichter, egal, wie viele Abschiede es sind, dachte sie.

»Er wird mir fehlen«, flüsterte sie. »Mach's gut, Amadeus. Du bekommst jetzt neue Freunde.«

Julia drehte sich um und ging mit Franzl im Schlepptau in den Stall. Sie wollte nicht dabei zusehen, wie Amadeus eingefangen wurde. Sie griff nach einem Besen und kehrte gedankenverloren die Streu zusammen.

»Darf ich hereinkommen?«, fragte Sebastian.

Sie versuchte ein Lächeln.

»Ich bin gerade angekommen und habe gesehen, dass eine Dame von der Auffangstation Amadeus ... Oh, es tut mir so leid, Julia.«

Behutsam schloss er sie in die Arme und drückte sie an sich. Franzl winselte und umkreiste sie.

»Entschuldige, dass ich dein Hemd nass heule«, schluchzte sie. »Der freche Kerl wird mir fehlen.«

»Keine Angst, du darfst mir jederzeit das Hemd nass heulen.«

Sebastian legte einen Finger unter ihr Kinn. Langsam näherte er sich ihrem Gesicht und küsste sie sanft. Sie erwiderte den Kuss. Es war so gewohnt und doch so fremd. Julia drückte sich fest an ihn und schlang ihre Arme um seinen Hals. Sie hätte ihn noch länger küssen können, aber eine Frage drängte sich in ihre Gedanken. Mit sanftem Druck schob sie Sebastian von sich.

»Was ist mit Saskia?«

Er schüttelte den Kopf.

»Schon lange vorbei. Seit deinem Unfall damals habe ich mich nicht mehr mit ihr getroffen. Es tut mir alles so leid. Ich liebe dich, Julia.«

»Musste ich wirklich erst vom Felsen stürzen, damit du zur Vernunft kommst?«

Julia zog ein ernstes Gesicht, aber als sie Sebastians bestürzten Gesichtsausdruck sah, lachte sie.

»Hey, das war ein Scherz. Ich liebe dich auch.«

Toni räusperte sich.

»Na, ihr Turteltauben, darf ich stören?«

»Hat sie ihn mitgenommen?«

Julia kämpfte erneut gegen die aufsteigenden Tränen.

»Ja, er hat es ihr nicht leicht gemacht. Er hat sie sogar in die Hand gezwickt. Sie lässt dir ausrichten, dass du bei der Auswilderung in ein paar Monaten dabei sein und ihn fliegen lassen darfst. Natürlich nur, wenn du möchtest.«

Sie nickte eifrig. Sie würde ihren Amadeus noch ein letztes Mal wiedersehen und ihm die Freiheit schenken. Zusammen mit Sebastian. Neuanfang statt Abschiede. Zum ersten Mal seit langer Zeit freute sie sich auf ihre Zukunft.

Kapitel 60

1966

Annemarie setzte sich an den Küchentisch und schrieb zum ersten Mal seit langer Zeit wieder in ihr Tagebuch. Der Besuch in Dachau auf den Spuren ihrer Mutter hatte sie erschöpft. Vielleicht half es, die Eindrücke niederzuschreiben. Sie blätterte zum letzten Eintrag zurück. Der war von 1945, kurz nach Kriegsende. Damals hatte sie nach Aaron gesucht. Alles, was sie fand, war sein Name auf einer Liste von verstorbenen Häftlingen im KZ Dachau. Das hatte ihr den Boden unter den Füßen weggezogen. Sie lebte nur noch für Johanna. Wenn sie ihre Tochter nicht gehabt hätte ... Den Gedankengang verfolgte sie lieber nicht zu Ende.

Immer wieder sah sie den Eintrag in der Akte vor sich: Therese Bergmüller, verstorben, Typhus, 02.02.1945. *Warum hast du nicht noch ein paar Wochen durchgehalten, Mutter? Ich hätte dich gebraucht damals.*

Annemarie hatte lange jede Hilfe verweigert und ihr Leben nur noch nach Johanna ausgerichtet. Um ihr eigenes Wohl und um andere kümmerte sie sich damals nicht. Hildegard wusste sich keinen Rat mehr und setzte sie vor die Tür. Zu jener Zeit hatte sie ihre Tante dafür gehasst, heute verstand sie deren Hilflosigkeit. Annemarie hatte sich allein durchgeschlagen, ohne Ausbildung, mit einem kleinen Kind an der Hand. Die Vergangenheit hatte ihre Spuren und tiefe Wunden in ihrer Seele hinterlassen. Auch wenn ihr die körperliche Nähe fehlte, sie würde keinen Mann mehr in ihr Herz lassen. Aaron war ihre erste und einzige Liebe.

Johanna war erwachsen und lebte ihr eigenes Leben. Annemarie musste sie ziehen lassen, so sehr es auch schmerzte. Ihre Tochter war nach Heidelberg zum Studium gegangen, lebte in einer Wohngemeinschaft mit etlichen anderen Studenten und besuchte sie nur selten.

Seit Johannas Auszug suchte Annemarie ein Mal in der Woche eine Psychotherapeutin auf, um sich ihre Sorgen von der Seele zu reden. Doch ohne Tabletten schaffte sie es nicht. Einige Male hatte sie schon versucht, sie abzusetzen, weil sie davon Herzrasen bekam und zunahm. Doch dann konnte sie sich tagelang zu nichts aufraffen. Sie verließ ihr Bett nur, um zur Toilette zu gehen oder sich einen Kaffee zu kochen. Wenn Johanna sich ankündigte, nahm sie vorher ihre Medikamente. Sie wollte sie nicht mit ihren Problemen belasten.

Heute war einer ihrer guten Tage. Die Sonne schien und sie spazierte durch den Park. Sie beobachtete die Pärchen, die händchenhaltend auf den Wegen flanierten und hin und wieder stehenblieben und sich küssten. Obwohl Aaron seit zwanzig Jahren tot war, suchte sie in den Gesichtern aller Männer nach ihm. Sie hatte nie seinen Leichnam gesehen, nur seinen Namen auf einer Liste. Wie konnte sie sich jemals ganz sicher sein, dass er nicht mehr lebte?

Annemarie schaute in den Briefkasten. Ein Umschlag lag darin. Als sie den Absender las, begann ihr Herz zu stolpern. Deborah Rosenthal, eine Adresse in Tel Aviv, Israel. War das möglich? Sie eilte die Treppe zu ihrer Wohnung hinauf. Beim Versuch, die Wohnungstür mit zitternden Händen aufzuschließen, glitt ihr der Schlüssel aus den Fingern. Erst beim zweiten Mal gelang es ihr, die Tür zu öffnen. Hastig streifte sie die Schuhe von den Füßen und warf den Mantel über den Sessel im Wohnzimmer. Sie setzte sich auf das Sofa und riss den Umschlag auf.

Liebe Annemarie,
ich hoffe, du verzeihst mir, dass ich mich erst jetzt bei dir melde. Jahrelang, nun fast jahrzehntelang, habe ich es vermieden, auch nur an Deutschland zu denken. Heute benutze ich das erste Mal wieder die deutsche Sprache, seit ich in Israel lebe.

Die schreckliche Zeit während der Kriegsjahre habe ich durch-
gestanden und konnte dann nach Tel Aviv flüchten. Meine armen
Eltern und Aaron haben es leider nicht geschafft. Doch dies
möchte ich dir irgendwann persönlich erzählen. Noch kann ich
mich nicht überwinden, nach Deutschland zu reisen, aber eines
Tages werde ich dich besuchen. Ich hoffe, wir zwei können dann
über alles sprechen.
Bitte schreib mir doch zurück.
Deine Deborah

Annemarie las den Brief wieder und wieder, bis sie jedes Wort
auswendig kannte. Ihre Freundin hatte die Wirren des Krieges
überlebt, als Einzige ihrer Familie. Sie brach in Tränen aus, Tränen
der Freude und Erleichterung. Deborah musste es unendlich viel
Überwindung gekostet haben, sie zu kontaktieren.

Sie holte ihr bestes Briefpapier aus der Schublade und schrieb
einen langen Brief an ihre Freundin.

Kapitel 61

2000

Sie saßen sich am Küchentisch gegenüber. Es war nach Mitternacht. Franzl hatte sich auf Tonis Füßen zusammengerollt und schlief. Julia rieb sich die Augen. Die Müdigkeit steckte ihr in den Knochen, aber Annemaries Tagebuch war wichtiger als Schlaf. Bei Josephs Testamentseröffnung hatte es ihnen der Notar überreicht und bis jetzt lag es unangetastet auf dem Tisch.

»Sollen wir das wirklich lesen? Wir haben doch von Deborah wahrlich schon genug gehört.«

Toni schob das Büchlein von sich.

»Aber Annemarie hat es meinem Großvater hinterlassen, damit er es liest. Und er hat es an uns weitergegeben.«

»Es schmerzt jetzt schon, zu wissen, was er getan hat. Ich möchte ihn in guter Erinnerung behalten. Du nicht auch?«

»Mein Großvater hat Fehler begangen. Er hat versucht, es an uns gut zu machen. Ich möchte ihn nicht verurteilen für etwas, dass er als junger Mann getan hat. Die Zeiten waren andere und er war ein anderer als der, den wir gekannt haben.«

Toni seufzte.

»Dann lies du es bitte zuerst.«

Julia schaltete die Leselampe ein und schlug die erste Seite auf. Sie sah die Schrift eines jungen Mädchens, noch etwas ungeschliffen, nicht die selbstbewusste Handschrift eines Erwachsenen. Dann blätterte sie zur letzten beschriebenen Seite. Die Schrift sah deutlich gereifter aus. Der letzte Eintrag stammte aus dem Jahr 1966. An diesem Tag war Annemarie im einstigen Konzentrationslager Dachau gewesen, um im Archiv nach den Aufzeichnungen über ihre Mutter zu suchen. Julia klappte das Buch zu. Es war einfach zu früh für so viel Wahrheit. Welch schreckliche Zeit musste das gewesen sein. Wie hatten die Menschen mit diesen Erlebnissen weiterleben können?

Sie legte sich ins Bett und schloss die Augen, aber ihre Gedanken sprangen immer wieder zu Annemaries Erinnerungen. Sie schaltete die Lampe erneut ein und öffnete das Tagebuch auf der ersten Seite.

Oh, welch ein herrlicher Tag! Die Sonne scheint, es ist heiß und wir wären am liebsten zum Baden gegangen. Aber ich bin mit ihm im Wald. Und er hat mich geküsst. Oh, wie gut er küssen kann! Er ist der netteste Junge, den ich kenne. Er ist unglaublich schlau und er sieht so gut aus. Seine braunen Augen! Wenn er mich damit anschaut, kann ich nicht mehr klar denken. Joseph darf uns nicht erwischen. Es ist verboten, was wir tun.

Julia schluckte. Wie traurig, wenn man wusste, wie tragisch diese erste Liebe endete.

Sie las bis zur letzten Seite. Der Morgen dämmerte schon und sie wusste, sie würde den ganzen Tag über mit Kopfschmerzen dafür bezahlen. Neben ihr stapelten sich die Taschentücher. Auch wenn sie die meisten Menschen aus dem Tagebuch nicht kannte, ging ihr deren Schicksal ans Herz.

Leise öffnete sich die Tür und Toni steckte den Kopf herein.

»Du bist ja schon munter. Magst du frühstücken?«

»Ich war die ganze Nacht wach und habe gelesen.«

Julia gähnte und hielt das Tagebuch hoch.

»Du solltest es lesen, Toni. Das ist auch die Geschichte deiner Familie.«

Er nahm ihr das Buch ab.

»Irgendwann, vielleicht ...«, murmelte er.

Es klopfte an der Haustür. Julia und Toni schauten sich fragend an. Um diese Zeit kamen sonst keine Wanderer vorbei. Toni öffnete die Tür.

»Deborah, wie schön, Sie zu sehen. Bitte kommen Sie herein«, sagte Julia und goss ihr eine Tasse Kaffee ein. »Möchten Sie etwas essen?«

Deborah schüttelte den Kopf.

»Entschuldigt die frühe Störung, aber ich wollte mich von euch verabschieden. Ich fliege heute Abend wieder zurück. Vorher treffe ich mich noch mit Johanna. Außerdem möchte ich noch an Annemaries Grab vorbeischauen.«

»Warum wollen Sie denn schon abreisen?«

»Alles hier erinnert mich so an meine Kindheit.«

Deborah seufzte leise.

»Einige Erinnerungen sind schön, aber viele sind so schmerzhaft, dass ich es kaum aushalte. Deutschland ist mir fremd geworden und ich sehne mich nach meiner Heimat.«

Julia nickte. Nach allem, was sie von Deborah gehört und in Annemaries Tagebuch gelesen hatte, verstand sie das. Sie umarmte Deborah zum Abschied wie eine langjährige Freundin.

»Mein Junge, mach es gut«, wandte sich Deborah an Toni. »Denk immer daran, du hattest eine sehr anständige Großmutter und Urgroßmutter. Ich wünschte, Annemarie und Therese könnten sehen, was ihr hier aus der Alm gemacht habt.«

»Aber was ist mit Joseph, können Sie ihm je verzeihen?«, fragte Julia.

Deborah runzelte die Stirn.

»Darüber grübele ich seit über fünfzig Jahren nach. Vergessen konnte ich es nie. Er hat mir meine Familie genommen und zugelassen, dass seine Schwester ihr Leben lang ihrer großen Liebe nachgetrauert hat. Verzeihen ist sehr schwer und ich hoffe, ich vermag es irgendwann.«

Kapitel 62

2005

»*I walk the line*« von Johnny Cash riss Julia aus dem Schlaf. Sie streckte sich und stellte den Alarm aus. Noch drang kein Morgenlicht durch die Vorhänge, aber die Arbeit rief. Ihr Blick fiel auf Sebastian, der tief und fest neben ihr schlief. Er atmete gleichmäßig und sein Gesicht war entspannt. Sie rollte sich zur Seite und strich ihm sanft über die Wange.

»Hey, du Tiefschläfer. Hast du den Wecker nicht gehört?«, sagte sie und küsste ihn auf die Nase. »Raus aus den Federn. Die Kühe wollen gemolken werden.«

Er brummte und öffnete die Augen zu schmalen Schlitzen. Dann lächelte er.

»Guten Morgen, meine geliebte Gattin«, sagte er. »Ich springe ja schon.«

Julia beobachtete, wie er sich erhob, die Vorhänge zur Seite streifte und sich Arbeitshose und T-Shirt anzog. Sebastian, ihr Ehemann, ein völlig veränderter Mensch. Wenn ihr vor fünf Jahren jemand erzählt hätte, er würde einmal zum Almwirt werden, der mit ihr zusammen den Hof ihres Großvaters führte, sie hätte ihn für verrückt erklärt.

Genau genommen war sie es selbst, die Elisabeth damals ausgelacht hatte. Ihre Freundin hatte ihr wieder einmal das Horoskop vorgelesen und ihr prophezeit, eine alte Liebe und ein neues Abenteuer warteten auf sie. Wer konnte denn ahnen, dass ihre Sterne Recht behalten sollten?

Toni war zuerst enttäuscht von ihrer Entscheidung gewesen. Die Alm war praktisch sein Zuhause und er fühlte sich wie ein drittes Rad am Wagen.

»Du hast hier immer eine Zuflucht, wenn du sie brauchst. Aber du solltest dich jetzt auf deine Geigenbaulehre konzentrieren«, hatte sie ihm ins Gewissen geredet.

Kaum ein Jahr später war Toni zusammen mit seiner neuen Freundin, einer Kommilitonin, in eine eigene Wohnung gezogen.

»Du musst auch aufstehen, meine Süße. Denkst du, die Arbeit erledigt sich von allein? Dein Kälbchen wartet sicher schon«, sagte Sebastian und warf ihr einen Luftkuss zu.

Julia ließ die Füße aus dem Bett baumeln und streckte sich. Morgens brauchte sie immer länger, um auf die Beine zu kommen. Die Muskeln fühlten sich steif an und schmerzten. Auch ein leichtes Hinken war von dem Unfall zurückgeblieben. Aber das hinderte sie nicht daran, bei allen Arbeiten auf dem Hof mit anzupacken.

Auf Socken humpelte sie ins Nebenzimmer. Ihr fast einjähriger Sohn lag friedlich schlafend in seinem Bettchen und nuckelte am Daumen. Sie beugte sich über ihn und strich ihm die blonden Haare aus dem Gesicht.

Er war etliche Wochen zu früh auf die Welt gekommen. Niemand vermochte zu sagen, ob er die ersten Tage überleben würde. Aber er war ein Kämpfer. Sie hatten ihn auf den Namen Aaron taufen lassen.